JN039074

アガサ・クリスティと
英語の慣用表現

―― ポアロから英語教育まで ――

久保　芳孝 著

はじめに

英語のペーパーバックを長年読んできた。古稀を過ぎた今となっても、この習慣は続いている。

ペーパーバックを読み始めた頃、最も大きな障害になったのが英語独特の表現だった。いわゆる cliché とか set phrase と呼ばれるものである。例えば、ある程度英語を勉強した人ならば、to rain cats and dogs「どしゃぶりの雨が降る」という set phrase を御存知だろう。こうした表現は字面通りに意味を取るだけでは決して理解できるものではない。そして、それらの表現に悩まされているうちにその由来に興味をもつようになった。その後は、慣用表現とおぼしきものに出会う度に一つ一つメモを取り、その句源まで調べるようになった。本書はそれらのメモのうち、英国の推理小説作家、アガサ・クリスティの作品から抜き出した表現について、その意味とその句源をまとめたものである。

便宜上、構成を第1章　動物に関するもの、第2章　体の一部に関するもの、第3章　自然に関するもの、第4章　直喩表現(Simile)、第5章　聖書や古典等に関するもの、第6章　風俗習慣など人々の生活から生まれたもの、第7章　その他、とした。もちろん厳密に区分できないものもあるが独断で分類した。

また、各章に「コラム」として雑文を入れてある。直前の表現に関連したものもあるし、引用文に関連したものもある。また、なんの脈絡もなく入っていると思われるものもある。これらの「コラム」では本題であるクリスティや英語の慣用表現に関することはもちろんであるが、英語学習そして英語教育に対する私の考えや実践を述べておいた。

私の経験上、英語の単語や慣用表現はその由来を知ることにより一層記憶に留まるようである。むやみやたらに英語と日本語を結びつけようとするより、英語を見てそれに関する逸話や人々の生活や動物の姿などを連想すること、いわばその由来を知ってワン・クッション置くことがその表現の定着を促進するのである。その意味で、本書を英語の読解力向上にお役立ていただきたい。そして、本書を、一人でも多くの方々、とりわけ若い方々がペーパーバックという brave new world 「素晴らしい新たな世界」（ウイリアム・シェイクスピア著『嵐』(5.1.183)）に踏み込む足がかりとしていただければ、これに勝る喜びはない。

もとより、浅学非才の身である。学問的な知識も乏しいし、英語の力もたかが知れている。引用文の拙訳には誤りもあるであろう。また、表現の由来についてどの文献に当たっても理解できなかったものもあった。そのような場合には、「由来は不明である」と書き、可能なものについては句源を自分で想像した。珍説と思われるものもあるかもしれないが、引用文の拙訳も含めて不備な点があればご指導いただきたい。

一人の年老いた英語学徒が、自分の歩いてきた道を振り返りながら記した駄文である。ご笑覧いただければ幸いである。

令和５年３月

久保　芳孝

目　　次

第１章　動物に関するもの

この章では動物に関するものを扱う。表現そのもののなかに動物名が出てくるものはもちろんのこと、動物名は出てこないが、動物に関連するものも含んでいる。例えば、競馬や料理などから来た表現もここに示してある。

1　*make a beeline*　（まっすぐに進む）

（前略）but of course really I made a beeline back to Calais,（後略）
(The Murder on the Links p.204　Berkley Books)

和訳：だが、もちろん私は実際カレーに直行して戻ったよ。

所見：beeline の直訳は「ハチの線」ということだが、これは「最短距離」という意味である。ハチが、巣に戻るとき最短コースをとると考えられていたので、この表現が生まれた。bee-line と記される場合もある。

2　*have a bee in one's bonnet*　（奇妙な考えにとりつかれる）

But, like all specialists, Bauerstein's got a bee in his bonnet.
(The Mysterious Affair at Styles p. 35　HarperCollins)

和訳：だが、すべての専門家がそうであるように、バウアスタインには妙な思い入れがある。

所見：この表現の直訳は「帽子のなかにハチをもっている」だが、ハチの入った帽子などかぶってはいられない。では何故このような表現が生まれたかというと、古来、ハチと魂とはなんらかの関連性があると考えられていたことかららしい。ハチが帽子のなかにいると、魂に何らかの影響を与える。そこから「頭の中は空想や作り話で一杯」というような意味になる。

3　*cat's whisker*　（とても素晴らしいもの又は人）

I've heard that you're the cat's whiskers, M. Poirot.
(Lord Edgware Dies p.10　Berkley Books)

和訳：ポアロさん、あなたはとても素晴らしい方だとお聞きしてました。

※Poirot という名前の日本語における記述には「ポアロ」と「ポワロ」があるようだが、本書では「ポアロ」に統一してある。

所見：whisker とは「ほおひげ」である。見出しの表現と同じ意味を表すものに cat's meow というのもある。meow は「猫の鳴き声」である。さらに、cat's pyjamas(pajamas) 即ち「猫のパジャマ」も同じ「素晴らしいもの」という意味になる。猫の「ほおひげ」や「鳴き声」や「パジャマ」が何故「とても素晴らしいもの」になるのかは不明であった。後に見るように、英国人の猫に対する好意的なイメージからこのような表現が生まれるのであろうか。

なお、引用の文に対するポアロの返答は "Comment? The cat's whiskers? I do not understand." 「なんですって？猫のひげ？私には分かりません。」である。ポアロはこの慣用表現を理解していないようである。

これから本書で慣用表現を列挙していくなかで、ポアロが正確ではない表現を使ったり、理解できなかったりする場面がいくつかある。御存知のようにポアロはベルギー人であり、英語は彼にとっては外国語なのだ。

コラム1

エルキュール・ポアロについて

「ポアロさんはたいへん素晴らしいお方」という引用が出たところで、ポアロについて書いてみたい。

クリスティの創造した人物のなかで私が最も親しみと魅力を感じるのは、やはりエルキュール・ポアロである。その理由の第一は私とポアロが似ているからである。

似ていると言っても、その little grey cells 「灰色の脳細胞＝思考力」が似ているというわけではない。似ているのは身長である。ポアロの身長は、最初にその人相風体が紹介されるところで、hardly more than five feet four inches (The Mysterious Affair at Styles p.23 HarperCollins)「せいぜい5フィート4

インチ程度」となっていて、これは 162.56cm であり、私の身長と同じである。平均身長の高い西欧では、これはかなり背の低い人物ということになる。また小太りで、お腹が出ているところも似ている。

そればかりでなく、その嫌みな性格も似ているかもしれない。その人柄は、現実にこのような人物が近くにいれば、付き合うのに大変骨が折れることが予想されるような人物である。服に埃がついていれば、それは本人に死ぬほどの苦しみを与えるであろうと思われるほどの極度なきれい好き。そして、そのきれい好きであることを周囲の人たちにも要求する。高慢で自信家だが、その自信に見合っただけの仕事はする。その仕事の基本的な方法は order and method(「整然とした手順」とでも訳すのか)である。その仕事では、最後の最後まで自分の考えを友人のヘイスティングズにさえ明かさない。そして、大団円において、関係者を集めて犯人を糾弾する場を設定し、自らを主人公とした劇を演じる。つまり、自己劇化を楽しむのである。

クリスティも自分が創造した人物に辟易していたのであろうか。The Home of Agatha Christie というホームページの FAQ の一つ、「なんでクリスティはポアロを嫌っていたのか。」という質問に、その孫であるマシュー・プリチャードが次のように述べている。

> She had so many ideas of different stories to write, not all of which were suitable for Poirot. But her publisher always wanted her to write Poirot stories because they were the most popular.
>
> 「彼女はこれから書こうとする様々なストーリーについて多くのアイディアを持っていたが、それらのすべてがポアロにふさわしいというわけではなかった。だが、出版社はいつも彼女にポアロを主人公とした小説を書くよう求めた。それが最も人気があるものだったから。」

この逸話は、コナン・ドイルが、歴史小説作家を自分の本職と考えていたため、シャーロック・ホームズを一旦はライヘンバッハの滝壷で亡き者にしてしまったが、その後、読者の要望に応えて復活させたという話を思い起こさせる。作家は、自分が創造した登場人物に対する好き嫌いよりも商業的成功を重視しなければならないというジレンマを抱えているようである。

では、作者にさえ嫌われる、これほど嫌みな人間に何故我々は魅力を感じるのか。それは、ポアロが際だって相反する個性を持つ人間だからであり、我々はその短所と長所のコントラストになんとも言えぬ親しみとおかしみを感じるからであろう。その決して見栄えのしない外見と、その完璧な服装や堂々とした口ひげ、さらに彼が時々犯す英語の言い間違いや理解不足と、その高度な思考力や知性、それらのギャップがポアロの魅力なのである。

人は誰でも短所と長所を併せ持つ。そして、短所には負い目を感じ、長所を周囲に認めてもらいたいと思う。それが人間の本性であり本質であろう。それ故に、我々読者は、同じ探偵でもその実力と容姿において完全無欠なファイロ・ヴァンスやエラリー・クイーンとは違って、ポアロに対して人間らしさを感じるのである。そして、私を含む多くの読者は、彼に自分自身の姿を見るのである。

なお、ポアロの弱点と魅力については、コラム 3 において慣用表現の観点から再度述べている。

4　*A cat has nine lives.*　(猫は生命力があってなかなか死なない)

You've an absolute instinct for rows — *and* the nine lives of a cat.
(The Secret of Chimneys p.2　Berkley Books)

和訳：君は、争いに対して天性の能力を確かにもっているね。そして、猫のような生命力と耐久力もね。

所見：見出しの表現は諺となっている。猫は高いところから落ちても怪我もしない。そこからこのような諺が生まれたようである。

5　*tomcat*　(女をもとめてうろつく)

Tom-catting somewhere, that's what he does.
(A Caribbean Mystery p.77　HarperCollins)

和訳：女を捜してどこかをうろつく、それだけさ、あいつのやっているのは。

所見：この語は句ではないが、引用ではハイフンでつながれているので挙げておいた。tomcat とは雄猫のことである。この単語が動詞として使われると「女を求めてうろつく」という意味で使われる。この語は、The Life and Adventures of a Cat という小説の主人公である猫の名前が Tom だったことから生まれたという説がある。

6　*let the cat out of the bag*　（つい秘密を漏らす）

Mrs. George Lee, she let the cat out of the bag more than she knew! (Hercule Poirot's Christmas p.107 HarperPaperbacks)

和訳：ジョージ・リーさんは、自分が思わず知らず秘密をばらしてしまったのです。

所見：昔、子豚の取引で、袋に入れた猫を子豚と称して不正に売ったことから来る言い回しである。子豚を買う側がその場で袋を開けると、子豚ではなく猫が飛び出してきたので秘密がばれてしまったということである。

7　*cat among the pigeons*　（騒動のもと）

"Yes.　It looks as though there is someone in the school who merits our very close attention.　Cat among the pigeons, in fact. (Cat Among the Pigeons p.142　HarperPaperbacks)

和訳：そう。学校のなかに、たいへん注意深く見ておく必要のある人間がいるようですね。事実上の「騒動のもと」がね。

所見：この表現は文字通りで理解できる。鳩の群れの中に猫を放り込めばどういうことになるか明らかである。なお、この表現は put や set とともに用いられて、「騒動を引き起こす」となることが多いようである。

8　*Curiosity killed the cat.*　（好奇心もほどほどに）

Curiosity killed the cat.　Yes, I think that's the way the Sports Pavilion comes into it. (Cat Among the Pigeons p.142　HarperPaperbacks)

和訳：(被害者の女は詮索好きだったので)好奇心もほどほどにしとかなきゃね。それで、競技場が殺人現場となった事情もわかるというわけです。

所見：猫はいろいろなことで死ぬ。この見出しの表現もそうだが、Care killed the cat.「心配は身の毒」という言い方もある。九つも命を持っているからか。確か、Rip Van Winkle が登場する物語の舞台も Catskill Mountains だった。

見出しの表現は、自分があまり答えたくない質問を次から次へとしてくる人に対して、「そんなに質問はするな」という意味で用いられるというが、引用の文中では、被害者が殺された理由が「好奇心」であると言っている。

9　*try it on the dog*　(被害の少ないもので実験してみる)

None of this has happened yet! I was — well, trying it on the dog, so to speak. (The Thirteen Problems p.190　Berkley Books)

和訳：このことはまだなにも起こっていないのです！私は、いわば、罪のない実験をしていただけなんです。

所見：直接の意味は「犬で試してみる」ということである。苦い薬を飲めとか、見たこともないような食べ物を食べろとか言われたときなどに、ユーモアを込めて、「犬で試してみろ」などと言ったことから来る表現である。犬にしてみれば迷惑な話である。

10　*lead a cat and dog life*　(しょっちゅうケンカする、いがみあう)

It was said at the trial that they led a cat and dog life. (Five Little Pigs p.182　HarperCollins)

和訳：公判では、あの人たちはしょっちゅうやり合っていたということが話題になった。

所見：「猫と犬の生活を送る」ことが何故「いがみあう」ことになるのか。この表現のイメージもつかみやすい。猫と犬は通常仲が悪い。私の飼い犬も、散歩中に猫と出くわすと必ず挑みかかろうとする。このように、仲の悪い人間どうしを描写する表現である。

コラム2

To rain cats and dogs について

前項で a cat and dog life が出たので、似た表現として「はじめに」で触れた to rain cats and dogs についても解説しておく。

It rains cats and dogs とは周知のごとく「土砂降りの雨が降る」という意味だが、では何故これがそのような意味になるのか。一つの考え方は以下のようなものである。17 世紀の英国では街中に野良猫や野良犬が多数生息していたという。そこに土砂降りの雨が降ると、排水溝の設備が整っていなかったため街中は洪水状態となり、これらの動物たちの多くが溺れ死んだ。雨後には、まるで雨と同時に猫や犬の死体が降ってきたような光景が見られたことからこの表現が生まれたという。

もう一つの解釈は、北欧の神話から来るもので、猫は土砂降りのシンボルであり、犬は暴風のシンボルであるというものである。猫は天気に非常に強い影響力をもっていると考えられ、嵐に乗ってくる魔女は猫の姿をしていると言われる。また、犬は風の神オーディーンの従者であって、突風を象徴していると考えられていたという。

この表現は、こうした社会の実情や神話・伝説から生まれているようだが、句源に定説はない。いずれにしても、我々日本人には、この表現と同じ意味の It rains buckets.や The rain comes down in buckets. と言われた方が理解しやすい。日本語にも「バケツをひっくり返したような雨」で「土砂降りの雨」を表現することがある。この点で英語の発想と日本語の発想が似ているのが面白い。

なお、私が見落としている可能性があるが、クリスティの作品のなかでは to rain cats and dogs は使われていないようである。

11　*top dog*　（勝ち組）

She was top dog and she knew it　—　(Five Little Pigs p.146　HarperCollins)

和訳：彼女は勝ち組であり、自分でそのことを知っていた。

所見：犬はグループ内の戦いで勝ち残ったものがその集団に君臨することからこの表現がある。なお、クリスティの作品に Under Dog という中編がある。これは『負け犬』と訳されている。

12　*let the dog see the rabbit*　（私にも参加させてください、どれどれ見せて）

"The dog," Hercule Poirot thought in confused idiom, "has seen the rabbit!" (One, Two, Buckle My Shoe p.15　HarperCollins)

和訳：エルキュール・ポアロは支離滅裂なイディオムを使って考えた。「犬はとうとう獲物を見つけたな」

所見：この部分は非常に難解で、今でもこの訳でいいのか自信がない。まず、最初に読んだとき、何故突然犬やウサギが出てくるのか分からなかった。そして、慣用表現をポアロが「支離滅裂」に使っているのだと分かったとき、下記のような解釈に行きついた次第である。

Let the dog see the rabbit. は狩りから来た表現で、「犬に見させろ。」という意味だが、「自分の犬にウサギの巣穴を探らせろ。」ということであろう。そこから、「どいてくれ。」ぐらいの意味になる。

引用の場面は、ポアロが歯医者に歯を点検してもらっているところである。歯科医が歯を一つ一つ診ていって問題の歯に行き着いたとき、ポアロはこの引用の文を心の中でつぶやく。だが、うろ覚えで、しかも現在完了形で使っているので、「ウサギに探らせろ。」「どれどれ見せて。」という意味がなくなり、「犬がウサギを見た。」「問題の箇所を見つけた。」という意味で使ったのであろう。

13　*give a dog a bad name and hang him*　（一度悪評を立てられたら終わりだ）

You will say that it is not a case of giving a dog a bad name　—　I know that it is

not decent to be speaking like this with my wife dead only a few days, and murdered at that. (The Mystery of the Blue Train p.155　HarpeCollins)

和訳：あなたは、人の名誉を回復できないまでに傷つけている場合ではないとおっしゃるでしょう。妻が亡くなってまだ 2、3 日しか経っていない、しかも妻は殺されたんだから、このようなことを言うのは道徳上穏当ではないということも分かっています。

所見：引用の文では見出しの表現の半分しか使われていない。正確には見出しのように and hang it をつけて使う。この表現の直訳は「まず犬の悪い評判をたてろ。それから縛り首にしろ。」である。そこから「一度悪評を立てられたら、縛り首になるのも同様で、なかなか名誉を回復できない」という意味になる。

14　*not a dog's chance*　（ほとんど見込みがない）

Not a dog's chance of it,（後略）　(A Pocket Full of Rye p.9　A Signet Book)

和訳：その見込みはほとんどないね。

所見：この表現は必ず否定形で使われ、「見込みがない」という意味になる。イギリス人には愛犬家が多いという印象だったが、このような表現を見ると、犬をネガティブなものを表すのに使っているのでちょっと首を傾げざるを得ない。英語における「犬」のイメージについては、後のコラム 4 及びコラム 5 で述べる。

15　*go to the dogs*　（落ちぶれる、堕落する）

You'd have drunk even more and gone to the dogs completely. (At Bertram's Hotel p.50　HarperPaperbacks)

和訳：（金があれば）君はさらに酒に溺れ、完全に堕落してしまっていただろう。

所見：前項の not a dog's chance　もそうだが、本項の見出しの表現における犬のイメージはよくない。本項の表現では「犬」という単語で「堕落した生活」そのものを表現している。

16　*a dog's life*　(惨めで単調な生活)

> You haven't the least idea, Bundle, what a dog's life this is —
> (The Seven Dials Mystery p.54　HarperPaperbacks)

和訳：バンドル、君はこれがどんなに惨めで単調な生活か、ちっとも分かってないね。

所見：昔であれば「犬の生活」とは朝から晩まで寝ていて、お腹がすいて町に出て行けば怒鳴りつけられ、石を投げつけられ、決して平静でいられない生活だったであろう。これは「惨めで単調な」生活だが、現代ではそれは全く変わってしまったようだ。我が家では、犬の生活は「単調」かもしれないが、決して「惨め」ではないように思う。本人はどう思っているか知らないが。

17　*twist the tail of* ～　(～に嫌がらせをする)

> If this was what Lance had meant by twisting Percival's tail, she could see that he was achieving his object. (A Pocket Full of Rye p.151　A Signet Book)

和訳：もしこれがパーシバルに嫌がらせをすることによりランスが意図したことならば、彼はその目的を達成しつつあるということが彼女には分かった。

所見：この表現は、犬や猫の尾をひねるような「嫌がらせ」をするということを意味する。ただし、この表現と似たものに twist the lion's tail がある。これは「英国や英国人を怒らせる。」という意味になる。英国王室の紋章が lion だからである。

18　*like a bear with a sore head*　(とても機嫌が悪い)

> He was like a bear with a sore head about it.
> (Sad Cypress p.175　HarperCollins)

和訳：彼はそのことで大変不機嫌だった。

所見：頭に傷を負った熊は大変凶暴で危険であることからこの表現がある。sore は「ひりひり痛む」ということである。

19　*under one's wing*　（～の保護のもと）

Chubby rushed up to Katherine, pressed a cocktail upon her, and took her under his wing. (The Mystery of the Blue Train p.86　HarperCollins)

和訳：チャビーはキャサリンのもとに急いで行き、カクテルを彼女に持たせ、周囲から彼女を守るようにした。

所見：この表現は、雌鶏がひな鳥を集めて守るというイメージから来ている。under the wing of ～ という形になる場合もある。

20　*mare's nest*　（見かけ倒しのもの、混乱状態）

In my opinion the whole thing is a mare's nest of Bauerstein's!
(The Mysterious Affair at Styles p. 34　HarperCollins)

和訳：私に言わせれば、すべてはバウアスタインが作り上げた全くの戯言だ。

所見：mare とは雌の馬のことである。雌馬は営巣することはないので、これはネイティブにとって、非常に滑稽な表現と感じられるらしい。その滑稽さから「馬鹿らしいこと」という意味が出たと思われる。なお、mare には 英国で nightmare 「悪夢をもたらす悪鬼」の短縮形という意味もあるので、「悪鬼がたむろするところ」という意味からこの表現が発生したとも考えられる。だが、多くの辞書で「雌馬」の項にこの表現が入っているので、やはり「雌馬の隠れ家」という滑稽な表現から「実際は存在しないもの」という意味が生まれたとするのが妥当であろう。

コラム3

エルキュール・ポアロと慣用表現

英語を母国語とする人たちがポアロに魅力や親近感を感じる理由の一つに、彼の慣用表現に対する知識不足があると思われる。名探偵エルキュール・ポアロにその名を成さしめるのは鋭敏な思考力であるが、一方で時々その語学力不足を露呈するところが面白いのである。

例えば、『ABC 殺人事件』にこういう場面がある。

It is the nest of the horse that I put my nose into there.

(The ABC Murders p.16　FONTANA/COLLINS)

「私が鼻を突っ込んだのはおそらく実際はありもしない事件なんだ。」

おそらくポアロは、前項の mare's nest（第 1 章の 20）を言いたくて、うろ覚えでこの表現を使ったのだろう。mare とは、「馬」は「馬」でも「雌馬」のことである。この直後に Japp は"You're mixing up mares and wasps," とポアロを諭している。つまり、「mare's nest と言うか the nest of wasps と言うか、どちらかにしろよ。nest と horse は一緒に使えないよ。」というわけである。これに対して、ポアロは"*Pardon?*"「もう 1 回言ってください」と理解できていない様子である。外国人の彼が、mare's nest を知らなかったことからくるユーモラスな場面である。

また、次のような場面もある。ミス・レモンが言う。

"Old Lady," said Miss Lemon. "Got the wind up pretty badly." (Poirot's Early Cases p.238　HarperCollins)

「この年配のご婦人はひどくおびえておられますね。」

ミス・レモンのこの言葉を聞いて、ポアロは、"Ah!　The wind rises in her, you think?" と答えている。この言葉も分かりにくいが、「ああ、彼女になにか事件が起こるとあなたは思うんですか」としておく。ポアロは wind を「風＝なにか大きな動き」と解釈したのであろう。いずれにせよ、ここでもポアロは get the wind up（第 3 章の 3）という慣用表現を知らなかったのである。この後の記述に、

Miss Lemon, who considered that Poirot had been long enough in Great Britain to understand its slang terms, did not reply.

「ミス・レモンは、ポアロがこの国のスラングぐらい理解できるほど十分英国にいたはずなのに、と考えたが、何も言い返さなかった。」

とある。このミス・レモンの思いこそ、英語を母国語とする多くの人たちの、ポアロの知識不足に対する感じ方であろう。つまり、その知性、教養、英国

滞在歴等、様々なことを勘案すれば当然知っていると思われることも知っていないという当惑、驚き、皮肉そして諦めなどの感情が入り交じっているように思える。

あるいは、クリスティは、ポアロを俗語などとは縁のない、高尚な人物として創造したかったのであろうか。否、後に見るように、ポアロはシェイクスピアの引用さえうろ覚えである。こうしたところを見ると、クリスティの狙いはあくまでも滑稽な、親近感の持てる人物として示すことにあったように思われる。因みに、私が本書で触れているという非常に限られた範囲であるが、ポアロが慣用表現に対する知識不足を露呈する場面が19か所ある。彼が登場する著作全体で見ると、これはかなりの数になるであろう。

これらの場面を見て、ネイティブ・スピーカーたちはクリスティが意図したように、この偉大な探偵をより滑稽な人物として、また、より親近感のもてる人物として意識するのであろう。そして、我々、「外国人」の読者や英語の学習者がこれらの場面を見ると、ポアロのような英語の達人でも間違えることがあるんだと安らぎと安心感を覚えるのである。

21　*put the cart before the horse*　（事の順序を誤る）

I think all this is rather like putting the cart before the horse.
(Appointment with Death p.122　HarperCollins)

和訳:思うに、これまでのことはすべて手順がおかしいのではないでしょうか。

所見：直訳は「荷車を馬の前に置く」ということだが、これでは、馬が荷車を押すことになって荷車を動かすことができない。そこから、物の正しい順序や自然な順序を逆にすることを意味する。

22　*come(get) off one's high horse*　（謙虚になる）

I'd like to see Sheila honest enough to come off her high horse（後略）
(Murder in Mesopotamia p.132　Berkley Books)

和訳：お高くとまるのを止めて無邪気になったシーラを見たいものだ。

所見：high horse に「傲慢な態度」の意味がある。ここから「傲慢な態度を止める」と「馬から降りる」の二つの意味が重なってこの表現になったものと思われる。

23 *long in the tooth* （年をとった）

She's a bit long in the tooth, but she has a certain attraction. (Murder in Mesopotamia p.11 Berkley Books)

和訳：彼女は少し年をとってはいるが、ある種の魅力をもっている。

所見：この場合の歯とは馬の歯を意味する。馬は年をとると、歯茎が縮んで歯が長く見えることから、「老齢の」の意味でこの表現が使われた。年を取ると歯茎が下がるのは人間も同じようで、私も歯医者に言われたことがある。

24 *straight from the horse's mouth* （確かな筋からの）

Quite right, old cock! Straight from the horse's mouth. (Murder in the Mews p.56 HaperCollins)

和訳：仰せの通りだ、大将。確かな筋からの情報だ。

所見：この表現は、前項の long in the tooth「年をとった」と同様、馬の年齢を知る方法から来ている。馬の年齢を知る唯一確実な方法が馬の歯を見ることであり、これを検査することが「確かな筋からの情報」だったのである。

25 *cut the cackle (and come to the horses)* （本論に入る）

So I suggest you cut the cackle and come to the horses. (The Body in the Library p.54 HarperPaperbacks)

和訳：だからおしゃべりは止めて本題に入ってください。

所見： cackle とは卵を産み落としたときの雌鶏の鳴き声のことで、転じて「おしゃべり」の意味となる。後半の come to the horses は、「馬の所に来てその世話をする」という意味なのか。とすればこの表現は「おしゃべりはやめて本来の仕事の馬の世話をする」という意味になる。これは農場から生まれた慣用表現であろう。

なお、引用の文では and come to the horses が見られるが、オックスフォード・イディオム辞典やコビルドのイディオム辞典などの英英辞典では、cut the cackle のみの記載となっており、後半の come to the horses は書かれていないことを付け加えておく。

26　*a snake in the grass*　（目に見えない危険、裏切り者）

Owing, Mr. Poirot, to the machinations of a snake in the grass. (Sad Cypress p.127　HarperCollins)

和訳：裏切り者の陰謀のおかげでね、ポアロさん。

所見：この表現はローマの詩人バージルの Eclogae「牧歌」の一節から来ている。このなかに Latet anguis in herba とあり、latet は hidden 、anguis は snake 、in herba は in the grass で、これは「草の中に一匹の蛇が潜んでいる。」という意味らしい。蛇は聖書の記述を見るまでもなく邪悪な動物であり、この一節は「悪意を持つものが草の中に潜んでいる。」となり、見出しの意味が生まれる。

27　*a red herring*　（人の注意をほかにそらすもの）

On the other hand, the word Santiago, to my mind, is a red herring, dragged continually across the track to put us off the scent. (The Murder on the Links p. 102　Berkley Books)

和訳：一方、サンチャゴという言葉は、私の考えでは、我々の追跡をまくため路上に常に置かれていたおとりですな。

所見：狐狩りの猟犬に他のにおいと嗅ぎ分けさせる訓練をする際、強いにおいのする燻製のニシンを使ったことから、見出しの表現は「無関係なものを持ち出してきて、重要な課題から関心をそらすもの」を意味する。

なお、Murder in the Mews という中編の最後の部分で、ポアロがジャップに対して、“ — What is it — kippered herring?” と言う場面があって

(Murder in the Mews p.63　HarperCollins)、ジャップは"Red herring" と訂正している。kipper とは「ニシンなどを塩漬けにして燻製にする」ということである。ここでも、ポアロは慣用表現を間違えている。

引用文の最後の off the scent については、第 1 章の 71 で解説している。

28　*drink like a fish*　(大酒飲みである)

But they say she drinks like a fish. (Dead Man's Folly p.73　HarperCollins)

和訳：でも、彼女は大酒飲みだそうだ。

所見：大量に、あるいは過度に酒を飲むことを意味する。魚が口を開けて泳いでいるので水を常に飲んでいるように見えることから、水を酒に見立ててこの表現がある。

29　*have other(bigger) fish to fry*　(他にもっと重要な仕事がある)

She wanted to get rid of her family because — to use a vulgarity — *she had other fish to fry!* (Appointment with Death p.210　HarperCoolins)

和訳：彼女は自分の家族を厄介払いしたかったのです。というのも、俗な言葉を使えば、彼女には「料理しなければならない」もっと大切なことがあったのです。

所見：「他にやることがある」とか「忙しくて、今、他のことに気が向かない」という意味で使われる。句源については不明であった。料理する際、忙しくて今調理している魚の他に「揚げなければならない魚が他にある」ということであろうか。

30　*a kettle of fish*　(やっかいな状況)

"This," he remarked, "is a pretty kettle of fish." (Sparkling Cyanide p.200　HarperPaperbacks)

和訳：「これはかなりやっかいなことだ」と彼は述べた。

所見：文字通りには「魚のヤカン」ということだが「困った状態」を意味する。

これは、イングランドとスコットランドの国境付近の堤防で行われたピクニックに由来するという説がある。ここでは多くの客が招待され、取れたての鮭を皆で煮て食べた。ところが、ヤカンのなかで鮭を煮ようとすると、鮭が飛び出したり、適切に調理できていない鮭があったり、ヤカンがひっくり返ったりで、非常に調理が難しかった。そこで、 a kettle of fish が「取り扱いが難しいやっかいな状況」を意味するようになったという。

だが、この説になかなか納得しない人たちもいて、そういう人たちはこの説を fishy「うさん臭い」というのだそうだ。

31 *cold fish* (お高くとまった奴、元気のない奴)

“Whew,” said Taverner, “he’s a cold fish!” (Crooked House p.47 HarperPaperbacks)

和訳:「フーッ。(親を殺されて)他人事のような言い方をする奴だな」とタバナーは言った。

所見:この引用の場面は、家族に一人一人尋問をしている刑事が、ある男の尋問を終えて部屋から出て一言述べるところである。「冷たい魚」が何故見出しのような意味になるのかというと、fish には口語で人を馬鹿にするような言い方として「奴」という意味があるからである。odd fish と言えば「妙な奴」ということである。ここから、cold fish も「感情を表に出さない冷たい奴」という軽蔑の言葉として使われているのであろう。

コラム4

英語における a dog ①

犬に関する慣用表現を見てきて、英語では犬があまりいいイメージで登場してこないということを述べた。このことは愛犬家の私としては不思議に思えることであったし、納得できないことでもあった。また、私たちの世代が子どもの頃楽しみにして見ていたテレビ番組に、『名犬ラッシー』や『名犬リンチンチン』があり、白黒の画面に釘付けになっていたものであった。これら、犬を主人公にした番組では、犬は人間の頼れる友人であり、場合によっては人間以上の働きをする存在であった。したがって、私は、西欧では犬は人間の社会に溶け込んでいて、ごく人間と親しい間柄にあるというように感じていたのである。

だが、英語を勉強していくにつれ、上記のような犬を見下げ果てた存在と見なすような表現に多々出会い疑問をもつに至った。英語に登場する犬はどうしてこのように惨めで下劣な存在なのであろうか。英国人は犬を見下してきたのだろうか。実際、シェイクスピアは dog という単語を使うときは犬の美点に目を向けることはほとんどなく、多くの場合、卑しみ罵る対象として用いていた。シェイクスピアは子どもの頃、犬に噛まれるかなにかして、犬を嫌悪するようになったのであろうか。現代の英語が形成されるに当たって、多大な影響を及ぼした偉大な作家がこのように犬を貶める表現を多用したことが、その後の犬に対するイメージを確立したかとも思ったが、実は a miserable life, or a dogges life 「惨めな人生即ち犬のような人生」という表現をシェイクスピアより一世代前のオランダの人文学者エラスムスが使っていて、犬への「差別表現」は相当以前からあったように思われる。

私が承知しているかぎり、犬が不快感や軽蔑の対象となる根拠として挙げられたものはたった一つであった。それは、dog という単語が god を逆に綴ったものであるので、不敬そのものであると考えられたというものである。だが、この論拠も説得力のあるものではない。単に綴りの問題であろうか。実際、dog だけでなく cur や mongrel など、雑種の犬を表す言葉も dog 同様、いい意味で使われることはまずないと言ってよいのである。(コラム 5 に続く)

32　*take the bull by the horns*　(恐れずに難局に立ち向かう)

Bold customer.　Thought the eyes might be noticed, and took the bull by the horns to disarm suspicion. (Poirot Investigates p.22　Berkley Books)

和訳：図太い奴だ。自分の目に我々が気づくと思ったんだな。そこで疑いをそらすために大胆な行動に出たんだ。

所見：イメージとしては非常に分かりやすい。「差し迫った危険に恐れず立ち向かう」ということである。闘牛で実際にこのようなことが行われるのか知らないが、牛との戦いを想定した表現であることは容易に想像がつく。

33　*see red*　（激怒する）

Mrs. Redfern is not of those who, as your saying goes, "sees red." (Evil Under the Sun p.97　Pocket Books New York)

和訳：レッドファンさんは、あなた方がよく言う、感情に溺れる人ではありません。

所見：この表現は闘牛から来ている。牛が赤い布を見て興奮すると言われるので、see red で「極端に激しい感情に身を委ねる」ことを言うのである。ただし、このことの科学的・動物学的適否については次の第1章の34で触れている。

　なお、これから何回かお目にかかると思うが、ポアロはよく one of those who ～ のかわりに、one を省略して of those who ～ と言うことがある。これが正しい用法なのか疑問である。クリスティは他の人物ではなく、必ずポアロにこの表現を使わせているのでなおさら疑問に思ってしまう。

34　*a red rag to a bull*　（激怒させる原因）

The word ascendency seemed to act like a red rag to a bull. (Dumb Witness p.79　HarperCollins)

和訳：「支配的な立場」という言葉が彼を激怒させる原因となるようだった。

所見：これも闘牛から来ている表現だということは容易に想像がつく。だが、実のところ、牛は色を識別できないので赤い布切れを見て興奮しているのではない。では、何故牛が興奮するかというと闘牛士がケープを微妙に動かすからだという。なお、赤い布切れを見て興奮しているのは牛ではなく観客のほうだという説もある。

35　*hit the bull's-eye*　(大成功を収める)

But it happened to hit the bull's-eyc, (後略) (The Moving Finger p.41　Berkley Books)

和訳：しかし、たまたまそれが大成功だったのです。

所見：bull's eye の直訳は「雄牛の目」であるが、これは転じて「標的の中心の円形になっている部分」を表す。これに hit「命中させる」ということは「標的の真ん中に的中させる」ということなので見出しの意味が生まれる。

36　*cock-and-bull story*　(作り話、眉唾もの)

This man Reid told you a cock-and-bull story so as to get the opportunity of looking through them. (Parker Pyne Investigates p.25　Berkley Books)

和訳：このリードという男は、それら（手紙）を一読する機会を得るために君に対して作り話をしたんだ。

所見：この表現の直訳は「雄鶏と雄牛の物語」である。これについてはイングランド北部にあった The Cock 及び The Bull という宿屋に泊まる人たちがほら話に花を咲かせたことから来るという説や、フランス語の du coq á l'âne「雄鶏からロバへ＝話がいろいろな方へ飛んで＝支離滅裂な」から来るという説などがあった。いずれにしても定説はないようである。

37　*sacred cow*　(神聖にして犯すべからざるもの)

"The sacred cow of education," said Hercule Poirot.　"That is a phrase I have heard uttered," (後略) (Hallowe'en Party p.135　HarperCollins)

和訳：「『教育という神聖にして犯すべからざるもの』、それが、私が耳にしたことがある言い回しですよ」とエルキュール・ポアロは言った。

所見：この表現は、ヒンドゥー教徒が牛を神聖なものと考えていたことから生まれたものである。制度や習慣などについて用いられることが多い。

38　*put(run, place) one's head into the lion's mouth*　(進んで身を危険にさらす)

No fear.　Run his head into the lion's mouth? (The Secret of Chimneys p.220　Berkley Books)

和訳：安心しなさい。彼がことさらに危険なことをするとは思えない。

所見：日本語ならば「虎穴に入る」というところだろう。英語では「ライオンの口」となっている。

39　*let a person have his/her head*　(人を自由にさせる)

She just guided me to the right places and told me to let them have their head. (Endless Night p.105　HarperPasperbacks)

和訳：(服を選ぶのに) 彼女は私に合ったところに案内してくれて、後は店の人に任せなさいと言った。

所見：この表現は馬の調教から来ていると思われる。a person のところを a horse に置き換えてみると分かりやすい。馬から手綱やくつわをすべて外して、頭を自分自身で動かすことが出来るようにすることは、馬を「自由にさせる」ことなのである。なお、似た表現で give someone his/her head という表現があり、これにも馬の調教からきたとの注が見られる。

40　*a hornet's nest*　(たいへんな面倒)

(前略) and if we attempted to detain De Sousa in this country we'd have a hornets' nest about our ears. (Dead Man's Folly p.163　HarperCollins)

和訳：そして、もしドゥ・スーザをこの国に留めようなんてしたら、四方八方から非難ごうごうだよ。

所見：スズメバチの巣が「厄介ごと」の元になることは容易に想像できる。軒下や庭にスズメバチの巣があるとたいへんなことになる。

41　*make sheep's eyes at* ～ （～に対してためらいがちに色目を使う）

Mr. Roderick's been making sheep's eyes at you for some time now. (Sad Cypress p.69　HarperCollins)

和訳：ロドリクス氏は、ここのところ内心君のことを憎からず思っている。

所見：「憎からず思っている人を、ヒツジのように内気な仕草で見る」という意味である。見出しの意味に「ためらいがちに」と入れたのはそのためである。

42　*a black sheep* （厄介者、はみ出し者）

（前略）she was married to the black sheep of the Fortescue family,（後略） (A Pocket Full of Rye p.14　A Signet Book)

和訳：彼女はフォーテスキュー家の厄介者と結婚していた。

所見：毛を商品として利用するという点で黒ヒツジは白ヒツジほど商品価値がなく、迷信が強い影響力を持っていた時代には、悪魔とつながりがあると考えられていた。そこから、集団のなかの厄介者を1匹の黒ヒツジのような人と言うようになった。

コラム5

英語における a dog ②

ここでは、犬の名誉挽回のため、英語圏で向上しつつある犬のイメージについて書いておこうと思う。

目を英語の慣用表現から日常の生活に転じて見ると、犬は以前に比べてこの世の春を謳歌しているように見える。一部、保護犬などの不幸なケースもあるようだが、我々が子どもの頃のように、街中で何匹もの野良犬が彷徨している姿は見られなくなっている。

では、英語の世界で犬がそのイメージを転換させた時期はいつ頃であったのだろうか。アメリカで後に上院議員を勤めたジョージ G. ヴェストという人は、1876年、その弁護士時代に、野良犬と間違えられ射殺されたOld Drumという犬を擁護する弁論を"A man's best friend is his dog."「人の親友とはその犬である。」という言葉で閉じた。これは不朽の名言として当時大きな話題となったらしい。したがって、19世紀の後半には、犬に対する見方も英語圏では変化しつつあったと見てよいであろう。

『名犬ラッシー　家路』という短編小説がサタデー・イーブニング・ポストというアメリカの雑誌に掲載されたのが1938年であった。これは、スコットランドに連れ去られたラッシーが自分の家に戻るまで800キロの一人旅を描いたものであった。この小説が初めて映画化されたのが1943年である。20世紀中頃には犬は人間の社会に受け入れられていたのであろう。ラッシーがテレビドラマの主人公として活躍したのが、1954年から1973年である。我々が白黒テレビで見て一喜一憂していたのはこのシリーズであった。

そして21世紀の現代、犬は、英語の慣用表現の世界ではその名誉を回復できないとしても、西欧諸国においても我が国においても、家族と一員となっている。そのことを強烈に印象づけたのは2005年に出版され、その後映画化された Marley & Me であろう。その副題には、life and love with the world's worst dog「世界最悪の犬との生活と愛情」とある。

私は、この作品を、後に紹介する英語の先生方との研修会で読み、大変面白かった。これは、副題に示されるように、Marley という名のラブラドール・レトリバーに振り回される家族をコミカルに描いた長編小説である。Marley は、犬が一匹（一人と言うべきか）家族のなかにいるとはどういうことなのかを教えてくれたように思う。そして、言葉が社会の実情を反映して形づくられるものとするならば、dog は必ず、慣用表現の世界でもその名誉を回復するであろう。そうなることを切に願う。もはや、a dog は、現実の社会生活においても創作の世界においても、そして我が家においても、居なくてはならない存在なのだから。

43　*crocodile tears*　（うわべだけの悲しみ）

Down goes Mrs. Cayman, weeping crocodile tears and recognizing the body as that of a convenient brother. (Why Didn't They Ask Evans? p. 138　Berkley Books)

和訳：そこでケイマン夫人があの田舎まで出かけていき、うわべだけの悲しみの涙を流し、都合良くあの死体を兄のものだと言うわけです。

所見：ワニは餌を食べながら涙を流すという伝説から生まれた表現である。ワニが大きな獲物をくわえると、その獲物がワニの口の上部を圧迫し、目から液状のものが流れ出ることから涙のように見えたのである。

44　*get one's goat*　（～を怒らせる）

As I was about to say, Mr. Blunt, this business gets my goat. (Partners in Crime p.199　Berkley Books)

和訳：ブラントさん、今言おうとしたのですが、この件に私は腹立たしい思いがします。

所見：何故「山羊を獲ること」が「人を怒らせる」ことになるのか。これは競馬から来た表現である。昔、競走馬を大人しくさせるため従順な動物をそばに置いておく習慣があった。その動物には goat「山羊」が選ばれた。だが、悪い人間がいるもので、あるとき、その山羊がいなくなればその競走馬は落ち着きをなくし、本来の力を発揮出来なくなるのではないかと考えたのである。そしてその男は山羊を盗んだ。すると、そばに山羊がいなくなった馬は神経質となり興奮してしまって、本番で力を発揮できなくなった。

　つまり「誰かの山羊を得る」ことがその山羊の持ち主を「怒らせる」こととなったのである。

45　*You cannot make a silk purse out of a sow's ear.*（元々劣るものから良いものを作ることはできない）

And that will make — (another old-fashioned proverb) — a silk purse out of

a sow's ear? (Hallowe'en Party p.135　HarperCollins)

和訳：もう一つ古い諺だが、「雌豚の耳から絹の財布を作る」でしたかね。

所見：この表現は16世紀の後半の文献にも見られる古い諺なのだそうだ。最初にこの表現を知ったとき、何故「雌豚の耳」なのかと疑問をもった。silk purseは大変上品なアクセサリーであるが、a sow's ear はそれとは対照的に上品なアクセサリーにはなり得ないからであろうが、何故「雌豚の耳」でなければならないのかについては不明である。

ここでもポアロは正確な言い方をしていない。この諺は見出しのようにyouを主語にして用いるが、ポアロは that を主語にしている。しかも、諺は否定文であるが、ポアロは「雌豚の耳から絹の財布を作って」しまっている。

46　*not turn a hair*　（落ち着き払っている）

She seems not to have turned a hair over this business.
(The Body in the Library p.162　HarperPaperbacks)

和訳：彼女はこの件に関して平然としていたように思える。

所見：この表現は必ず否定語を伴う。turn a hair は「毛を逆立てる」ことを意味する。この場合の「毛」とは馬の「毛」である。平常時、馬の毛はつやつやしているが、激しく動き回った後などに馬は汗をかく。汗をかくとその毛は逆立ってきて、なめらかではなくなる。そこで、「毛を逆立てない」とは「平然としている」ということになる。

47　*put(get, set) one's back up*　（～を怒らせる、怒る）

（前略）but, frankly, he puts my back up.
(The ABC Murders p.97　FONTANA/COLLINS)

和訳：でも、率直に言って、あいつには腹が立っている。

所見：これは猫を見れば分かる表現である。猫は、犬や他の動物がそばに寄って来ると威嚇するために背中を丸める。その背中を上に上げている様子は、怒っている姿そのものなのである。そこで見出しの句の直訳「背を上に上げさせる」は「怒らせる」ということになる。

48　*on the turf*（競馬を生業にして）

He'd pretty well run through his own money on the turf,（後略） (Poirot's Early Cases p.113　HarperCollins)

和訳：彼は競馬で自分の金をほとんど使ってしまった。

所見：turf とは「芝生」だが、競馬場の走路の「芝生」を連想させることから、この言葉が一般に「競馬場」を意味するようになった。したがって、見出しのような意味が生まれてくる。

49　*kick up one's heels*（羽をのばす、浮かれる）

Girls like Gina like to kick up their heels a bit. （They Do It With Mirrors p.164　HarperCollins）

和訳：ジナのような女の子たちは、少しは自由に遊び回りたいと思っている。

所見：直訳すると「かかとを蹴り上げる」だが、この表現は人間ではなく馬について述べている。馬が納屋から野原に放たれると、かかとを蹴り上げるように大急ぎで駆けていく。その様子が嬉しさで浮かれたように見えることからこの表現がある。

50　*You could have knocked* ～ *down(over) with a feather.*（～を仰天させた）

I declare you could have knocked me down with a feather when I heard about this whole business. (The ABC Murders p.37　FONTANA/COLLINS)

和訳：この出来事を全部聞いたときは、本当に驚いたと申し上げておきます。

所見：直訳は「鳥の羽一枚でも～を打ち倒すことができただろう」だが、「それほど～は驚き、精神的に打ちのめされていた」ということを示す。なお、この表現は仮定法過去完了形となっているので、必ず「～をビックリさせた」「～は仰天した」というように過去のことを意味する。仮定法過去の形があって、「驚く」などという意味になることがあるか捜したが見つからなかった。

51　*a feather in one's cap*　(誇りとなるもの)

It's so much nicer to be a secret and delightful sin to anybody than to be a feather in their cap. (The Murder at the Vicarage p.9　Harpercollins)

和訳：どんな人にとっても、誇るべき名誉よりは、密かな楽しい罪のほうがよほど面白いことなのです。

所見：この表現の句源は残酷なものである。アメリカ・インディアンは、習慣として敵を一人殺す度に頭飾りに羽を一枚加えていた。このような習慣はアメリカ大陸だけではなくアジアでもあったようである。いずれにせよ、羽は勇気と名誉の象徴であったのである。

The Big Four (p.197 Berkley Books) には、ポアロが Ah, that is not the cap with the feather for me!　That was the work of Hastings here. 「あー、それは私が誇るべきものではありません。こちらのヘイスティングの働きです。」とヘイスティングズを持ち上げる場面がある。ポアロのこの言葉が、意図的な慣用表現の変形か、うろ覚えによる間違いかは分らない。ポアロのことだから、おそらく a feather in his cap を the cap with the feather と言い間違えたのであろう。

52　*white feather*　(臆病のしるし)

Rowley, you see, has been here on his farm all through the war —　(中略) — I mean the Government wanted him to — (中略) — not white feathers or things like that as they did in the Boer War — (後略)
(Taken at the Flood p.163　Berkley Books)

和訳：いいかい。ロウリーは戦時中ずっと戦争に行かず農場にいた。政府がそのように彼に求めたんだ。ボーア戦争のときに人々がやったように臆病風に吹かれたわけではない。

所見：この表現は、闘鶏から来ている。真偽は別として、シャモの尾に白い羽毛があると、その鳥は弱いという言い伝えがある。

53　*The fur(feathers) will fly.*（騒動が起きるだろう、激しく口論するだろう）

— how do you say it?　The fur would jump about, eh? (The Adventure of the Christmas Pudding p.125　HarperCollins)

和訳：それをなんて言いますかね。毛が跳んで騒動になるですか？

所見：引用の部分はポアロのセリフである。例によってポアロは慣用表現が苦手で、上記のような言い方をする。そうすると、執事のジョージが、"Would fly" is the correct expression, sir,（後略）「Would fly が正しい表現です、旦那様。」と訂正するのである。

では、「毛が飛ぶ」ことが何故「騒動が起きる」という意味になるかというと、これは動物が戦っている場面を想像すると分かる。二匹の動物が戦うとき、お互いの体を牙や爪で傷つけるため、毛が飛び散るのである。

54　*have bats in the belfry*（ひどく変わっている）

Of course, Mrs. Lionel Cloade is a bit bats in the belfry — but she'd never be violent —（後略）(Taken at the Flood p.211　Berkley Books)

和訳：もちろんライオネル・クロードさんの奥さんはちょっと変わっているがね。でも感情を爆発させるというようなことはなかったよ。

所見：belfry とは「鐘楼」のことである。bats はもちろん「コウモリ」のことである。では、何故「鐘楼のなかのコウモリ」が「ひどく変わっている」という意味になるのか。この句源を述べている文献はなかったが、想像するにコウモリは洞窟であろうが鐘楼であろうが、眠るときは集団で上下逆さまになって寝るので、その様から「ひどく変わっている」という意味が出たのであろう。

55　*There are no flies on* ～ *.*　(～には欠点がない、～は抜け目ない)

She understood what Anthony had meant when he said there were no flies on Superintendent Battle. (The Secret of Chimneys p.173　Berkley Books)

和訳：彼女は、「バトル警視は抜け目のない奴だ」と言ってアンソニーが言おうとしたことを理解した。

所見：ハエが体に止まっていても気づかずにいる人はぼんやりした人であり、逆にハエが体に止まるとすぐに気がつく人は鋭敏な人だというところから来た表現である。「すばしこくて、簡単にだまされない」という意味で使われる。

56　*The bird has flown.*　(捜している相手がいなくなった)

But, as I said before, I think you'll find the birds flown. (Why Didn't They Ask Evans? p.150　Berkley Books)

和訳：でも、さっき言ったように、あいつたちはとんずらしていると思う。

所見：この表現の句源は不明であった。したがって想像するしかない。これは狩りから来ている表現ではないかと思われる。「狩りの獲物が飛んで行ってしまった」ということが考えられる。bird つまり「捜している相手」とはミステリー小説の場合、犯人を意味することが多い。

57　*Pigs may(might) fly.*　強い否定を表す表現

Pigs may fly but they're unlikely birds. (They Do It With Mirrors p.170　HarperCollins)

和訳：誰が犯人でも不思議ではないからな。

所見：見出しの表現の直訳は「豚が飛ぶかも」ということである。そのようなことはあり得ないわけだから、前後の文のようなことが起こるぐらいなら「豚が飛ぶ」という意味になり、その前後の文を強く否定することになる。日本語で言えば、「そんなことがあったら日が西から上る。」というような表現に相当するのだろう。

この引用の文の訳には困った。文中の they の指すものが pigs か尋問をしている相手の人たちなのかによって解釈が異なる。また、何故 birds が出てくるのかも疑問であった。

上記の引用は、刑事が女性に殺人の動機と言えるものは思いつくかと尋問している場面である。刑事が考えられ得る動機を挙げるのに対して、女性が That seems to be very unlikely.「それはあり得ないように思える。」と答えたことに対する刑事の言葉が引用の部分である。また、刑事が birds という言葉を使っているのは、前項の The bird has flown.「犯人は逃げてしまった。」に見られるように、bird が「犯人」の意味で使われているのであろう。また、Pigs may fly. という文の fly の連想から「鳥」を使ったとも考えられる。

いずれにせよ、they を、今尋問している連中とし、「あの連中が犯人だということはありえない。」という文を Pigs may fly. で強く否定していることから、「誰が犯人でも不思議はない。」としておいた。

58　*buy a pig in a poke*　(品物を見ないで買う、安請け合いする)

(Mrs. Packington said,) "I'm afraid I don't see my way — "　"To buying a pig in a poke?" said Mr. Parker Pyne cheerfully. (Parker Pyne Investigates p.5　Berkley Books)

和訳：(パッキントン夫人は言った)「そういうことには気が進みませんが」「うかつに取引はできないということですか？」とパーカー・パインは陽気に言った。

所見：poke は「袋」を意味する。子豚を取引するとき、相手を騙すために子豚ではなく猫などを入れることがあった。そこで、袋の中身を見ずに買って損をする人が多かったことからこの表現がある。

コラム6

英語における a cat

この章における二つのコラムで犬について語ったが、犬について語れば次に猫について語るのが筋であろう。犬に比べれば、英語における猫のイメージはかなりいい。第1章の3における cat's whisker の直訳は「猫のほおひげ」だが「素晴らしいもの」という意味になる。また、Curiosity killed the cat.（第1章の8）のように、諺において猫はなんの落ち度もないのに殺される。他にも、Care killed the cat.「心配は身の毒」があるし、There's more than one way to kill(skin) a cat.「方法は様々だ。」もある。これらの表現に共通することは、猫が悪意をもって殺されてはいないということである。例えば、最後の「方法は様々だ」にしても、この表現についてオックスフォード・イディオム辞典は saying, humorous（ことわざ、ユーモラス）という注をつけている。kill a cat 、skin a cat（猫の皮を剥ぐ）は、いずれも文字通りに意味をとると残酷なことを言っているように見えるが、これを humorous と感じるところに、英国人の猫に対する特別な感情が見て取れる。犬ならばこうは行くまい。

あくまでも実生活とは別の話であるが、英語の世界では犬は軽蔑の対象であるのに対して、猫は人に親しい存在として扱われてきたようである。何故であろうか。これは昔からの伝説・迷信・神話に依るところが大きいようである。猫、特に黒猫は中世から悪魔のお気に入りであったようである。また、魔女はその使いとして猫をもっていたと言われる。さらに遡れば古代ローマでは、猫は自由の象徴であり、自由の女神は足下に猫を従えて描かれていた。古代エジプトでは猫は聖なるものであり、命の根源である太陽熱を象徴する女神は猫の顔をしていたという。これは猫が、ひなたぼっこが好きだからではないかという。猫が保ってきた、英語の慣用表現におけるその地位は、このような「神秘性」に負うところが大きいようである。

もうひとつ猫が犬より手厚く扱われている例を挙げよう。それは、『不思議の国のアリス』と『鏡の国のアリス』の世界である。これら二つの作品のなかには、数多くの動物、あるいは動物を模したキャラクターが出てくるが、犬のキャラクターとしては『不思議の国のアリス』における Puppy がいる。ところがこの Puppy に対して out of place「場違いである」と感じている評論家が数多くいるとのことである。私も、アリスが投げる棒に飛びつくだけの子犬（実際はアリスの体が縮小しているので巨大な子犬）がなんで登場するのか違和感をもっていた。その存在は他のキャラクターのように幻想的・空想的ではなく極めて現実的なのである。そしてその違和感を正当化してくれたのが、Denis Crutch という評論家であった。彼は（前略）it(Puppy) is the only important creature in Wonderland who does not speak to Alice.「それ（パピー）は『不思議の国』のなかでアリスに話しかけない唯一の主な生き物である。」と述べている。

また、私の不注意かもしれないが、私が記憶するかぎりでは、『鏡の国のアリス』で犬が出てくるのは、キャラクターではなく、dog という単語だけである。白の女王と赤の女王がアリスに足し算と引き算の妙なクイズを仕掛ける場面で、引き算として Take a bone from a dog: what remains?「犬から骨を取れば何が残る？＝犬引く骨はなーんだ？」という質問をする。答えは「犬から骨を取ると、犬は lose his temper（怒る、冷静さを失う）から、残るのは犬が失った temper(冷静さ)だ。」という、いつものダジャレなのである。

一方、猫については、かの有名な Cheshire Cat がいる。そして、このキャラクターは、grin like a Cheshire cat「ただわけもなくにやにや笑う」という慣用表現にもなっている。しかも、『鏡の国のアリス』は白い子猫と黒い子猫の話から始まり、夢から覚めたアリスが黒い子猫を抱き上げる場面で終わるのである。ルイス・キャロルも、このファンタスティックな世界を構築するに当たって、神話や伝説に基づく猫の「神秘性」を必要としたのであろう。

いずれにせよ、現実の社会ではいざ知らず、猫は英語という言語の世界において、犬より優位な地位を占めていることは確かである。

59　*a wild goose chase*　(あてのない追及)

(前略) but I'm not going to be sent off on a wild goose chase myself. (Partners in Crime p.74　Berkley Books)

和訳：でも、私はあてもないのにどこかにフラフラ行かされるのも嫌ですからね。

所見：「実現の見込みのない、無益な追及」を意味する表現である。wild-goose「ガン」という鳥は、捕まえるのが非常に難しいことからこの表現がある。

60　*cook one's goose*　(〜の好機を台無しにする)

I'll cook his goose for him! (The Body in the Library p.178　HarperPaperbacks)

和訳：あいつの思い通りにはさせないぞ。

所見：この表現の句源に定説はない。ここでは二つの説を紹介しておく。一つはイソップ童話の『黄金の卵を産むガチョウ』からである。御存知の通り、黄金の卵を産むガチョウを手に入れた農夫が、もっと黄金の卵が欲しいので、腹の中から卵を取り出すためにガチョウを殺してしまったという話である。つまり、「好機を台無しにした」という話である。

もう一つは、スウェーデンのエリック四世の話から来ている。ある町にやってきた国王は、木にガチョウがつるされているのを発見する。これは軽蔑の印であり、怒った国王は“I'll cook their goose.”と言って、町中に火を放ち、主立った建物を焼いてしまったというのである。つまり、せっかく手に入れた街を「台無しにしてしまった」のである。

61　*neck or nothing*　(命がけで)

Now, with me it's neck or nothing. (The Seven Dials Mystery p.218　HarperPaperbacks)

和訳：今や私にとってはいちかばちかですよ。

所見：これは競馬から来た表現である。「首」の差で勝って勝利を得るか、負けて全てが無に帰すかという切迫した状況から、この「命がけで」という表現が出る。

62　*hell for leather*　（全速力で）

I came out into the hall and ran hell for leather to see what was the matter. (Hercule Poirot's Christmas p.122　HarperPaperbacks)

和訳：私は玄関の広間に出て来て、何事か確認するために全速力で走った。

所見：この表現の句源には二つある。一つは、hell が「苦痛」という意味で、「全速力で」馬に乗って走っている人が、痛いほど革の鞍に激しく体を打ち付けるところから来るという説である。また、leather は lather「競走馬の口からでる泡」が転化したものであるという説もある。競馬の馬が「全速力」で走ると、口から泡状のものを出すことからこの表現があるという。いずれにせよ定説はないようである。

63　*have a bone to pick with* ～（～に対して言うことがある、～と議論をしてけりをつけなければならない）

I've got a bone to pick with you. (Murder on the Links p.144　Berkley Books)

和訳：君に言っておくことがある。

所見：この表現には犬がからんでいる。２匹の犬がいて、その間に骨をおいてやると必ず争いのもととなる。そこから、「人と話をつけなければならないことがある」という意味になる。その議論のテーマは必ず不快なこととなっているようである。

64　*calf love*　（淡い初恋）

Calf love is a virulent disease. (The Murder at the Vicarage p.152　Harpercollins)

和訳：初恋というものは悪性の病気です。

所見：calf love を直訳すると「子牛の恋」である。puppy love 「子犬の恋」ともいい、ともに幼いときの恋を意味する。何故、「子牛」でなければ「初恋」にならないのかについては不明であった。

65　*bark up the wrong tree*　（おかど違いの非難をする）

You mean we're barking up the wrong tree? (Sleeping Murder p.128　HarperPaperbacks)

和訳：俺たちが見当違いの追及をしていると言いたいのか？

所見：この表現はアライグマ狩りから来ている。夜、暗いなかでアライグマ狩りをすると猟犬が獲物の隠れた木を間違えて bark「吠える」ことがある。この表現はそのことを言っているのである。

66　*put salt on one's tail*　（かんたんに捕まえる）

（前略）if you wish you may wait in to put salt on the little bird's tail,（後略） (The Big Four p.19　Berkley Books)

和訳：もし君が望むなら、あの男を捕らえるために待ち伏せしていてもよい、

所見：「鳥を捕まえたければ、鳥の尾に塩を少し乗せれば捕まえられるよ」と冗談で子どもに忠告することが行われていたようで、この表現はこの冗談から来る表現だと言われる。だが、そのように忠告することが、西欧社会でごく一般的であったのかどうかについては確認がとれていない。だいたいから、「鳥の尾に塩を乗せる」ということは既に「鳥を捕まえ」ているということなのではないか。

なお、この put salt on one's tail には「～にハッパをかける」とか「～を活気づける」という意味もあるが、引用の文はその意味で使われていない。

67　*start a hare*　（話をそらすために別の問題をもちだす）

Let's start a few new hares in the city. (A Murder Is Announced p.165　Berkley Books)

和訳：ちょっと都会的なほうに話題を変えよう。

所見：この場合の start は「驚かせる、飛び出させる」の意味であり、hare は「野ウサギ」である。そしてこの表現は、猟犬が追いかけることが出来るよう、野ウサギを巣から追い出すことを言う。ウサギが飛び出せば、また新たな追跡が始まるのである。そこから転じて、「新たな問題を提議する」の意味となる。

なお、引用の文の in the city が前後の文脈を見てもやや曖昧であるが、普通に「都会の」の意味にとって、「都会のウサギを飛び出させる」から「都会的なことに話題を転換する」というように訳しておいた。

68　*stick(put) one's neck out*　（自ら身を危険にさらす）

But why should he stick his neck out to hush the whole thing up? (Sleeping Murder p.66　HarperPaperbacks)

和訳：でも、なんで彼が事態をもみ消すために自分の身を危険にさらさないといけないんだ？

所見：stick out は「突き出す」ということである。この見出しの表現も残酷な句源を持っている。ニワトリは鶏肉へと処分される際に斧で首を切られるのだが、そのとき自ら首を突き出すと言われる。そこからこの表現がある。

69　*being an ostrich*　（現実逃避者である）

It's no good going on being an ostrich, burying your head in the sand. （Cards on the Table p.170　Berkley Books）

和訳：砂のなかに頭を突っ込んで、現実から逃げ続けるというのはよくない。

所見：日本語に「頭隠して尻隠さず」という諺があるが、この場合の ostrich （ダチョウ）がまさにそれである。ダチョウが追われてある程度走ると、頭を砂の中に突っ込んで隠れたつもりになるという伝説があった。自分が相手を見ることができないならば、相手にも自分が見えないだろうと考えるのだそうだ。そこから、being an ostrich「現実逃避者である」という意味が出てくるという。

70　*handle(treat) with kid gloves*　（慎重に扱う）

But for the moment,（中略）we handle him with the gloves of the kid, is it not so? (Death on the Nile p.158　HarperCollins)

和訳：だが、当面の間、あの男のことは子どもの手袋みたいに慎重に扱う、そう言うのではないですか。

所見：kid とは「子ども」ではなく「子ヤギの皮でできた非常に柔らかい革」という意味である。つまり見出しの表現は「柔らかい革でできた手袋で扱うほど慎重に扱う」という意味である。

　引用の文はポアロの発言であり、彼にとってはkid は「子ども」なのでthe gloves of the kid という言い方をしているが、英国人の言い方とは若干違う。kid glove で一つのまとまった表現と考えるべきだろう。ここでもポアロの「うろ覚え」が見られる。

71　*off one's scent*　（手がかりを失って、まかれて）

Tell her I've gone down to the golf links.　That will put her off the scent　―（後略）(The Murder at the Vicarage p.220　Harpercollins)

和訳：彼女に私はゴルフ場のほうに行ってしまったと言ってください。それで、私は彼女をまくことが出来る。

所見：当然、犬が獲物を追いかけるのに、においを頼りすることから来ている。off はoff the right course「正しい進路からはずれて」のように「～からそれて」という意味であり、「においからそれて」は「手がかりを失って」ということになる。犬がうまく獲物を追いつめた場合にはon the right scent という。

72　*small(lesser, young) fry*　（青二才、つまらないこと）

However, all these incidents have been very small fry, ―fivers and tenners―that class. (Dumb Witness p.114　HarperCollins)

和訳：でもね、こういう出来事はみんな些細なことでした。5ポンド札や10ポ

ンド札。その程度でしたね。

所見：fry は「油を使って料理する」や「揚げ物」ではない。これは「群れをなして泳ぐ稚魚」のことである。そこから、多くの小さい子どもたちを指して「こわっぱ」「つまらないこと」を意味するようになった。なお、形容詞で small-fry （取るに足らない）と一語になった表現もある。

73　*talk turkey* （率直に話し合う、事務的に話し合う）

Send for a high-powered lawyer and tell him you are willing to talk turkey. (Endless Night p.68　HarperPaperbacks)

和訳：有能な弁護士を呼んで、事務的な話をする用意があると言ってやりなさい。

所見：turkey には「七面鳥」と国名の「トルコ」の二つ意味があるが、見出しの表現の場合 t が小文字であることから「七面鳥」を意味する。この表現に関して、以下のような話が米国の伝説として伝わっている。ある日、白人とインディアンが二人で猟に出かけた。事前の約束は獲物を山分けするということだった。ところが、網にかかったカラス 4 羽と七面鳥 4 羽を分けるのに、白人は You take this crow and I'll take this turkey. 「君がカラスを取って、僕が七面鳥をもらうよ。」と言って、それを繰り返した。結局、白人が七面鳥を 4 羽、インディアンはカラスを 4 羽取ることとなった。そこでインディアンは抗議して言った。Ugh, you talk turkey for you but not for me.　Now I talk turkey. 「ゴホン。君は自分のために七面鳥と言っているが僕のためじゃない。今度は僕が七面鳥と言うよ。」それからインディアンは自分の取り分を得るようになった。

この伝説がこの表現の句源であるという確証はない。しかしながら talk turkey というインディアンの使った表現がたいへん切実な交渉ごとの際に使われていることは明らかである。これから「率直に事務的に話し合う」という意味が生じるのも分かる。

74　*make a monkey (out) of* ～（～を馬鹿にする）

This case is making a monkey of me, M. Poirot ―（後略） (The Hollow p.200　HarperCollins)

和訳：この事件は私の手に負えない、ポアロさん。

所見：make a fool of ～が「～をばかにする」という意味なので、そこから類推して見出しの表現は「～を猿にする」という直訳になり、そこから「～をばかにする」という意味になるのだろう。英語では犬は惨めな生活の象徴であるのに対して、猿は嘲笑の対象となることが多いようである。

75　*smell a rat*（うさんくさく思う、策略や陰謀に気づく）

He said it so often that I began to smell a rat. (The Mystery of the Blue Train p.134　HarperCollins)

和訳：彼はそのことを何度も言ったので私は何か妙だなと思い始めた。

所見：昔から、rat「ネズミ」は歓迎されないものだった。そして、裕福な家では、ネズミ退治のために猫や猟犬のテリヤが飼われていた。これらの動物がネズミの存在を察知すると、最初の反応は鼻をクンクンさせ、壁や床を嗅ぎ回ることだった。こうした、ネズミ対策用の動物が異常を感じた際の動きからこの表現は生まれたのである。

76　*a sting in the tail*（悪い後味）

They've always got a sting in the tail. (They Do It With Mirrors p.218　HarperCollins)

和訳：(村で起こった類似の事件について聞いて) 私はいつも後味が悪い思いをしているの。

所見：sting には「刺すこと」「激痛」などの意味もあるが、この場合は「毒針」とか「毒牙」を意味する。そして、ここではサソリのもつ「針」を意味している。サソリは小さくて害を与えるようには見えないが、in the tail「尻尾に」毒針をもっていて、刺されるとたいへんなことになる。

第２章　体の一部に関するもの

この章では、人間の体の一部に関する表現を示した。この種の表現に関しては、日本語の発想に近いものが多々見られた。やはり、同じ人間として、手や足や顔に対する感じ方は洋の東西を越えて同じものがあるのであろう。

1　*scratch one's eyes out*　（甚だしい批判や攻撃を加える）

Now for her ladyship before she's quite ready to scratch my eyes out. （Death in the Clouds p.33　HarperCollins）

和訳：さあ、あの伯爵夫人のお怒りが爆発するまえに、御前に参りましょう。

所見：文字通りの意味は「目を引っ掻き出す」という残酷なもので、実際、使われるときにも激しく感情を爆発させながら「批判や攻撃を加える」という意味になる。

2　*the apple of one's eye*　（非常に大切なもの）

She was the apple of his eye. （The Body in the Library p.170　HarperPaperbacks）

和訳：彼女は彼にとって非常に大切だった。

所見：apple of one's eye とは「瞳」のことである。昔、瞳はリンゴのような球体であると信じられていたので、このような表現がある。そこから比喩的な意味をもつようになり、「非常に大切なもの」という意味になった。

3　*pull the wool over(upon) one's eyes*　（人の目をくらます）

Ah!　do not try to pull the wool upon my eyes. （Funerals Are Fatal p.72　HarperPaperbacks）

和訳：ああ、私に嘘をつくのはやめて。

所見：昔、カツラは wool「羊毛」でできていた。そして、このカツラを冗談で目の上までずらすことがよくあった。また、強盗も人の目をくらますための手段としてカツラ、つまり wool をずらして目を覆って正体を隠したのである。そこから「人をだます、嘘をつく」の意味が出ている。

なお、引用文の文頭、do が小文字で始まっているのは原文どおりである。

4 *all my eye (and Betty Martin)* （ばかばかしい）

But take my word for it, these things are all my eye and Betty Martin. （One, Two, Buckle My Shoe p.100 HarperCollins）

和訳：私の言うことを信じてください。こんなことは、ばかばかしいことです。

所見：これは古くからある「ばかばかしい」という意味の表現であるが、後半の and Betty Martin の確実な由来については定説がないようである。ただ、昔の聖マルティヌスへのお祈り、O mihi, St. beate Martine.「我が至福のマルティヌスよ。」が間違って聞かれて広まったのではないかという説が有力だと思う。いずれにせよ、このいかにもありそうな名前の人が実在していれば甚だ失礼な話である。

なお、all の後ろにあっても eye は複数形の eyes とならない。

5 *do not bat an eyelid(eye, eyelash)* （顔色ひとつ変えない）

（前略）but they swear they didn't bat an eyelid. （Three Act Tragedy p.59 HarperCollins）

和訳：だが、彼ら（監視されている家の連中）は全く動揺の色を見せなかったと部下たちは断言している。

所見：この表現の bat は「打つ」ではなく、wink と同じで「目をパチパチさせる」という意味である。この意味の bat は、鷹狩りの用語で bate「鷹が羽をばたつかせて興奮する」から来ているという。だが、もはやこれは古い単語になっていて、現代では見出しの表現として口語で残っているようである。

なお、副詞句として without batting an eyelid「平然として」も見られる。

6　*have one's head screwed on*　(分別がある)

Philip Blake says here she had her head screwed on too well to meddle with poison,(後略)(Five Little Pigs p.198　HarperCollins)

和訳：フィリップ・ブレークはここで言う、彼女は分別があるから毒物に手を出すなどということはしなかった、と。

所見：この表現は、頭の screw「ネジ」がきちんと締められていて正常に機能しているというイメージであろう。似た意味で、The head is screwed on the right way.「自分のしていることをわきまえている。」というものもある。なお、引用の文では、on の後ろに well が使われているが、その他に right や straight なども来る。

コラム7

Foxglove について

毒物の話がでたところで毒のある話を書く。アガサ・クリスティの小説には様々な毒が登場する。処女作である The Mysterious Affair at Styles におけるストリキニーネ strychnine をはじめ、And Then There Were None における青酸カリ potassium cyanide などは聞いたことがある毒薬だったが、全く聞いたことがないものも入れると数限りない。これは、クリスティが第一次世界大戦中に薬剤師として勤務したため、毒薬を含めた薬に対する知識が豊富であったためだと言われる。

さて、ミス・マープル が登場する The Thirteen Problems のなかに、The Herb of Death という短編がある。会食の後に参加者の多くが体調を崩し、一人の少女が亡くなる。原因は、食事を料理する際に使われた香草のセージのなかに foxglove(日本名はキツネノテブクロ)という有毒の植物が紛れ込んでいたことであった。それは単なる偶然なのか。あるいは、特定の人間を狙った殺人事件なのか。そこで、関係者たちが様々な推理を巡らすが、ミス・マープルが一挙に解決してしまうという話である。

このfoxgloveという植物は、観賞用に家庭で栽培されるというぐらい可憐で美しい花を咲かせる。私は後述するようにアガサ・クリスティの生まれ故郷、トーキーという町でホームステイをしたことがある。そして、このホームステイ先の家族と共に、南デボンにあるダートムアという湿原を散策したことがある。そのとき茂みの中で咲いているこのfoxgloveという花を初めて見せてもらった。1メートルぐらいの高さで、紫からピンクの釣り鐘状の花がいくつも連なっている可愛い花だった。だが、ホスト・ファーザーは「この花はこんなにきれいだが、非常に危険だ。強い毒をもっている。でも何かの薬にも使われる。とにかく触るな」ということを言っていた。後になって知ったことだが、このfoxglove は、別名digitalis「ジギタリス」といって、心臓病の薬として使われるのだそうだ。上記のThe Herb of Deathのなかでも、医師である登場人物が、

The active principle of the foxglove — digitalis — acts on the heart.

「フォックスグラブ、つまりジギタリスの人に対する有効な特質は心臓に効果があるということです。」

(The Thirteen Problems p.163 Berkley Books)

と言っているのである。

毒はもちろんnegative な面をもつが、使いようによってはactive な面ももつ。ストリキニーネも医療用として使われることがあるし、青酸カリもメッキに使われるようだ。私が今書いているのは「毒にも薬にもならない」話だが、毒は「毒にも薬にもなる」ようだ。

7 *have an eye in one's head* (抜かりがない、見識のある)

A gentleman, even if he is a clergyman, ought to have eyes in his head.

(The Murder at the Vicarage p.130 Harpercollins)

和訳:男たる者、たとえ牧師さんであっても周囲には気を配らないとね。

所見:この表現のeyeは「観察力」「警戒」の意味である。in one's head のほうにも何か意味があるかと探ったが、特別な意味はなかった。おそらく単に

「頭の中で」でよいのだろう。要は、「周囲を警戒して見ている」という意味である。

8　*laugh one's head off*　（大笑いする）

Most of my friends fairly laugh their heads off when I tell them the kind of things you say. (Death in the Clouds p.115　HarperCollins)

和訳：あなたが仰っているようなことを私が友達に話すと、そのほとんどは本当に大笑いしますよ。

所見：この表現は「頭が体からはずれるほど大きく長く笑う」という意味で、単に「大笑いする」という意味になる。

9　*hit the nail on the head*　（核心をつく）

He had hit the nail on the head. (The Murder on the Links p.186　Berkley Books)

和訳：彼は核心をついていた。

所見：「釘の頭をたたく」とは、「釘を板に的確に打ち込む」ことを意味し、そこから見出しのような意味が出る。日本語の「正鵠を射る」と同じ意味である。

10　*head over heels*　（完全に、深く）

According to M. Poirot, whom I told you about, she's head over heels in love with her employer. (Dead Man's Folly p.167　HarperCollins)

和訳：ポアロさんによれば、あ、ポアロさんのことは君に言ったよね、彼女は雇い主に首ったけだったということだ。

所見：18 世紀の後半まで、この表現は heels over head 「頭の上にかかと」として使われていて、「とんぼ返り」を意味していた。「頭よりかかとが上にある」のだから、イメージ的にはよく分かる。だが、現代では、見出しのように head over heels となっていて、こうなると何故これが「完全に」となるかはわかりにくい。「かかとの上から頭まで」という直訳になるので、「体全体で」という物理的な意味が拡大され、「全身全霊で」という心の中まで踏み込んだ意味になるのだろうかと想像するのみである。

いずれにしても、この表現は特に口語表現で in love とともに使われることが多く、「完全に」「首ったけで」ということであり、さらに in debt「借金をして」とともに使われることもある。

11　*off one's head*　（正気ではなくなって）

I think she's half off her head anyway. (Endless Night p.37　HarperPaperbacks)

和訳：とにかく彼女は半分正気を失っているんです。

所見：この場合の head は mind と同じで「頭の働き」「知力」などの意味である。その単語にスィッチが切れている状態を示す off がついているので自ずとその意味を推測できる。「正常な頭の働きが失われている」状態を示すのである。

12　*keep a civil tongue (in one's head)*　（言葉遣いを慎む）

I advise you to keep a civil tongue in your head, young man,（後略） (The Body in the Library p.27　HarperPaperbacks)

和訳：若いの、言葉遣いには気をつけることだな。

所見：civil は「礼儀正しい」の意味である。tongue は「舌」ではなく、「言葉」とか「言葉遣い」の意味である。したがって「頭の中に礼儀正しい言葉を持っておく」という直訳になる。

13　*have a (good) head on one's shoulders*　（実務の才がある、聡明である）

Josie's got a good head on her shoulders, my girl. (The Body in the Library p.115　HarperPaperbacks)

和訳：ジョジーは常識ってもんを持っているよ、ねえ。

所見：直訳は「肩の上に頭がある」で、これは当たり前の人間の姿を言っているだけの表現である。こういう表現を理解することが意外と難しい。

この表現のなかの shoulders は必ず複数形で使われ、その場合はただの「肩」ではなく、比喩的に「責任や義務を負うことの例え」「双肩」という意味である。そして、本章の 11 で述べたように head は「頭の働き」「知力」であろう。「責任や義務において頭が切れる」から見出しのような意味になる。

14　*wax in one's hands*　（～の意のままになる人）

And, of course, if the matter went farther, Colonel Melchett, the Chief Constable, I am sure, would be wax in your hands. (The Thirteen Problems p.196　Berkley Books)

和訳：そして、もちろん、もし事態がこれ以上進んだら、メルチェット警察署長もきっとあなたの意のままですよ。

所見：見出しの表現に関連して mold ～ like wax「～を思い通りの型に仕込む、人を思い通りにする」という表現がある。つまり、蝋(ろう)で型取った人とは、「自分の思い通りになる人」を意味するのである。そこから見出しの表現がある。

15　*give a swelled head*　（うぬぼれさせる）

I'm afraid you've been giving her a swelled head,（後略） (The Murder of Roger Ackroyd p.143　HarperCollins)

和訳：君のおかげで彼女はうぬぼれてしまったんではないか。

所見：swelled は「腫れた」とか「膨れ上がった」という意味だが、後ろに head がつくと「うぬぼれた」という意味が出る。have(get) a swelled head もある。この場合は「うぬぼれる」ということになる。

16　*not know if(whether) one is (standing) on one's head or (one's) heels*　（わけがわからなくなっている）

He can wangle figures until the best chartered accountant in the country wouldn't know if he was on his head or his heels! （And Then There Were None p.202　Harpercollins）

和訳：奴は、我が国で最高の勅許会計士でさえも何が何だか分からなくなるまでに数字を改ざんすることができる。

所見：「逆立ちしているのか、普通に立っているのか分らない」という直訳で、ひどく混乱している状態を示すようになった。

17　*hand over fist*　（どんどん、ぐんぐん）

Anyway, it's paid him hand over fist! （Hercule Poirot's Christmas p.72　HarperPaperbacks）

和訳：いずれにせよ、それで彼はどんどん儲けていった。

所見：この表現の直訳は「拳の上に手を」である。これは海洋用語から来た表現である。綱を上っていくとき、手を交互に動かして、一つの手を別の手の拳の上へ持って行く。そして、それを繰り返すことによって「ぐんぐん」進んでいくことからこの表現がある。

18　*get(gain, have) the upper hand*　（優勢になる）

One's body is a nuisance, M. Poirot, especially when it gets the upper hand. （The ABC Murders p.112　FONTANA/COLLINS）

和訳：人間の肉体とはやっかいなものですよ、ポアロさん。特に、（心が衰えて）体のほうが心より元気だと。

所見：upper hand で「支配」とか「優勢」を意味する。この表現は後ろに of や on を持ってきて、誰に対して「優勢になる」のかを示すことがある。

　この引用文の直前には Everything's dim. 「何が何だかわからん。」とあり、この文を述べる女性が認知症を自覚していることが示唆されている。

19　*hand in glove*　（親密で）

Anyone could see with half an eye that the woman was as pious as could be — the kind that was hand in glove with parsons.
(And Then There Were None p.65　HarperCollins)

和訳：だれでも一見してその女性が信仰心の厚い人だと分るでしょう。いわゆる牧師さん方のお仲間ですよ。

所見：手袋と手は普通密着しているが、その「手袋と手の間柄のように密接な関係」であることを示している。

20　*show ～ one's hand*　（手の内を見せる）

If he is the villain of the piece, as we decided he must be, it means that we're going to show him our hand.
(Why Didn't They Ask Evans? p.130　Berkley Books)

和訳：もし彼が真犯人なら、もちろん私たちはそうに違いないと思ってるんだけど、私たちが彼に手の内を見せてしまうことになる。

所見：show ～ one's hand はトランプの用語である。hand とは持ち札のことであって、見出しの表現は「持ち札を見せる」という意味になる。他に have a wretched hand という表現もあり、自分のもっている「悲惨なほど手が悪い」ということになる。

　the villain of the piece が「真犯人」という意味になることは第 6 章の 89 で解説してある。

21　*feel(have, get) a lump in the throat*　（喜びや悲しみで心が一杯になる）

Her dying Czechoslovakian woman in hospital brought a lump to the throat.
(Lord Edgware Dies p. 2　Berkley Books)

和訳：彼女の描いた、病院で亡くなる寸前のチェコスロバキア女性を見ると胸が痛んだ。

所見：この表現について、辞書には見出しのようないくつかの動詞が見られるが、おそらくクリスティはこの変形で動詞を bring としたのであろう。日本語では見出しに示したように感情の宿るところは「胸」であるが、英語では「のど」で表現しているところが面白い。

22　*in the hollow of one's hand*　(〜に隷属して、〜の手のひらのなかで)

"You see," purred the dancer, "if you are clever, you have her in the hollow of your hand. (The Mystery of the Blue Train p.40　HarperCollins)

和訳:「いいですか。もしあなたが賢い人なら、彼女を思うがままに操れますよ。」とダンサーは意地悪そうな言い方をした。

所見:hollow は「くぼみ」という意味であり、「手のくぼみ」とは「手のひら」を指すのだろう。見出しの表現は、日本語の「手のひらで転がす」に近い意味である。

23　*hand and foot*　(完全に、手足となって)

Waits on him hand and foot, she does, (後略) (Funerals Are Fatal p.152　HarperPaperbacks)

和訳:かいがいしく彼に仕えてます、彼女はね。

所見:文字通りの訳は「手足となって」という意味である。この表現が「完全に」という意味になる場合は bind や tie と用いられ、手足を「完全に縛る」という意味になる。だが、見出しの文はこの意味とはやや異なる。「手足となって」から「まめまめしく」とか「かいがいしく」という意味が出てくる。

24　*eat(feed) out of one's hand*　(〜の言いなりになる)

Anyway, I soon got him eating out of my hand. (Why Didn't They Ask Evans? p.206　Berkley Books)

和訳:とにかく、私はすぐに彼を丸め込んじゃったの。

所見:飼い慣らされた動物が、飼い主から食べ物をもらっているというイメージである。犬で言えば、お座り、お手というようなことをしてから食事にありつくということであろう。

25　*have a finger in the pie*　（事に参加する、手出しをする）

Decidedly, I must have a finger in this pie.
(Poirot Investigates p.12　Berkley Books)

和訳：はっきり言っておきますが、私はこの件に関わりますよ。

所見：「参加する」とか「手出しをする」という意味としたが、この表現のニュアンスとして単に「参加する」ではなく、「余計な干渉」とか「おせっかい」という意味合いがあることは承知しておいた方が良い。

26　*snap one's fingers at(in)* ～（～に向かって指をはじく）軽蔑の仕草

Why the hell didn't I snap my fingers in my mother's face and go off with you when you wanted me to? (Appointment With Death p.173　HarperCollins)

和訳：君がそう望んでいるうちに、なんで母親のことなんか無視して君と駆け落ちしなかったのか。

所見：人の顔の前で指をパチンと鳴らすのは軽蔑の仕草である。また、人の権威を無視するという場合にもこの表現が使われる。

27　*have(keep)* ～ *at one's fingertips*　（～を直ちに利用できる）

Miss Gorringe had all the same facts at her fingertips and could retail them efficiently. (At Bertram's Hotel p.7　HarperPaperbacks)

和訳：ゴリンジさんは（ハンフリーズさんが持っているのと全く）同じ事実を全て手持ちにしていて、それらについて簡潔に話すことが出来た。

所見：fingertip はもちろん「指先」だが、この言葉には限定的形容詞で「いつでも使える」という意味があり、例として fingertip controls（自動車などの指先操作装置）などがある。見出しの表現も「指先」で簡単に利用ができるという基本的な意味を共有している。

28　*wind(twist, turn, twirl) ～ round(around) one's little finger*（意のままに操る）

She can wind him round her little finger, everyone knows that. (The Murder at the Vicarage p.179　Harpercollins)

和訳：彼女は、彼を意のままに操ることが出来る。皆それを知ってます。

所見：この表現の意味は「意のままに操る」となっているが、これには「特に女性が」という注が必要であろう。見出しの句で little finger の little がカッコ付きとなっている辞書もあるようだが、多くの場合 little をつけて「小指」としている。日本語においても俗に「小指」は「妻」や「恋人」など女性を指す場合があるが、この点、英語のこの表現と発想が似ている。

コラム 8

ペーパーバックについて ①

「はじめに」の冒頭、私は長年ペーパーバックを読んできたと書いた。私がペーパーバックに親しんできた理由としては、一つにはお金がなくて高価なハードカバーの本は買えなかったこともあるし、また、一つには高尚な文学作品や評論よりも、探偵小説やホラー小説や冒険小説のような、大衆的作品に惹かれたからということもある。要は、相性がよかったのである。

私が最初に買ったペーパーバックは、イアン・フレミングの Thuderball『サンダーボール作戦』であった。御存知、007 シリーズの一冊である。私は中学校のときに映画館でショーン・コネリー主演のこの映画を見ており、偶然、名古屋の丸善で見つけたこの本を買ったのである。多分、高校 3 年生のときではなかったかと思う。おそらく当時の私の英語の力では半分も理解できていたかどうか不安であるが、「英語の本」を 1 冊持ったという事実は、私のプライドを十分満足させた。

その後、高等学校の英語の教員となった私は、暇を見つけては雑誌の TIME とペーパーバックを読んだ。また、通勤の行き帰りにはカセット・テープで英語を聞きまくった。とにかく英語の Input を多くすれば英語の Output 即ちスピーキングやライティングなどの運用能力も身につくと単純に思っていたのである。

果たして、私の多読と多聴は英語の運用能力向上に効果があったのか。それは分からない。仮に英語の力がついたとしても、それはペーパーバックの多読により自然に習得されたものなのか、意識的な暗記や学習により身についたものなのか、今となっては検証のしようがない。ただ、はっきり言えることは、30 代の後半にはじめて英国に行き、ホームステイをしながら語学学校や大学で授業を受けても、日常生活や勉強においてそれほど困ることはないだけの英語運用能力はついていたということである。

いずれにせよ、英語の運用能力云々は別にして、私は英語を読むことを楽しみ、英米の文化を吸収し、ペーパーバックの世界を満喫してきたことには間違いない。そして、それは大きな人生の楽しみであったのである。(コラム 9 に続く)

29　*get one's foot in*　(足掛かりをつくる、うまく入り込む)

Jane's undesirable young man had got his foot in and he meant to keep it there!
(One, Two, Buckle My Shoe p.155　HarperCollins)

和訳:ジェインの好ましからざるボーフレンドは(オリヴェラ家に出入りする)足掛かりを作っていて、それをずっと維持するつもりだったのだ。

所見:この表現は、「足を入れる」という直訳から「足掛かりをつくる」と解釈できる。組織などにうまく入り込むきっかけを作ることを言っている。

30　*My foot!*　(ばかばかしい、とんでもない)

"Comic my foot," said Superintendent Battle.　"About as dangerous as a black mamba and a she-leopard —　(後略)　" (Towards Zero p.131　Berkley Books)

和訳:「滑稽なだって?とんでもない!どす黒く巨大な毒蛇か雌ヒョウぐらい危険な奴だ。」とバトル警視は言った。

所見：相手が言ったことに対して強い異議を申し立てる表現である。この表現は 1920 年代アメリカの the Roaring Twenties（第一大戦後の浮かれた時代＝狂騒の 20 年代）に生まれたという。当初は、相手の言ったことに対して Your foot! と言っていたようだが、現代では My foot! と言う。

何故「私の足」と言うことが、相手の言ったことを強く否定することになるのかについては不明であった。

引用の部分は、若い警察官がポアロについて「あの、年寄りのベルギー人で、滑稽で小柄な男ですか」と言ったことへのバトルの反応である。

31　*have one foot in the grave*（死にかけている）

> That *would* make me feel I had one foot in the grave,（後略）
> (The Clocks p.192　HarperPaperbacks)

和訳：そんなことだったら（それが 20 年以上前に起こったことだったら）私はもう死にかけのボケ老人のように感じることでしょうよ（だからそんなことは覚えてません）。

所見：日本語にも「棺桶に片足を突っ込む」という表現がある。これと同様、「老い先の短いことの例え」である。

32　*feel one's feet(legs, wings)*（歩けるようになる、自信がつく）

> I seem to be feeling my feet tonight.
> (A Caribbean Mystery p.27　HarperCollins)

和訳：今夜は体の調子もいいみたい。

所見：元々、この表現は「子どもや病後の人が一歩一歩、歩みを確かめるように歩く」ことから来ている。そこから転じて、「自信がつく」「元気になる」という意味が出る。

33　*put(get) ～ up one's feet*（一休みする）

> I don't want everyone offering me cushions and urging me to put my feet up.

(The Murder at the Vicarage p.220　Harpercollins)

和訳：私は、みんなが自分にクッションを差し出してくれて、一休みしたらどうですかなどと言ってくれるのはいやなんです。

所見：この表現は「足を何かの上の乗せてくつろぐ」という意味である。家でテレビを見ながら足をテーブルの上に投げ出してくつろいでいるというイメージである。

34　*get under one's feet*　(人の邪魔になる)

"I wish she wasn't coming." said Craddock seriously. "Going to get under your feet?" (A Murder Is Announced p.80　Berkley Books)

和訳：「彼女（ミス・マープル）が来なかったらいいのに。」とクラドックは真剣なまなざしで言った。「彼女があなたの邪魔になるってことですか？」

所見：under one's feet に「邪魔になって」という意味があるのはわかりやすい。足の下になにかあれば「邪魔になって」しょうがないだろう。

35　*kick one's heels*　(長い間待たされる)

But if you think I'm staying on here, kicking my heels and doing odd jobs in what I consider is just a crazy set-up, — well, think again!
(They Do It With Mirrors p.194　HarperCollins)

和訳：だが、もし君が、俺はこのただ異常な状況としか思えないところで、雑用をしながら待ちぼうけを食わされ、ずっとここにいるような人間だと思うなら、いいかい、考え直すんだな。

所見：似た表現に kick up one's heels「はしゃぐ」(第1章の 49)　があるが、up がないだけで全く違う意味となる。ただ、kick up one's heels の場合は由来が明確だったが、kick one's heels がなぜ「手持ち無沙汰」の意味になるのか不明であった。待ちぼうけを食わされるとき、よく別の足でかかとを蹴る仕草をするということから来るのであろうか。

36　*lay ～ by the heels*　（～を監禁する、動けなくする）

This murdering villain's got to be laid by heels. (The ABC Murders p.58　FONTANA/COLLINS)

和訳：この殺人者は拘束されなければならない。

所見：罪人に足かせをはめて動けなくするということから、人を拘束するという意味に使われる。

コラム9

ペーパーバックについて ②

このコラムではアガサ・クリスティ以外で、私のお気に入りの作家を5人挙げておこう。

まずは、私をパーパーバックの世界へ本格的に導いてくれたシドニー・シェルダンである。Master of the Game を読んだときの、あのラストの衝撃は今でも忘れられない。その後、多くの作品でお世話になった。特に、彼の作品はペーパーバック初心者と言っても良い私にとって非常に読みやすいものであった。そのスピーディなストーリー展開と簡明な英語で、夢中になって読んだものである。

次にフレデリック・フォーサイスが続く。世界情勢に関する綿密な情報に基づき、いかにもあり得そうなストーリーを読ませてくれた。いったい、どこまでが虚構でどこまでが現実に起こったことなのか、その区別が不明になるほどの切迫感であった。特に、The Day of the Jackal を読んだときは、ストーリーの終盤に近づくにつれ、この物語が終わって欲しくないという妙な感情に襲われた。というのも、この物語は、フランスのド・ゴール大統領暗殺を目指すスナイパーの物語なのだが、我々はド・ゴールが暗殺されなかったことを知っている。それはとりもなおさず、ジャッカルが暗殺に失敗することを意味していたからだった。また、Dogs of War もよかった。dogs of war という表現はシェイクスピアの造語であり、『ジュリアス・シーザー』では「戦争の惨禍」

の意味で使われている(3.1.273)。辞書にもその意味で載っているが、この小説のタイトルは文字通りの『戦争の犬たち』でいいと思う。おそらく、フォーサイスはその両方の意味で使ったのだろう。

さらに、ジョン・グリシャムを挙げておく。ジョン・グリシャムと言えば法廷ものが有名だが、私にとっては、法廷よりももっと壮大なスケールで強大な組織悪と戦う二人の男女を描いた The Pelican Brief が第一である。また、セオドア・ブーンという「少年弁護士」を主人公にした一連の作品もグリシャムにはある。このうち Theodore Boone: Kid Lawyer という作品を生徒たちと一緒に読んだのもいい思い出である。

サマセット・モームも私の大好きな作家である。私はこの作家の書くものが文学作品として評価されているのかどうか知らない。また、その作品のなかでは大きな事件が起こったり、快刀乱麻の謎解きがあったりするわけではない。だが、自然に「読ませてくれる」のである。モームの作品と言えば、Of Human Bondage や The Moon and Sixpence のような長編が有名だが、私には Rain や Red のような、人生の皮肉を痛烈に描いた短編のほうが面白いように思われる。因みに、『人間の絆』という邦題について一言。最近は「人との『絆』」のように「絆」という言葉が肯定的なイメージとして使われることが多い。だが、『人間の絆』における「絆」は、人間を縛るもの、人間がどうしても逃れることができない煩悩のようなものという意味である。それ故に、Of Human Bondage の訳はいくつか出ていても、タイトルを一様に『人間の絆』としていることには違和感がある。bondage は「束縛」ですよ。

そして最後に、ロバート・B・パーカーを挙げておく。私立探偵スペンサーは、仲間のホークという男と、なんで警察に逮捕されずに探偵業を続けていけるのかと思うほど痛快に暴れてくれる。だが、スペンサー・シリーズの白眉と言えば、やはり Early Autumn であろう。ペーパーバックの世界は私にとっては、実生活とは全く別世界であって、いわば、おとぎ話の世界とでも言うべきものであったが、一方、この Early Autumn の世界は、毎日高校生と接していた私にとって、「おとぎ話」では決して済まされない世界だったのである。かっこよく言えば、プロ意識を揺さぶられたのである。

以上である。まだまだ私に喜びを与えてくれた作家は大勢いる。紹介できないのが残念である。だが、今思うことは極めて単純なことである。ペーパーバックは、「面白い」から読む。それだけで十分だ。それを読んでいる間、少なくとも仕事や世間の憂さから私は解放されるのである。

37　*have 〜 by the heels / have the heels of 〜*（〜に勝つ、〜を追い越す）

You'll have him by the heels long before that.
(The ABC Murders p.72　FONTANA/COLLINS)

和訳：君は（Aから始まった殺人事件がZに到達する）ずっと前にあの殺人者を捕まえるよ。

所見：イメージ的にはわかりやすい。「かかとでつかまえる」ということである。ただ、日本語にも「かかとを踏む」という表現があって、辞書には「(坊ちゃんが）山嵐の踵を踏んであとからすぐ現場にかけつけた」という例文が載っている。これは「前の人に遅れずについて行く」という意味である。それに対して、この英語の表現は「追い越して」しまっている。ここが違うところである。

38　*down at (the) heel*（みすぼらしいなりで、だらしなく）

I'm tired of seeing you mouch about down at heel and all anyhow.
(The Moving Finger p.156　Berkley Books)

和訳：私は、おまえがだらしない格好をしたりして、とにかくそこらへんをほっつき歩いているのを見るのが嫌なんだ。

所見：worn-down heels（すり減ったかかと）が「みすぼらしい状態」を表すことからきた表現である。日本でも、足をきちんと靴に入れず、かかとの部分を踏んで履いている人を見かける。その際、かかとが押しつぶされて、「すり減った」ように見える。そういう靴をはく人間は「だらしない」と思われるのと同じ発想であろう。

39　*give(be) a leg up*（幸先の良いスタートになる、時宜をえた援助を与える）

Marrying Merton, he'd feel, was perhaps a kind of leg up for me　―（後略） (Lord Edgware Dies p.34　Berkley Books)

和訳：私がマートンと結婚したのは、多分、私にとってある意味渡りに船だったと彼は思ってるんでしょうね。

所見：leg up とは、もともと足を上げることだが、これは乗馬からきた言葉である。元来は、馬に乗る人の足を持ち上げて、鞍の上に乗るのを助けるという意味であり、そこから「良いスタートを切る」とか「援助を与える」という意味が出てくる。

40　*The boot is on the other(wrong) leg(foot).*（お門違いだ、状況がかわった）

But, in the meantime, things have changed.　The law has taken up a very different stand.（中略）The boot's on the other leg. (The Murder at the Vicarage p.124　Harpercollins)

和訳：しかし、そうこうするうちに事態は変わってしまった。法律は以前とは非常に異なる立場をとるようになった。状況は、以前とは全く変わったんだよ。

所見：この見出しの表現の意味の記載については迷った。「靴を左右反対にはいている」という直訳になるので、最初はそこから「間違っている」という意味が出るものと解釈した。実際、英和辞書には「お門違いだ」との意味が載っている。だが、文脈を見ると、この訳では違和感がある。そこで英英辞典を見ると、オックスフォード・イディオム辞典ではこの表現の定義が a situation is now the opposite of what it was「状況は過去とは逆だ。」となっていて、こちらの意味の方が腹に落ちるのである。そこで、見出しの意味として二通りつけてある。

41　*pull one's leg*（人をからかう）

"Poirot," I cried, "you're pulling my leg."

(The Murder on the Links p.126　Berkley Books)

和訳：私は叫んだ。「ポアロ、君は私をからかっている。」

所見：この表現の句源に定説はないようであるが、一つを紹介しておく。これは非常に残酷なものである。19 世紀の英国では絞首刑になった者を見世物とする hanging parties 「処刑愛好者の会」が開かれたという。そこでは、罪人たちの悲惨な最期を見て、参加者たちが心から楽しんだ。文豪のチャールズ・ディケンズなどはこのパーティを主催していたという。そして、参加者のなかには、からかい半分で、絞首刑になった罪人の「足を引っ張る」者もいたという。そこからこの表現が生まれたというのである。

42　*on one's(its) last legs*　(死にかかって、つぶれかかって)

That Standard is pretty much on its last legs, (後略)

(Why Didn't They Ask Evans? p.63　Berkley Books)

和訳：あのスタンダード型はもうかなりポンコツだよ。

所見：この表現は人にも物にも適用され、それぞれ「これ以上正常に機能できない」状態となっていることを示す。イメージ的には分かりやすい。

43　*with the(one's) tail between one's legs*　(おじけづいて、こそこそと)

"And therefore," I said, "we return to London with our tail between our legs."

(Dumb Witness p.76　HarperCollins)

和訳：「したがって、我々はすごすごとロンドンに戻るという訳です。」と私は言った。

所見：これは犬を見ていれば十分理解できる表現である。犬が恐怖を感じ、逃げ去ろうというとき尻尾が垂れ下がり、「両足の間に入った」ように見える。この様子から、「意気消沈して」というような意味が出る。

44　*not have a leg to stand on*　(拠って立つべき基礎を欠く、議論にならない)

They wouldn't have a leg to stand upon, and they know it.

(The Mystery of the Blue Train p.43　HarperCollins)

和訳：彼らは自分たちの主張の拠り所を持っていないのだろう。そして彼らはそのことを知っている。

所見：この表現は副詞句としても使われ、without a leg to stand on「弁解の余地なく」という言い方も見られる。いずれの場合も、leg は「拠って立つ根拠」という意味である。

45　*look down one's nose at* ～（～を軽蔑の目で見る）

And why not?　Why look down your nose?

(A Murder Is Announced p.202　Berkley Books)

和訳：なんでそれがいけないの？なんで私を軽蔑の目で見てるの？

所見：人は、相手に対して非難や軽蔑の態度を表すとき、自分のまぶたを落として目を細め、目の下の鼻のほうを見下ろすような仕草をすることから来ていると言われる。

46　*turn up one's nose at* ～（～を軽蔑する）

Lots of good fellows that Leslie would turn her nose up at and pronounce dull.

(And Then There Were None p.63　HarperCollins)

和訳：レスリーが軽蔑し「愚か」とレッテルを貼ったたくさんのいい仲間たちがいた。

所見：turn up the nose とは「鼻を上に向ける」ということだが、鼻を上に向けると、いわゆる上から目線となり、軽蔑の表情になることからこの表現がある。

前項と似た意味であるが、「鼻」に関して down したり up したりと正反対の単語が前にある。だが、動詞が違うことに注意する必要がある。

47　*keep one's nose to the grindstone*（一生懸命働く）

No, now that he had arrived, he must keep his nose to the grindstone.

(And Then There Were None p.29　HarperCollins)

和訳：否、彼はここまで来たのだから、一生懸命に働かなければならなかった。

所見：grindstone は「回転研磨盤」といって、金属の道具を研ぐためのディスク状の道具である。これを回転させて道具を研磨するのだが、その際、この作業を一生懸命に行う人はその上にかがみ込むこととなり、どうしても鼻が近くなる。つまり、「鼻をグラインドストーンに近づけている」ことは「一生懸命働く」ことなのである。

48　*poke(thrust, put, push, shove) one's nose into(in)* ～（～に干渉する）

We all know that Jane likes to poke her nose into things,（後略）

(The Body in the Library p.44　HarperPaperbacks)

和訳：私たちは皆、ジェーンが物事に関わりをもつのが好きだと知っている。

所見：poke は「棒などでつつく」ということだが、後ろに nose があるのでこの場合は「鼻をくっつける」ということである。そこから、「他人の仕事などに鼻を突っ込む」という意味が生まれる。

49　*under one's nose*（目の前で）

And now you let this happen.　Another murder.　Under your very nose …

(Three Act Tragedy p.181　HarperCollins)

和訳：そして今や君はこの事件が起こるのを許してしまった。もう一つの殺人事件を。しかもまさに自分の鼻先で。

所見：この表現も分りやすい。ただ、日本語では「目の前」となるのに、英語では「鼻の下」となっている。因みに、フランス語では「私の目の前で」は sous mes yeux であり、直訳は「私の目の下で」である。日本語、英語、フランス語は三者三様であるのが面白い。

英語には、日本語と全く同じ発想の before my eyes という表現があることを付け加えておく。

50　*put one's nose out of joint*　（人の気分を悪くさせる、人を出し抜く）

> As it was, she'd given such a devoted love to Pippa that she felt quite apologetic to Pippa for putting her nose out of joint, so to speak.
> (They Do It With Mirrors p.22　HarperCollins)

和訳：しかし実のところ、彼女（キャリー・ルイーズ）はピッパ（キャリー・ルイーズの養女）を献身的に愛していたので、（自分が妊娠することで）ピッパに対して、いわば娘の立場を明け渡す形になってしまうことをたいへん済まなく思っていた。

所見：いままでいくつか nose に関する慣用表現を見てきたが、一つ気がつくことは、nose は「干渉」「お節介」という意味で使われることが多いということだ。日本語にも「鼻を突っ込む」という表現がある。

この見出しの表現は nose、つまり「なにかに干渉しようという意図」を out of joint つまり「関節がはずれてうまく機能しない状態にする」という意味である。日本語に「鼻を明かす」という表現があるが、それに似ているのは興味深い。

なお、この引用文についてはかなり意訳してある。

51　*cold feet*　（不安、逃げ腰、おじけ）

> Frankly, it gave me cold feet. (Death on the Nile p.227　HarperCollins)

和訳：率直にいって、俺は怖かった。

所見：科学的根拠があるのかないのか知らないが、恐怖を感じている人は血液の循環が悪くなり、体温が下がると考えられていた。それが原因で震えや悪寒に襲われるというのである。そうした考えから、不安や恐怖を感じることを have(get) a cold feet というのである。ここでも、何故 feet なのかは分らなかった。hand でも良いような気がする。

コラム 10

私の恐怖体験

cold feet が出たところで、私の恐怖体験を書いておきたい。

私は、かつて、サリー州の Guildford 「ギルフォード」にある大学で勉強していたことがある。ここは、ウォータールー駅から電車で南へ 40 分ほどのところにあり、ロンドン郊外の落ち着いた町であった。『不思議の国のアリス』を書いたルイス・キャロルがその最期を迎えた家も残っていたし、キャロルはこの町の墓地に葬られているという。

私は日本人の英語教員の方々と一緒に英語指導法を学んでいた。さて、恐怖体験とは以下のようなことであった。あるとき、他の先生方と町での用事を済ませ、バスの来るのを待っていた。いわゆる英国で有名な queuing である。すると一人の大男の酔っ払いがやってきて、我々5 人の日本人の顔を一人一人見下ろし、最後尾に並んでいた私に向かって、"Are you Chinese?" ときた。私が "No, I'm Japanese." と答えると、"I don't like Japanese. You, fight me?"「日本人は嫌いだ。俺とやるか。」と言って両拳を上げてファイティング・ポーズをとる。私は"NO, NO, NO, I won't fight you." などと応答したが、Frankly, it gave me cold feet. であった。その後はこの男が大声でまくしたてる英語など聞いている余裕はなく、いつパンチが飛んでくるのか、そればかりを気にしながら走って逃げるタイミングをうかがっていた。

すると、不思議なことに大声で何かを言っているのがこの男だけではないことに気がついた。小さな子どもを抱いた男の人がこの大男に向かって私の横で何か言っている。腰の曲がったようなかなり年配の女性までがこの大男に向かって人差し指を突き立てながら何か言っている。私には英語を聞き取っている余裕などとてもなかったが、後で聞いた話によれば、その女性は"Piss off!" 「さっさとあっちへ行け！」と言っていたそうだ。

結局その大男は立ち去り、周囲の方々のおかげで私は救われたのだが、実はこの後、私にとって一生忘れることがない出来事が起こった。一人の 50 歳前後の男性が私のもとにやってきて、優しい声で "I do aplogise to you."「心から謝罪します。」と言ったのである。その声は今でも私の脳裏に焼き付いている。その謝罪の言葉に続けて、正確な英語は忘れてしまったが、彼は「このことで私たちの町に、そして私たちの国に悪い感情をもたないでください」という内容のことを言った。

気が動転していた私は、周囲の人々やこの男性に感謝の言葉を告げることもなくその場を立ち去ってしまったが、後から考えると、あれが英国という国なのかと思った。あれが英国の伝統というものであり、地域や国を愛し誇りに思うということはあのようなことなのかと思ったのである。

私は、恐ろしい思いをしたが、それと同時に、英国という国やそこで生活する人々をより深く知ることができ、この国がますます好きになったのである。

52　*rub one's nose in* ～（～の耳の痛いことも遠慮なく注意する）

Well, I believe in — what shall I say? — rubbing their noses in the stuff — train them in accountancy, in figures — show them the whole inner romance of money, so to speak. (They Do It With Mirrors p.38　HarperCollins)

和訳：さて、私は、何というか、金について嫌なこともはっきり言ってやるということは大事だと思っているのです。会計の仕事つまり数字について鍛えてやって、金のいわば秘めたるロマンというものを教えてやることがね。

所見：直訳は「～に鼻をこすりつける」である。どの辞書にもこの表現の見出しのような意味は載っているが、その由来については記載がない。そこで、勝手な想像をした。我が家の犬が小さい頃、室内で粗相をするとしつけとして、「ダメ」と言いながら鼻を床にこすりつけていた。この表現でそのことを思いだした。ひょっとすると、この表現は犬のしつけからきているのかもしれない。

53　*pay through the nose*　（法外な金を払う）

Pay through the nose, so I've heard.

(Cat Among the Pigeons p.95　HarperPaperbacks)

和訳：法外な金を払っていると聞いてますよ。

所見：この表現の句源についてはいくつか説があるようだが、最も有力なのは以下のとおりである。9世紀、デーン人（デンマーク地方から侵入したノルマン人の一派）たちはアイルランドを支配し、人民に人頭税を課した。そしてそれを怠った者に対しては鼻に切り込みを入れたのである。そこからこの税は nose tax と呼ばれるようになり、さらに見出しのような表現が生まれたというのである。

54　*nosey(nosy) parker*　（おせっかい屋）

Nosy Parkers, these old women,（後略）
(A Murder Is Announced p.154　Berkley Books)

和訳：このおせっかい屋のおばあちゃんたち。

所見：1559年にカンタベリーの大主教となった Matthew Parker という人は極めて仕事熱心な人で様々な改革を行ったが、それと同時に地方の牧師たちからその行動等について報告書を求めた。その結果、彼の仕事に反感を感じる人も多く、彼が異常に長い鼻の持ち主であったことも影響して、Nosey Parker と揶揄されるようになったのである。もちろん、nosey(nosy)には「せんさく好きな」という意味がある。

55　*a flea in the(one's) ear*　（耳の痛いこと、いやみ）

She said（中略）she'd sent him off with a flea in the ear — excuse the expression, sir —（後略）(The ABC Murders p.103　FONTANA/COLLINS)

和訳：彼女は、あいつにちょっと耳の痛いことを言って追い出してやったと言っています。品の悪い言葉をお許しください。

所見：耳にノミがいる犬は異常を感じて急に走り出すという。このことからノミを「叱責」「苦言」などの「耳の痛いこと」に見立てているのである。

56 *throw ～ out on one's ear*（～を追い払う、～をクビにする）

Why, if I were to say the things to my super that their inspectors say to superintendents I should be thrown out of the Force tomorrow on my ear. (Death in the Clouds p.40 HarperCollins)

和訳：もちろん、警部が警視に対して言うようなことを俺が上司に言ったら、俺は明日、捜査陣から即放り出されるだろうな。

所見：out on one's ear で「仕事やなにかの集団から突然辞めるよう言われる」ことを言う。例えば、You'll be out on your ear. で「君はクビだ。」ということである。だが、これについても句源は不明であった。throw out だけでも「放り出す」ということで「クビにする」の意味は出ると思うのだが、何故 on one's ear がついているのか分らない。「耳に」ということは、文書によるのではなく「口頭」による解雇の宣告を言うのであろうか。

57 *take the words out of one's mouth*（人が言おうとすることを先に言う）

Poirot began, "He had his reasons — " but she took the words out of his mouth. (Sad Cypress p.159 HarperCollins)

和訳：ポアロはしゃべり始めた。「彼にはいくつか理由がありました —」ところが、彼女がポアロの言おうとすることを先取りしてしまった。

所見：文字通りに訳すと「彼の口から言葉を取る」で、「言おうとすることを先取りしてしまう」という意味になる。

58 *laugh on(out of) the wrong(other) side of one's mouth(face)*（笑っていたのに急にべそをかく、吠え面をかく）

Don't laugh, young man. It comes to me as may be one of these days you'll laugh on the wrong side of your mouth. (Endless Night p.6 HarperPaperbacks)

和訳：笑いなさんな、若いの。近いうちに、あんたは吠え面をかくことになるということが私には見えてるんだから。

所見：見出しの表現の直訳は「口（顔）の逆の側で笑う」ということなるが、意味的には「笑う」どころか「泣く」ことになる。想像もつかない意味であった。句源についても不明であり、実に難解な慣用表現だと思う。

59　*down in(at) the mouth*　（しょげて、がっくりして）

— well, she had seemed a little down in the mouth, as though she didn't take any interest in anything. (Three Act Tragedy p.118　HarperCollins)

和訳：彼女は少し塞ぎ込んでいるように見えていました。まるで何にも興味がないかのように。

所見：人は、非常に悲しく元気がないとき、口の両すみが垂れ下がった状態になるのでこの表現が生まれたと言われる。逆に、人は笑ったり微笑んだりすると口の両すみが上がるようである。

60　*keep(have, carry) a stiff upper lip*　（強情である、冷静でいる）

Had he dealt with it all right?　Kept a stiff upper lip? (And Then There Were None p.65　HarperCollins)

和訳：彼はそれをうまく処理したのか。彼は冷静でいたのか。

所見：「上唇を固くしておく」というのが直訳であるが、「不運にめげずに困難や危険に耐える」という意味になる。この表現は、目に涙が溢れてくると、下唇が震えてきて、上唇はじっと動かないままであり、それが感情の発露をじっと抑えている姿であることから来たという説がある。

61　*get under one's skin*　（〜をいらいらさせる、〜の心を強くとらえる）

It got right under her skin … (Death on the Nile p.56　HarperCollins)

和訳：それは彼女をいらいらさせた。

所見：この表現はダニの一種が句源であるという。この虫の幼虫は、人にとりついて動き回り皮膚に食いついたりすることがあるが、それは極めて不快なことで人を「苛立たせる」ということである。

このダニの一種とはツツガムシのことで、この虫は現代でも野ネズミなどに寄生していて、山に行く人はこれに刺されていわゆるツツガムシ病を患うことがあるという。

62　*jump(fly, leap) out of one's skin*　（跳び上がるほど驚く）

> （前略）I do declare I jumped almost out of my skin.
> (The Murder at the Vicarage p.93　Harpercollins)

和訳：ほとんど跳び上がるばかりに驚きましたよ。

所見：この表現も句源は不明である。直訳は「肌から跳ぶ」ということなので、驚きのあまり魂が跳び上がって、体が抜け殻のように残っていたというイメージであろうか。一つ忘れてはならないことは、必ずこの驚きとは unpleasant 「不愉快な」な驚きであるということだ。英英辞典にはこの表現の定義に、驚きの前で必ず unpleasant という単語が使われている。

63　*save one's skin*　（なんとか無事に逃れさせる）

> To save his skin his line ought to have been that his wife more or less knew about the affair but was content to ignore it.
> (Sparkling Cyanide p.188　HarperPaperbacks)

和訳：女房が浮気について多少は気づいても、それを知らない振りをして受け入れてくれるということを、自分の保身のために彼は予測していたはずだ。

所見：skin の意味は「肌」又は「生命」で、save は「救う」ということなので、「肌又は命を救う」ということから見出しの意味になったのであろう。

なお、引用の文の訳は非常に難しかった。特にこの場合の line であるが、「進路」「進むべき方向」という意味にとっておいた。

64　tooth and nail　（あらゆる手段を尽くして、本気で）

> （前略）, and fought for him tooth and nail.
> (The Mysterious Affair at Styles p. 161　HarperCollins)

和訳：そして彼のために全力で戦ったのです。

所見：直訳は「歯と爪で」ということで、イメージとしては分かりやすい。犬や猫などの動物が噛んだり引っ掻いたりして相手と戦う場面や、嫌なことから逃れる場面を想像してみると自ずと意味が浮かんでくる。

65　*bite one's nail*（いらいらする、心配する）

（前略）but I do feel, Midge, that it is all going to be difficult, with David glowering and biting his nails,（後略）(The Hollow p.10　HarperCollins)

和訳：でもミッジ、デヴィッドはしかめっ面をしていらいらしてるし、なかなかうまくいかないと思うよ。

所見：この表現における nail は「釘」ではなく「爪」である。したがって、直訳は「爪をかむ」ということになる。nail-biting（興奮している、緊張している）という言葉があることでも分かるように、「爪をかむ」行為は人の緊張感やイライラを表す。

66　*get one's teeth into* ～（～に真剣に取り組む）

"There's something *to* cooking," said Cherry, "something you can get your teeth into."（The Mirror Crack'd from Side to Side p.159　HarperCollins)

和訳：チェリーは言った。「料理にはびっくりするようなことがあるの。一生懸命に打ち込めることがね。」

所見：この場合の teeth はもちろん「歯」ではない。犬などの動物が「かみつくような感じを与える力、猛威、威力」という意味である。それだけの「力をなにかに注ぎ込む」というのが、この表現の意味である。

67　*set tongue wagging*（あれこれ話題になる）

You'd set every tongue in the neighborhood wagging.
(Why Didn't They Ask Evans? p.157　Berkley Books)

和訳：君は近所でおおいに噂の種になっていた。

所見：wag は「尾などを振る」という意味と「舌などを動かし続ける」という意味がある。当然、この場合は後者の意味である。wag one's tongue 「のべつ幕なしに喋る、無分別にしゃべる」という表現があり、そこから見出しの語句が生まれた。

68 *split hairs* （些細なことにこだわる）

It's probably splitting hairs. (A Pocket Full of Rye p.191 A Signet Book)

和訳：それはおそらく細かいことにこだわりすぎです。

所見：この表現はネガティブな意味で使われるようである。split hairs する人は決して緻密な頭をもった人ではなく、ただ「くだらないことをやかましく言う人」だということになる。

69 *take(let) one's back hair down* （うちとけて話す）

（前略）Miss Marple and Miss Prescott found it less easy to take their back hair down in a good gossip when the jovial Canon was of their company. (A Caribbean Mystery p.73 HarperCollins)

和訳：ミス・マープルとミス・プレスコットは、あの陽気な聖職者がいっしょだと、うちとけて愉快な世間話などをするのがなかなか容易ではないと思った。

所見：この表現における back は省略されている場合もある。女性が家に帰って、後ろでまとめていた髪を降ろしてリラックスするというイメージである。

70 *keep one's hair(shirt, wig, pants) on* （落ち着いている）

Keep your hair on. I just wanted the exact time. (The Clocks p.159 HarperPaperbacks)

和訳：落ち着きなさい。私はただ正確な時間が知りたかっただけなんですから。

所見：この表現は、辞書には imperative となっていて、命令文で使われるようである。相手に対して「落ち着きなさい」と助言する文である。引用の文でもそうなっている。見出しのなかの、shirt や wig や pants を身につけておけ、というのは分るが、hair を身につけておくことがどうして「落ち着く」という意味になるのか不明であった。

71　*vent one's spleen on(at) ～*　（～にあたりちらす、鬱憤を晴らす）

> Having vented his spleen to the full, Jane was permitted to escape,（後略）
> (Death in the Clouds p.121　HarperCollins)

和訳：彼が思う存分鬱憤を晴らした後、ジェインはその場から逃れることを許された。

所見：vent は名詞で「空気などの通る穴」、動詞で「通気口をつける」ということを意味する。また、spleen は脾臓（ひぞう）である。脾臓は、かつて憂鬱や不機嫌が宿る場所と考えられていたのでこの表現がある。「脾臓に通気口をあける」ということは、「鬱憤を晴らす」ことなのである。

なお、この引用文は文脈からみて「鬱憤を晴らす」のは Andrew という男でなければならないのでそのように訳しておいたが、文法上は Jane でなければならない。大学入試の英作文ならば減点となる英文だと思う。

72　*put one's foot in(into) it*　（失敗する、失言する）

> "I'm sorry," she said.　"Have I put my foot in it?"
> (Sleeping Murder p.98　HarperPaperbacks)

和訳：「ごめんなさい。私、間違ってたかしら」と彼女は言った。

所見：この表現の句源は不明であった。it は、歩いているときに足を取られる穴なのか、なにか都合の悪い状況を表すのか。いずれにしても、順調に進むにあたって障害となるものを示すのだろう。

コラム 11

クリスティの故郷、トーキーについて

Sleeping Murder からの引用をしたところで、アガサ・クリスティの生まれ故郷、トーキーについて触れてみたい。というのも、この作品は、たいへん恐ろしい思いをしたグエンダとジャイルズという新婚夫婦を、a change of scene「転地、気分転換」のためにミス・マープルがこの地に連れて来ることで終わっているからである。この最終章のタイトルは The Postscript at Torquay「トーキーでの後記」となっていて、ミス・マープルは、The Imperial Hotel というホテルのテラスで事件の詳細について二人に語るのである。

トーキーは、The English Riviera と言われる観光地であり保養地でもある。気候は温暖で、多くの人が訪れる浜辺と、Torquay という名から想像できるように美しい波止場がある小さな町である(quay は「波止場」という意味である)。地形は岸辺のすぐわきにまで丘がせり出していて、海側からみれば白く美しい街並みと緑の丘とのコントラストが印象的である。

コラム 7 で述べたように、私は 30 代の後半、トーキーの語学学校で英語を学んだことがあった。クリスティの生まれた家は、私が学んでいた学校の敷地内にあったらしい。そういう意味でもクリスティには親近感をもっており、その後、彼女の小説をより多く読む一因ともなった。

もちろんクリスティの生家はもはやなくなっていて、学校関係者に「どこが生誕の地か」と聞いても誰も知らなかった。クリスティがこの敷地内で生まれたことを誇りに思っている人はいたが、実際は誰も正確に birthplace（生家）の場所を知っている人はいなかったのである。

帰国後、「トーキーで語学学校に通っていた。」と英国人に言うと、一様に妙な顔をされた。なかには、はっきりと「なんでトーキーなんだ。」と聞いてくる人もいた。それはそうだと思う。英語を勉強するのに、選りに選ってなんでこの観光地に行くのだということであろう。日本で言えば、「江ノ島か箱根で日本語を学んでいました。」と言うのに等しいのだから。

さて、トーキーの海岸通りに、The Grand Hotel という立派なホテルがあった。白亜の建物にプール付き、庭には様々な花が咲き誇っている格式高いホテルであり、我々庶民がとても泊まれるようなところではないなと思いながらそばを歩いていたものである。そして、この Sleeping Murder の最終章を読んだとき、私はこの The Grand Hotel を思い出したのである。ミス・マープルがグエンダとジャイルズの二人に事件について語った、The Imperial Hotel のテラスは、私が時々横目で見ながら通り過ぎていたようなところだったのだろうか。

私は、この Sleeping Murder がミス・マープル・シリーズの最後の作品であること、そしてこの作品が 1943 年に執筆されていたにもかかわらず作者の死後出版されるよう契約がなされていて、実際、この作家の死後、1976 年に出版されていることなどを考えるとき、クリスティがこの作品の最終章を The Postscript at Torquay とした気持ちが分かるような気がするのである。The Imperial Hotel で事件を振り返るミス・マープル、それは自分の生誕の地で作家生活を振り返るアガサ・クリスティその人だったのである。

73　*cold-shoulder*　(冷たくあしらう)

He'll be cold-shouldered and looked at askance —
(The Body in the Library p.166　HarperPaperbacks)

和訳：彼は冷たくあしらわれて、横目でにらまれるだろう。

所見：冷たい肩がどうして冷遇することにつながるのか。この場合の肩はマトンの肩肉だという。この表現が使われ始めた 19 世紀の初頭、客に対して焼きたての熱い肉を出すことが慣例であった。だが、長く居座る客や招かれざる客に対しては通常冷たい肩肉を出して、帰って下さいという意思表示をしたのである。そこから、見出しの「冷たくあしらう」の意味が生まれている。

日本の「逆さ箒」というおまじないと似ているが、日本では客がいないところで「おまじない」として行うのに対して、さすが英国では客の目の前に出すという直接的な意思表示となっている。

例文の場合の cold-shoulder は動詞だが、give him the cold shoulder のように名詞として使われる場合もある。

74　*make a clean breast of it*　(白状する)

You'd better make a clean breast of it,（後略）
(Hercule Poirot's Christmas p.173　HarperPaperbacks)

和訳：全部喋ってしまいなさいよ。

所見：イメージとして分かりやすい表現である。「胸の中をきれいにする」ということである。日本語には「胸に納める」という表現があるが、これと反対の意味を述べる表現である。

75　*get* ～ *off one's chest*　(～を打ち明けて胸のつかえを降ろす)

But I thought I'd like to get it off my chest to you, Cora.
(Funerals Are Fatal p.211　HarperPaperbacks)

和訳：コーラ、僕は、君に全部打ち明けてすっきりしたいと思ったんだ。

所見：「～を胸から降ろす」というのが元々の意味である。日本語にも見出しに示したように「胸のつかえを降ろす」という表現があり、発想はよく似ている。

76　*on one's toe*　(待ち構えている、油断なく)

We're all keyed up, on our toes, waiting to hear what you have to tell us.
(Dead Man's Folly p.208　HarperCollins)

和訳：私たちは皆、あなたがこれから私たちに何を言ってくれるのかと待ち構えてワクワクしているのです。

所見：この表現の直訳は「つま先立ちで」ということである。これはいつでも動けるように準備して「待ち構えている」態勢を示している。足裏をすべて地面に付けているより、つま先立ちのほうがスタートを切りやすいのである。

77　*blood, sweat and tears*　（並々ならぬ努力）

And it'll be the best thing I've ever done, Elsa, even if it is paid for in blood and tears. (Five Little Pigs p.178　HarperCollins)

和訳：そしてそれは私がいままでやってきた最良のことだろう、エルザ、たとえそれが血と涙で購われた物だとしても。

所見：オックスフォード・イディオム辞典の定義は extremely hard work「極度な重労働」となっている。この表現を聞いてまず思い出すのは、ウインストン・チャーチルの言葉である。1940 年 5 月 13 日、チャーチルは彼の内閣と初めての会議を持ち次のように述べた。

"I have nothing to offer but blood, toil, tears and sweat."

「私は、血と労苦と涙とそして汗しか差し出すものがない。」

だが、この句はチャーチルのオリジナルではなく、ずっと以前からの慣用表現であったようで、政治家や詩人が、若干、言葉の選択が違うにしても使っていたようである。実際、引用の文では sweat が抜けている。

なお、我々の世代の音楽好きな人たちのなかには、ブラス・ロックの雄、Blood, Sweat & Tears と聞いて懐かしい思いをされる方々も多いのではないか。

78　*cheek by jowl*　（密接して、親しくして）

I'm not a sufficiently hardened criminal to enjoy sitting cheek by jowl with a successful detective just before bringing off a rather risky coup! (Death on the Nile p.226　HarperCollins)

和訳：功成り名遂げた偉大な探偵が、ちょっとした冒険談をご披露しようという直前に、その探偵様と親しく接するのを楽しむというほど、私は手慣れた犯罪人ではありませんからね。

所見：cheek by jowl は cheek by jaw と同じ意味である。jowl とは jaw と同じ「顎（あご）」を意味する。見出しの表現は「頬と顎がぴったりと触れ合って」という直訳になる。

79　*make no bones about it*　（今から言うことは本当のことだ）

Let us not make the bones about it. *You are all under suspicion here in this house.* (Murder in Mesopotamia p.82　Berkley Books)

和訳：これだけは言っておきます。この家のあなた方全員が容疑者です。

所見：bone が bones のように複数形で使われると、口語でサイコロの意味になる。これは、昔、サイコロが動物の骨で作られていたことによる。また、make no bones とは、「いい目が出るようにサイコロの機嫌をとったり願いをかけたりしない」という意味である。そこから、自分がこれから言ったりしたりすることは本気であることを強調するため、いわば真剣勝負をする際の前置きにこの表現が使われるのである。

80　*near(close to) the bone*　（貧窮した、金に困って）

It was clear to Hercule Poirot that Cecilia Williams lived very near the bone. (Five Little Pigs p.114　HarperCollins)

和訳：セシリア・ウイリアムズが貧窮した生活を送っていることはエルキュール・ポアロにとっては明らかだった。

所見：この表現の句源は不明であった。bare-bone で「非常に痩せた人」という意味があるので、「骨に近い」から食事にも困るほど貧窮した人は痩せて、皮膚が骨に近くなるのかと想像した次第である。また、この表現には「下品で」とか「図星をさして」などの意味があるが、そうなると一層その由来は不明である。

81　*not make old bones*　（長生きしない）

Nobody had expected *her* to make old bones. (Nemesis p.9　FONTANA/COLLINS)

和訳：誰も彼女が長生きするとは予想していなかった。

所見：この表現は難解である。直訳は「古い骨にならない」である。そこで、「骨が古くなる前に亡くなる」という言外の意味があり、「長生きしない」

という意味になるのだろうか。今風の考え方からすれば、「骨が老化しない」ならば「長生きできる」ように思うのだが。

なお、辞書には、「通例否定構文で」と注があり、実際、見出しの文でもそうなっている。

82　*the bare bones*　(骨子、要点)

Bare bones indeed — and to think of the amount of flesh we're finding on them now. (The Thirteen Problems p.166　Berkley Books)

和訳：本当にそこが大事ですね。今、私たちが目の前にしている贅肉の塊みたいなものがなんと多いことかと思うと。

所見：bone は bones のように複数形で「骨格に当たる物、主要部」の意味となり、見出しのような意味が出る。

引用文は、前に bare bones が「大切な部分」という意味なので、flesh をその周辺の「些細なこと」というニュアンスで訳しておいた。

83　*save (one's) face*　(面目をほどこす)

He was at some pains to save his face. (Three Act Tragedy p.99　HarperCollins)

和訳：彼は苦心をして、なんとか体面を保つようにしていた。

所見：face には「メンツ、面目」という意味がある。そのことを考慮して見出しの表現を直訳すると「面目を救う」という意味が出る。日本語の「顔を立てる」と同じ発想であろう。

84　*lose (one's) face*　(面目をつぶす)

A detective inspector of police would be bound to lose face if his house were entered burglariously with complete ease. (The Clocks p.196　HarperPaperbacks)

和訳：もし、警察関係の方の家がいとも簡単にコソ泥に入られるとしたら、そ

の方はきっとメンツを失うでしょうな。

所見：前項の save (one's) face 「顔がたつ」に対して、この表現は「メンツを失う」ということで反対の意味になる。

85　*pull(make, wear, have, draw) a long face*　（心配そうな顔をする）

If Mr. Savage's symptoms puzzled the doctor he may have spoken seriously, pulled a long face, (後略) (Why Didn't They Ask Evans? p.168　Berkley Books)

和訳：もしサベージ氏の症状に医師が当惑するようであれば、その医者は深刻ぶって話し、心配そうな顔を見せたかも知れない。

所見：人が心配したり元気がなかったりするときは、口が引き締まらずだらーっと垂れ下がったようになり、目も焦点が定まらずなんとなく顔が長くなったように見えることからこの表現があるという。

86　*blue in the face*　（激情などで顔が青くなって、顔が青くなるほど疲労して）

I've questioned those stewards till I'm blue in the face, (後略) (Death in the Clouds p.175　HarperCollins)

和訳：私は、精根尽き果てるまで客室乗務員たちに質問をした。

所見：日本語にも「顔が青くなる」という表現はあるが、それはいわゆる「血の気がなくなる」ということで、心配や恐怖から生まれる現象である。普通日本語では、激情に駆られると顔は赤くなるものだが、英語には「顔が青くなる」場合があるようである。疲労を表す場合にこの表現を使うというのは日本語に通じるものがある。

なお、引用文では till I'm blue in the face. のように till を伴っている。このように till の節のなかでは「激情などで顔が青くなって」よりも「疲労して」の意味となるようである。

87　*put (on) a good(brave, bold) face*　（平気な顔をして我慢する、しらを切る）

She's putting a good face on things at the moment, but you know what it is —

（後略）（The Body in the Library p.10　HarperPaperbacks）

和訳：彼女は、今、しらを切っているがそのうち真相が分かるさ。

所見：見出しには good「強い、丈夫な」、 brave「勇敢な」、 bold「大胆な」と三つの形容詞が face の前についている。いずれも「強気な」表情を示す単語である。そこから、内心はどうか知らないが「しらを切る」とか「平気な顔をして我慢する」の意味が出る。

88　*make(pull) a face*(faces)　（いやな顔をする）

Miss Brewster made a face.
(Evil Under the Sun p.16　Pocket Books New York)

和訳：ブルースターさんは顔をしかめた。

所見：face(faces) には「しかめっ面」という意味があり、その意味から見出しの意味が出て来る。pull a long face「浮かぬ顔をする」(第2章の84)とは似ているが意味が違うので注意を要する。

コラム12

異文化との付き合い方

外国へ行って異文化のなかで生活していると、何度となくどうしても納得のいかないことに出逢う。There is neither rhyme nor reason in this.「理屈もへちまもあったもんじゃない！」（第6章の15）と叫びたくなるのである。

語学学校に通っているときにこのようなことがあった。私たちのクラスに中東のある国からの新規入学生が3名やって来た。何回か授業を一緒に受けているうちに、確か水曜日だったと思うが、突然、午後の授業を3時か4時の遅い時間に始めることとなった。変更を学校からだしぬけに言い渡されたのである。当然、我々以前から在籍していた者たちは2、3時間、午後の授業が始まるのを待たなければならなかった。

ところが、ある授業中に担当の先生から、この変更は、3人の新入生が、午後、近くのモスクにお祈りに出かけるので変更せざるを得なかったということを告げられたのである。私はおかしいと思ったので、「時間割は学期の当初に示されていて、これは学校と私たちの約束だから、彼らが授業後にお祈りに行けばよい。」と、私にしては強い口調で、しかも中東からの生徒たちを前にして言った覚えがある。だが、学校はお祈りを優先するという方針を絶対に変えなかった。私たちは1週間のうちその曜日だけ、手持ち無沙汰に午後の2、3時間を過ごしたのである。

30数年前の話である。当時、私にはイスラムに関する知識はほとんどなかった。イスラム圏の人たちは1日に 3 回ないし5回、メッカの方を向いてお祈りをするということも知らなかったし、ハラールという食事制限があることも知らなかった。そして、私はいわゆる多文化共生などという意識をほとんどもたず、ただ自分の価値基準でのみ状況を判断していた。英国の学校では、先生方が既に他国の文化を尊重するという姿勢をもっていたのであろうか。

現在、日本も多くのイスラム圏の人たちを受け入れている。とりわけ、介護の分野ではインドネシアの方々が多いと聞く。30数年前の私のような考えではとてもこうした方々と共生していくことは出来ないであろう。だが、一部の人たちの信仰を優先するあまり、他の人たちに不便を強いるという語学学校の方針に、私は未だに納得していない。neither rhyme nor reason であると思っている。おそらく、日本人は大人しくて何も言わないから我慢させておけ、というような判断があったのではないかとさえ思っている。少なくとも学校当局から、影響を受ける関係者への説明が事前に必要ではなかったのか。

多文化共生。これは今後日本が抱える大きな問題であることは間違いない。この問題について、どちらかが正しいと白黒決着をつけることは難しいであろう。しかしながら、「訳が分らない」というまま日本人がなにも発言しなければ、問題はよりよく解決される方向には向かわない。相手の主張も聞く。だが、こちらも言うべきことは言う。お互い主張をぶつけあって解決策を探るということは、異文化と共存するためには非常に大切だと思っている。以心伝心は通用しない。問題解決には言葉によるコミュニケーションが不可欠だということである。その意味でも、今後の英語教育では、自分の意見を論理的に発信する能力の育成が求められているのである。

89　*up to the neck*　（～に没頭して、深く関わって）

You were so very sure that poor old Nicholson was in it up to the neck.
(Why Didn't They Ask Evans? p.198　Berkley Books)

和訳：君らは、あの気の毒なニコルソンが深く関わっていると思い込んでいたからね。

所見：この表現を直訳すると「首まで」ということになる。文字通り「首までつかって」という意味になるときもあるが、口語では見出しのような意味となる。これと同じ意味を表すものに up to the ear もある。

90　*a pain in the neck*　（悩みの種）

As Dr. Maverick went out, Inspector Curry murmured to Lake that psychiatrists gave him a pain in the neck. (They Do It With Mirrors p.132　HarperCollins)

和訳：マヴェリック医師が出て行くと、カリー警部はレイクに、精神分析医って奴は訳が分らんなとつぶやいた。

所見：米国の俗語であれば a pain in the ass、英国の俗語であれば a pain in the arse などというところである。ass 、arse のいずれも「尻」を意味するので、痛いのが首になって少し品がよくなったというところであろうか。

91　*twiddle one's thumb*　（手持ち無沙汰にしている）

Sit down and twiddle our thumbs!
(One, Two, Buckle My Shoe p.123　HarperCollins)

和訳：座って、暇なときを過ごそう。

所見：twiddle は「いじくり回す」ということだが、後ろに thumb が来ると、「両方の指を 4 本ずつ組んで、親指をくるくる回す」という退屈したときの仕草を表す。動詞が twirl に代わるときもある。

92　*under one's thumb*　（〜にあごで使われて、〜の支配下におかれて）

Rosaleen's completely under his thumb. (Taken at the Flood p. 63　Berkley Books)

和訳：ロザリーンは完全に彼の言いなりです。

所見：これもイメージとしてはわかりやすい。日本語でもボスのことを親指で示すことがあるが、この表現も直訳は「親指の下で」ということであり、ボスの影響下にあることを示している。そこから「人の言いなりになる」とか「人の影響を受けている」ことを意味する。

第３章　自然に関するもの

この章では、自然に関する表現を示した。「自然」のなかには、大地とその恵みはもちろんのこと、風雨や気温の寒暖などの自然現象なども含めてある。ここで気がつくことは、海や航海に関する表現が多いことである。やはり、イギリスは海洋国家であったことが影響しているのか。おそらく、一般の人たちは、それが船に関する用語であることを知らずに使っているのであろう。

1　*in the wind*　(起ころうとしている)

Of course, she, Lucilla, had seen what was in the wind. (Sparkling Cyanide p.165　HaperPaperbaks)

和訳：もちろん、彼女つまりルシーラはこれから起ころうとしていることを察知していた。

所見：There's something in the wind. という形で出てくることもある。in the wind はもともと海洋用語で「風上に」という意味である。風上にある匂いや煙は当然そのうちこちら側にやってくるので、これから「起ころうとしている」という意味になる。

2　*get wind of*　(～のうわさをかぎつける)

Obviously he would not want to wait until you should get wind of his reappearance. (Poirot's Early Cases p.119　HarperCollins)

和訳：あきらかに、彼は、自分が戻ってきたという噂を君が耳にするまで待ちたいとは思わないだろう。

所見：動物が、他の動物がやってくることを風に乗ってくる匂いで察知することからこの表現がある。現代でも wind には「風に乗ってくる匂い」の意味があり、ここから「予感」という意味でも使われることがある。

日本語にも「風の便り」とか「風のうわさ」とかいう言葉があり、「風」が「うわさ話」を表現するのに使われるのと似ている。

3　*get (have) the wind up*　（こわくなる、おじけづく）

It all went off splendidly.　Don't get the wind up now it's all over. (The Seven Dials Mystery p.115 HarperPaperbacks)

和訳：すべて申し分なくうまく行ったのよ。もう終わったことなんだから、心配しないで。

所見：get up には、風や海などが「荒れてくる」という意味があり、それが他動詞となって wind という目的語を伴うと、「風が吹きまくる状態にする」ということになる。それは「恐ろしい状態」「おびえる状態」を作り出すことなのである。そこで、人が「おじけづく」というような意味となる。

4　*get one's second wind*　（調子を取り戻す、立ち直る）

Anyway, she said that it was wonderful how women get a sort of second wind. (Elephants Can Remember p.78　Berkley Books)

和訳：いずれにせよ、第二の人生を始めるとでも言うのかな、そういう生き方って素敵なことですよ、と彼女は言った。

所見：second wind とは、「第二呼吸」ということで、激しい運動などによって息切れしたあとで、再び正常に回復した呼吸をいう。そこから、「以前の調子の良いときに戻る」「立ち直る」の意味が生じる。

5　*sail near the wind*　（法律・道徳上きわどいことをする）

（前略）but he sailed pretty near the wind. (Hercule Poirot's Christmas p.123　HarperPaperbacks)

和訳：でもあの男はかなりあくどいことをやってきた。

所見： near には海洋用語で「詰め開きで」という意味がある。帆船が風と逆方向に進むとき、船体を風の吹いてくる方向に限りなく横に向け帆をはらませた状態（風向きに対して35から45度の角度）で進む。そのような操船技術を「詰め開き」というのである。極限状態で風に逆らって進むことから、社会の規律に逆らってきわどい行いをすることを言う。

near のかわりに near to や close to が使われることもある。また、動詞が run や be になっていることもある。

6　*for a rainy day*　(まさかのときに備えて)

You spend half of it, dear, and keep the other half for a rainy day. (Death in the Clouds p.13　HarperCollins)

和訳：その半分は使いなさいね。そして、残りの半分はまさかの時に備えて取っておきなさい。

所見：これも大学受験生であれば授業で学んでいるであろう。直訳は「雨の日のために」であり、将来起こる可能性のある災難や困窮への備えに言及したものである。

以下は余談である。ミス・マープルが活躍する Nemesis という作品がある。事件解決の暁に、彼女は 20,000 ポンドという大金をもらえることとなっていた。見事、自分に求められた仕事を成し遂げた彼女に、弁護士たちは、for a rainy day「まさかのときに備えて」その金を投資してはどうかとか、利子のつく定期預金にしてはどうかと言う。これに対してミス・マープルが放った一言が洒落ている。彼女は「無利子でもいいから小切手が使える当座預金に入れてくれ。」と頼み、さらに次のように言う。The only thing I shall want for a rainy day will be my umbrella,（後略）。「雨の日のために私が欲しいのは傘だけですよ。」

私はこのセリフをいつか使いたいと思っていたが、誰も for a rainy day という言葉を私に言ってくれなかったのである。

さらに余談の余談である。Nemesis の邦題は『復讐の女神』となっているが、ちょっと首を傾げざるを得ない。英英辞典で Nemesis を引いても、「悪行やうぬぼれへの罰」の女神という言葉は見られるものの、revenge「復讐」という言葉は一切出てこないのである。クリスティも、日本では Nemesis が「復讐の女神」となっていることに苦笑しているに違いない。

7　*raise the wind*　（騒ぎを起こす）

Got to make sure it is the girl first, before we start raising the wind,（後略） （The Body in the Library p.33　HarperPaperbacks）

和訳：一騒ぎ起こす前に、その女の子の安全が第一だということを確認しなければならない。

所見：直訳は「風を上げる」だが、raise には「反乱などを起こす」の意味があり、wind には「騒ぎ」の意味であるので、見出しのような意味になる。

8　*bring 〜 down(back) to earth*　（〜を現実に引き戻す）

Megan brought me down to earth when she said doubtfully, "Oughtn't we to be going home?"（The Moving Finger p.160　Berkley Books）

和訳：メーガンが「そろそろ家に帰ったほうがいいんじゃない？」と恐る恐る言ったとき、私は現実に引き戻された。

所見：この表現に対して、自動詞的な表現で come down(back) to earth という言い方もある。いずれも、earth には the をつけず、意味が「現世」「この世」ということになる。この表現の場合もこの意味であろう。

コラム 13

ミス・マープルについて

ミス・マープルが登場する作品が続いたところで彼女について書いておきたい。

ミス・マープルをポアロと比べたとき、なかなか理解しがたい人物であるというのが率直な印象である。というのは、彼女には二面性があるからである。まずミス・マープルには armchair detective 即ち「安楽椅子探偵」としての側面がある。「安楽椅子探偵」とは、現場には行かず、書斎の安楽椅子に座りながら情報を分析して、その書斎のなかで事件を解決してしまう探偵である。彼女は高齢女性であり、自宅で編み物をしていたりガーデニングを楽しんでいたりする。また、実際、The Thirteen Problems などの作品では、他人から話を聞くだけで犯人を突き止めてしまう。そのようなとき彼女が用いる手法は、自分が住んでいる村で起こった事件や争いごとを思い出し、関係者の心理を分析して、その心理を当該の事件に当てはめてみることである。彼女にとっては、村人たちのちょっとした諍いも都会での大事件も、皆、似通った人間性から生じるのであって、

Everybody is very much alike, really. But fortunately, perhaps, they don't realise it. (The Thirteen Problems p.82 Berkley Books)

「すべての人は、みんな実際似ているの。でも、幸いなことにそのことにみんな多分気づいてないの。」

と甥のレイモンド・ウエストに言っている。

だが、彼女にはもう一つの側面がある。それは活動的なミス・マープルである。例えば、4:50 from Paddington という作品のなかでの彼女がそのタイプである。友人が列車のなかで殺人事件が起こるのを見たと彼女に言う。それを聞いて彼女は、ロンドンから同じ路線の列車に乗って捜査に乗り出すという警察官や探偵そのもののような動きをしている。現場を見たり、証拠を集めたり、場合によっては役所に立ち寄って記録を調査したりもしている。こうしたところを見ると、彼女の手法は心理や動機や人間性の分析だけではないようである。

ここに、ミス・マープルの人物像を示す、非常に印象深いセリフがある。

"Sanders was hanged," said Miss Marple crisply. "And a good job too. I have never regretted my part in bringing that man to justice. I've no patience with modern humanitarian scruples about capital punishments."
(The Thirteen Problems p.156 Berkley Books)

「ミス・マープルははっきりと言った。『サンダースは絞首刑になりました。それはまた、結構なことです。私は、あの男を法の下で断罪することに私が果たした役割を後悔なんてしておりません。私は、死刑に対する今風の博愛主義的ためらいには我慢がならないのです。』」

この激しい言葉には、ミス・マープルの断固とした正義感が表れている。そう、正義感こそ、彼女を突き動かす原動力なのである。ポアロにとって、犯罪を解決することが自己の存在を主張するための一つの手段であったのに対して、ミス・マープルにとっては、それはビクトリア朝の道徳観に基づく、止むに止まれぬ行動だったのである。おそらくこれがクリスティの、ミス・マープルに対する基本的なイメージだったのであろう。

9　*run ～ to earth*　（～を調べ上げる、事実を突き止める）

He had some difficulty in finding it, but he ran it to earth at last.
(Why Didn't They Ask Evans? p.3　Berkley Books)

和訳：彼はそれを見つけるのに少し苦労したが、とうとう突き止めた。

所見：この表現は狩猟と結びつけて考えると面白い。獲物を追って、earth「土」のなかの巣に追い詰めるように物事を調査し、事実を突き止める。そのようなイメージでこの表現を見ると分りやすい。

10　*cost the earth*　（途方もなく金がかかる）

Oh, it was very fancy.　Must have cost the earth.
(Dead Man's Folly p.193　HarperCollins)

和訳：おお、極上ですね。たいへんなお金がかかったことでしょう。

所見：地球と引き換えになるほどの大金とは「途方もなく金がかかる」ことであろう。この表現は完全にイギリス英語であり、しかも口語表現であるということである。

11　*That won't hold water.*　（その議論・主張は正しくない）

No theory of accident will hold water for a minute.
(The Murder of Roger Ackroyd p.115　HarperPaperbacks)

和訳：偶然という理論は少しも正しくありませんな。

所見：hold water とは「容器が水漏れをしない」ということであり、そこで「破綻をきたさない」という意味が出る。そして、この表現は必ず否定文で使われるので、実際は、引用文のように「正しくない」「破綻をきたす」という意味になる。なお、主語には常に that が来るとは限らない。

また、for a minute も not とともに用いられると never の意味になる。

12　*milk-and-water*　（力のない、生気のない）

Looked an unbelievably milk-and-water Miss, but she was more than that. (At Bertram's Hotel p.87　HarperPaperbacks)

和訳：信じられないぐらいか弱そうに見える娘だったが、実際はそうではなかった。

所見：ミルクも水で薄めると味気ない、生気を欠いたものになるということか。なお、この表現には「子供だましの」というような悪意が感じられる意味もあるので、句源としてミルクを薄めて売った悪徳業者の手口も意味していたのかも知れない。

13　*water under the bridge*　（過ぎてしまったこと）

Ah, a lot of water under the bridge since then. (Mrs. McGinty's Dead p. 229　HarperCollins)

和訳：ああ、あれ以来いろいろなことがありましたね。

所見：橋の下の水は常に動いていて、次から次へとやってくるというイメージであろう。「ゆく河の流れは絶えずして、しかももとの水にあらず。」という方丈記の冒頭の一文を思い出させる。

14　*like water off a duck's back*　（なんの効き目もなく）

Not that girls mind what their mothers say to them.　Drops off 'em like water off a duck's back. (Dead Man's Folly p.90　HarperCollins)

和訳：（母親の言うことなんか）女の子にとって馬の耳に念仏で、効果なしだよ。

所見：この表現は、like を用いず、It was just water off a duck's back.のように

使うこともある。日本語であれば「蛙の面になんとか」と言うところであろう。和訳では、馬を使っておいたが。

なお、引用の文の解釈は難解であった。特に、Drops off 'em の drop が動詞か名詞か、'em の them は何を指すかなどが判然としない。一応、直前の文に「一般的に女の子たちは母親の言うことなんか全然気にしない。」とあるので、drops は動詞で、その主語を「母親が言うこと」、them を女の子としておいた。

15　*in low water*（意気消沈した状態にあって、金に困って）

It struck me that she was in exceedingly low water,（後略） (The Big Four p.154　Berkley Books)

和訳：彼女は極めて金に困っているというのが私の印象だった。

所見：この表現と似たものに、in hot water や in deep water がある。water の前の形容詞が異なるにもかかわらず似たような意味になるようである。in hot water には「困って、面倒なことになって」、in deep water には「非常に困って」という定義が英和辞書にある。水の中に入ると、誰も「困ったことになる」ということであろうか。

16　*pour(throw) oil on the troubled water(waters, the waters)*（もめごとを静める）

He hastened to pour oil on the troubled waters. (They Do It With Mirrors p.148　HarperCollins)

和訳：彼は急いで波風を静めようとした。

所見：この表現は、嵐で高波となっている海に油を注ぐと海が静まるという言い伝えから来たものである。もちろん科学的な根拠があるわけではない。

17　*at sea*（途方に暮れて）

For the first time I was absolutely at sea as to Poirot's meaning.

(The Murder of Roger Ackroyd p.263　HarperCollins)

和訳：私は、初めてポアロが言おうとしていることが全く分からなかった。

所見：この表現の句源は容易に想像がつく。「途方に暮れた」人を、海上で方角を見失ってしまった船に例えているのである。

18　*in the air*　(確かでない、うわさなどが広まって)

It's all — well — in the air.
(The Adventure of the Christmas Pudding p.179　HarperCollins)

和訳：まあ、それは全部想像にすぎませんな。

所見：見出しに示したように、この表現には主として意味が二つある。「不確実な」と「うわさなどが広まって」との二つである。和訳では、「確かでない」を採用したが、「うわさにすぎない」という訳も可能かもしれないと思う。

　なお、出典を The Adventure of the Christmas Pudding としたが、これは本の名前であって、この表現が見られる作品は Four-and-Twenty Blackbirds という短編である。

19　*go up in the air*　(興奮する、怒る)

… and Mr. Achmed Ali has some extremely pornographic literature and postcards which explains why *he* went up in the air over the search.
(Hickory Dickory Dock p.128　HarperCollins)

和訳：……そしてアクムード・アリはひどいポルノ文書や絵葉書をもっているのだが、それで奴が捜査の際にひどく興奮していた理由が分かる。

所見：前項の in the air「確かでない、うわさが広まって」に up がついただけで「興奮して」「かっとなって」というような意味になる。日本語同様、「上に」は気分の「高揚」を示すのであろう。

20　*hot air*　(大風呂敷、ほら話)

I think, too, that a lot of the stories he used to tell me were so much hot air.

(A Murder Is Announced p.35　Berkley Books)

和訳：私は、また、彼が言っていた話の多くは、くだらないほら話だったと思います。

所見：この表現の元は「大声で意味の無いことをしゃべる奴」という意味で使われていたらしい。そこから人ではなく「大げさなほら話」という意味になった。これに関連して、windbag「ふいご」には「空論をまくし立てる人物」という意味もあるが、ふいごの中に入るのはhot air「熱い空気」なので、そのあたりも関連性があるのかもしれない。

21　*up a tree*　(進退きわまって)

We're up a tree! (Poirot Investigates p.135　Berkley Books)

和訳：我々はどうしようもなくなっている。

所見：この表現はアメリカのアライグマ猟から生まれたと言われている。アライグマは木の上に追いやられると、それ以上逃げられない。この状況を人間に見立てて「進退きわまった」という意味に用いたのである。

22　*flourish like the green bay tree*　(繁栄する、はびこる)

The wicked flourish like a green bay tree,(後略)
(Poirot Investigates p.78　Berkley Books)

和訳：悪ははびこるもの。

所見：flourish は「栄える、繁盛する」を意味する。bay tree は月桂樹のことである。月桂樹は毎年緑の枝をたくさんつけることから、繁栄の象徴と見なされている。

23　*the top of the tree(ladder)*　(特定の職業・分野における最高の地位)

But you — you are at the top of the tree nowadays, *mon vieux!*
(Murder on the Orient Express p.13　YOHAN PUBLICATIONS)

和訳：でも君、君は近頃ではその道の最高峰を極めているよね、我が友よ。

所見：意味的には分かりやすいが、何故 tree や ladder「梯子」なのかについては、その根拠は見当たらなかった。mountain でも別に構わないと思うのだが。なお、*mon vieux* はフランス語であり、英語では my dear old fellow ぐらいの意味であろう。

24　*cannot see the wood for the trees*（小事にとらわれて大局を見ない）

Is it not your great Shakespeare who has said, “You cannot see the trees for the wood.”（The ABC Murders p.181　FONTANA/COLLINS）

和訳：「森を見て木を見ない」と言ったのは、かの偉大なるシェイクスピアではないか。

所見：明らかにポアロの言い間違いである。木と森が逆になっている。また、この言葉をシェイクスピアが使ったかどうか、これも疑問である。これに対して、この小説の語り手であるヘイスティングズは I did not correct Poirot’s literary reminiscence.「私はポアロの文学的回想を訂正しなかった。」と書いている。

25　*touch wood*（おまじないをする）

No trouble has come *my* way — touching wood. （Dumb Witness p.175　HarperCollins）

和訳：今まで私のほうにはトラブルはありませんでした。ありがたいことに。

所見：古い迷信に基づくおまじないである。古くからオーク、セイヨウトネリコ、サンザシなどの木は神聖であり、お守りとしての不可思議な力をもつと考えられていた。そうした、個別の木に対する思いが忘れられ、一般的に木に触れれば御利益があるとの考えからこの touch wood がある。

26　*out of the wood*（危険から逃れて）

I’m more thankful than I can say that we’re all out of the wood. （Funerals Are Fatal p.218　HarperPaperbacks）

和訳：私たちが危機を脱することができて感謝のしようがありません。

所見：Don't cry till you are out of the wood. 「森を出るまで大声で叫ぶな。」という諺がある。Don't count your chickens before they are hatched.「捕らぬ狸の皮算用」も同様の意味である。森は、古来、危険と神秘の場だったのである。

27 *give a raspberry* （馬鹿にする）

I've got to（中略）ask her if she'd like me to give her mother-in-law-to-be a raspberry（後略）(Elephants Can Remember p.26 Berkley Books)

和訳：近く義理の母親となるような人を私が侮辱するようなことを彼女は望むのか、私は彼女に尋ねなければならない。

所見：raspberry「キイチゴ」が何故「侮辱」ということにつながるのか。これは、raspberry という単語が「キイチゴ」ではなく、「舌を両唇の間にはさんで振動させて出す、ぶるるるという音」を表すからだという。そして、この音を出すこと、つまり give a raspberry はそういう音を出して「相手を侮辱する」ことを意味する。動詞は give だけではなく blow も使われる。blow a raspberry はその種の「音を出して侮辱する」ことを意味し、 get a raspberry は逆に「侮辱される」を意味する。

コラム 14

私が馬鹿にされた（get a raspberry した）話

get a raspberry 「侮辱される」が出たところで、私がとことん「馬鹿にされた」思い出話を書く。

トーキーに滞在しているとき、スコットランドのネス湖に一人で旅行したことがある。ツアーに参加してネス湖を遊覧した後、その夜は地元のホテルに泊まった。さて、紹介したいのはその夜の食事である。地理に不案内でもあり、ホテルのなかにレストランがあったので、そこで夕食をとることとした。

これが災難の始まりだった。

レストランに入って席に着くと、いかつい感じのウエーターがやってきてメニューを見せた。そこに bitter 「ビールの一種」の文字が見えたので、街中のパブに入ったようなつもりになって、"A half pint of bitter, please."「半パイントのビールをお願いします。」(A half pint は日本の 350ml 缶よりやや少なめの量）と言ったところ、そのウエーターはこれ見よがしに目を見開き、眉をつり上げ驚きの表情を示したのである。

ちょっと不愉快になりながら、今度は食事を何にしようかとメニューを見たところ、なにがなんだかさっぱり分からない。全く食事のイメージが湧いてこないのである。すると、Tables d'hôte という単語が目に入った。この単語なら知っている。「定食」を意味する。定食なら、とんかつ定食やエビフライ定食のようにお任せで、おいしいものが食べられるだろう。ということで、"Table d'hôte, please." と言って注文をすまし、やれやれと思いながら周囲を見回した。

そこで気がついたのは、どのテーブルにもワインの瓶が並んでいるということだった。なるほど、先程のウエーターの不遜な態度は私がワインを注文しなかったからだったのか。ビールを注文するのがいけないのなら、メニューにビールを載せておくな、などと思いつつ待っていても一向に料理が来ない。皿は持ってきたのだが、料理が来ないのである。20 分ほど待っても食事にありつけないので、ウエーターを呼んで、「料理がまだ来ない。」とクレームをつけると、「定食はあのカウンターのところに行って選ぶんだ。」と言う。

「なに？Tables d'hôte とはビュッフェ料理のことだったのか。」と思いながらカウンターへ行き、料理を取り始めた。肉のコーナーでは 5 種類ほどの肉から客が一つを指定して、女性の担当が切り分けてくれることになっている。そこで、"Pork, please." と指さしながら言うと"No, this is lamb." だと言う。ここでも恥をかいて肉をいただき、席に戻りようやく食事にありついた。

おいしく食事をすませ、ほっとしているところにカートを押しながらウエートレスがやってきて「デザートはどうか。」という。カートには何種類かのフルーツが皿に盛ってあって、その他にアイスクリームもあった。そこで、私は"Ice cream and strawberries, please." と注文した。するとそのウエートレスから"No, *raspberries.*" と言い返されてしまった。たしかにイチゴにしては小型だとは思ったのだが、当時私はラズベリーとはどのようなフルーツなのか知らなかったのである。

かくして、私のホテルでの食事は最後の最後まで、get a raspberry 「ラズベリーをいただく・馬鹿にされる」することにより終わったのである。西欧のホテルで夕食を頼むときはビールをやめてワインにしよう。「定食」はビュッフェ料理である。ポークとラムは違う。イチゴとラズベリーも違う。そして、なによりも大切なことは、慣れるまで一人でレストランには行かないことだ。

28　*look for a needle in a haystack* （無駄骨を折る）

But I am not of those who enjoy rushing up and down a country seeking a needle in a haystack, as you English say.
(The Murder on the Links p.186　Berkley Books)

和訳：だが、私はあなたがた英国人が言う、「干し草の山の中に針を探す」などという無駄骨を折って国中を行ったり来たりする人間ではありません。

所見：この引用の部分は、as you English say でわかるように、ポアロが述べているものである。ポアロは looking for とすべきところ seeking としている。また、以前指摘したように of those の前に one が必要なのではないかと思う。

「非常にたくさんあるものの中から、針のように小さなものを捜す」即ち、望みのない困難なことをするという意味になる。

29 *a bed of roses*（安楽な暮らし、憩いの場）

Ah! *non,* it is not the bed of roses. (Lord Edgware Dies p.146　Berkley Books)

和訳：あー、ノン、それは決して安楽な暮らしとは言えません。

所見：この表現は直訳すると「バラの床」ということだが、「安楽な暮らし」を意味する。逆に a bed of thorns「イバラの床」という表現もある。これは不安でたいへんな状況を言う。

コラム 15

ポアロとフランス語と私

前項の引用文のように、ベルギー人であるポアロは、英語で話をする合間に時々フランス語を使う。簡単な日常会話の表現であるが、これが出てくると慣用表現と同様、何を言っているのか気になって仕方が無かった。

Bon jour = Hello や Au revoir = Goodbye などの挨拶の他に、 mon ami = my friend（我が友よ)、mon Dieu = my God（あきれた)、Bon = Good（よし）などを頻繁に目にした。これらは比較的意味の分かりやすい表現であるが、以下に、私にとって難解であったフランス語の表現を列挙する。

Eh bien = Well「さて」　Tiens! = Look!「ほら」

Voyons = Let me see.「どれどれ」　Mais oui = Of course「もちろん」

N'est ce pas? = Isn't it?「そうでしょ？」　C'est fini. = Finished「完了」

Comme ça = Like this 「このように」　Comment? = How?「どのように」

Comment? = Pardon? 「もう一度言ってください」

Enchanté = Nice to meet you「はじめまして」

Tout de méme = All the same「それにしても」

こうした表現に当惑することを重ねるにつれ、慣用表現同様、フランス語を理解できるようになってやろうという闘志が沸々と湧いてきた。そこで、全ての公職を辞した65歳のときにフランス語を勉強し始めた。ポアロの母国語を理解したいという気持ちとともに、自分が英語教育に対して培ってきた指導法を、自分を実験台にして実践してみたいという気持ちもあったのである。老眼のため、テキストや辞書の細かい文字など読めない。視力だけでなく記憶力も減退していて、文法の同じ間違いを何度も繰り返す。語学学校の先生も、私の劣等生ぶりにあきれていたのではないかと思う。また、頭や目の他に、おそらく聴力も減退していたのだろう。先生の発話を聞き取れずに、自分で真似をしたつもりでも、何度となく、「あなたは英語を話している」と注意された。rの発音など聞き取れたものではなかったし、それを発音するなど及びもつかなかった。

だが、生徒に戻ることは、私にとってはこの上ない喜びであり、楽しみでもあった。また、フランス語以外の多くのことを学んだ。この老人に、一つの大きな努力目標を与えてくれたポアロに心から感謝している。少なくとも、今の私はポアロのフランス語に戸惑うことはない。

フランス語を学んでみて、言語教育及び言語学習について改めて気付いたことを以下のコラムで書いてみたい。

30　*call it a day*　(終わりにする)

Well, let's call it a day. (Death in the Clouds p.82　HarperCollins)

和訳：さあ、これで終わりにしよう。

所見：この表現は文字通りには「それを1日と呼ぶ。」で、単に1日の仕事を切り上げるように思えるが、実際は、長く続けてきたことを「終わりにしよう」という意味で使われる。また、夜に使われる場合は、call it a night「今夜はこれでおしまい」もある。(Hercule Poirot's Christmas p.138 HarperPaperbacks)

31　*go against the grain*　(性分に合わない、不本意である)

It goes against the grain.　But it's true.
(Murder in the Mews p.77　HarperCollins)

和訳：(あの女が賢いことを認めるのは) 自分にとって不本意だが、それは当たっている。

所見：grain は元々「穀物」を意味することが一般的だが、ここでは木材の「木目」を意味する。大工仕事でかんなをかける際に、「木目に逆らって」かんなをかけてもうまくいかないというところからこの表現がある。なお、出典は Murder in the Mews となっているが、この表現が見られる作品は The Incredible Theft という中編である。

32　*look to one's laurels*　（名声を失わないよう心がける）

The famous Hercule Poirot would have to look to his laurels if you were about. (Death on the Nile p.22　HarperCollins)

和訳：かの有名なエルキュール・ポアロも、君がそばにいると今までの名声を失わないよう努力しなくちゃ。

所見：laurel 「月桂樹」の葉は「名誉・栄冠の象徴」であった。既に名誉ある地位にいる人は、それを失わないよう常に look to「心がける」必要があるということから来た表現である。

33　*beat about(around) the bush*　（遠回しに言う）

— by beating about the bush instead of coming straight out with things. (Murder on the Orient Express p.156　YOHAN PUBLICATIONS, INC)

和訳：物事に関してストレートにものを言わずに、遠回しに言うことにより、

所見：昔から beat the bush 「藪をたたく」という言い方はあり、藪の周りをたたいて獲物を追い出すという意味で使われていた。この作業は、獲物が潜んでいるかを慎重に見極めながら徐々に行う必要があった。この表現が、about をつけて beat about the bush となり、さらに問題を回避したり、間接的にものを言ったり、場合によっては優柔不断であるという意味になっていった。なお、アメリカ英語では about よりも around が使われる。

コラム 16

フランス語を学んでみて ①

教室には教師と生徒とがいる。そして、教師は生徒よりも専門的な知識をもっていて技能においても長けている。したがって、教師である私にとっては、

教室内で優越した立場にいることは常識であった。だが、私が生徒として学び始めたということは、私が当然としていたことの逆を体験することだった。私は劣等生そのものだったのである。

私に他のフランス語初学者よりも有利な条件があったとすれば、英語とフランス語の語彙で共通するものが多くあったため、難しい単語も意味を推測できたことぐらいである。しかし、日常会話の講座に入った私には、そのようなことはほとんど役に立たなかった。また、英語の文法の知識ではフランス語文法には太刀打ちができなかった。さらに語彙については、フランス語では名詞そのものに男性と女性があるため、ただ単語を知っているだけでは実際に使う際には役に立たないのである。動詞を使う際にも形容詞を使う際にも冠詞を使う際にも、繰り返し繰り返し男女の性を間違えた。動詞や形容詞や冠詞だけでなく疑問詞や関係代名詞の形にも男女と単複の区別があり、それらの使い方や綴りをしばしば間違えた。動詞の活用の習得など、何故これをフランス人はマスターしているのか、フランス人はよほど頭が良いのかと思われるほど、私には無理な話だった。

そういう生徒である私がフランス語を学ぶに当たって心がけたことは、4技能のバランスということだった。そしてフランス語を「読む」ことは自宅でできるにしても、「話し」、「聞く」ためにはどうしてもネイティブの方と接する必要があったので、語学学校に週2日通うこととしたのである。また、「書く」ことについては学び始めて1年ほど経ったとき、フランス語で日記をつけはじめ、それを語学学校の先生に頼み込んで毎回添削してもらった。私の先生はフランス人の男性の方だった。日記の添削は先生に時間外の余分な仕事をお願いすることになるので、恐る恐る頼んでみると快く引き受けていただいた。むしろ、日本の文化や日本人を知ることができて面白いとの言葉ももらった。もちろん誤りなしの完璧な文章など一度も書いたことがない。私の拙劣な仏作文を懇切丁寧に添削してくださった先生に心から感謝している。

さて、このようにして2年間授業を受けて感じたことをはじめに列挙しておく。

① 先生は、当日の授業の目標を生徒に周知すべきである。
② 生徒は、意味を理解してから音読や発話をすべきである。
③ 授業では、生徒が積極的に言語活動に参加できる雰囲気が大切である。
④ 先生には、言語の運用能力とともに、言語を説明する能力も必要である。
⑤ 学校の授業だけでは言語能力の飛躍的な伸長は期待できない。
⑥ ⑤にも関係するが、精読よりも多読を旨とすべし。家での多読により語学力は飛躍的に伸びる。
⑦ 英語の先生方には、是非英語以外の外国語を学び、生徒の気持ちを理解していただきたい。

①は、授業の目的が分かっていないと効果は半減するという意味である。私たちの授業では最初に教材を渡された。その教材に基づき授業が進んでいくが、その授業で、今からなにを学習するのか全く分からず、ただ先生の言うことをオウム返しに言ったり、ホワイト・ボードに書かれたことを筆記したりしていた。授業の冒頭、「今日は aller = go という動詞の使い方を勉強するよ。」とか「今日は何かを頼むときの表現を勉強するよ。」とか言ってくれれば、「よし、それを今日は頭に入れて帰ろう。」と頑張れるのにと考えたものだ。私自身の英語の授業を振り返ってみても、教材を消化することが目的になっていて、その授業で生徒に何をつかんで欲しいかについて、予め生徒に伝えていなかったような気がする。

②は、音読等のタイミングについてである。日本の英語の授業でもよくあるように、冒頭、CD で教材の英文を聞き、その後、教材を先生が読み上げ、それに続いて我々生徒が音読するのだが、これがこれほど苦痛であったのかということは生徒になって初めて知った。私は、訳（わけ）も分からずただ先生の言うことを真似ているだけだったのである。音読は意味が分かってからするべきものだということをそのとき痛感したのである。（コラム 17 へ続く）

34 *out of the blue* （だしぬけに、突然）

“What is odd, madam?” “The way she turned up here, out of the blue!”

(Hercule Poirot's Christmas p.142　HarperPaperbacks)

和訳：「何が妙なんですか、奥さん」「彼女が、ここに現れるその現れ方がですよ。突然にというのがですよ」

所見：見出しの句としては out of the blue を挙げたが、元々は a bolt from(out of) the blue という句からできた表現であろう。青空から前触れ無しにピカッとくる、いわゆる「青天の霹靂（へきれき）」である。

35　*make heavy weather*（ちょっとしたことを大げさに考える、苦痛に感じる）

Very few of her friends did any work at all, and if they did they made extremely heavy weather about it. (Dumb Witness p.21　HarperCollins)

和訳：ほとんどの彼女の友達は仕事を全くしなかった。そして、もし仕事をしたら、それをたいへんな苦痛に感じた。

所見：この表現は海洋用語から来ている。heavy は「海が荒れた」ということで、make heavy weather とは「海が荒れて船が大揺れに揺れる」ということである。そこから、「災難に遭う」「苦痛に感じる」というような意味が出る。

なお、引用文では make heavy weather の後ろに about が使われているが、of や over も「～に関して」の意味で用いられる。

36　*run(go) to seed*（盛りを過ぎる、衰える）

To let a place run to seed is not the good policy.
(Dumb Witness p.171　HarperCollins)

和訳：土地をさびれるままにしておくというのはいいことではありませんな。

所見：seed とはこの場合「種をまく」のではなく「種ができる」ことを意味する。Run to seed で「花の盛りが過ぎて種ができる」がもともとの意味である。そこから「盛りが過ぎる」の意味が出る。

37　*under a cloud*　（疑われて、恥をさらして）

I daresay he mightn't have done that if he'd paused to think, because he left the place under a cloud,（後略）（A Murder Is Announced p.210　Berkley Books）

和訳：敢えて言いますが、彼はちょっと考えていればそんなことはしなかったでしょう。疑われるままにその場を去って行ったんですからね。

所見：日本語でも「疑いが晴れて」などという言い方があるが、英語でも、見出しの表現を見ると「疑い」と「雲」は似たイメージで捉えられていることが分かる。

38　*a fig for* ～（～なんかくそ食らえだ）

A fig for the examining magistrate! (The Murder on the Links p.49　Berkley Books)

和訳：尋問官なんてくそ食らえだ。

所見：fig という言葉は「いちじく」という意味とともに「つまらないもの」という意味をもっている。『オセロ』の第1幕の後半、悪の権化イアーゴがロドリーゴに自分の人生観を語る場面がある。その中で彼は　Virtue!　A fig!「美徳なんてくそ食らえだ！」(1.3.322)と言っている。

39　*(all) in a fog*　（頭が混乱して、五里霧中で）

But see, all the others are still in the fog. (The Adventure of the Christmas Pudding p.50　HarperCollins)

和訳：でも、いいですか、他の人たちはまだ、皆、五里霧中なんです。

所見：日本語の発想と全く同じである。和訳にも「五里霧中」という言葉をつかったが、この四字熟語にぴったりの表現である。もちろん、「～について頭が混乱して」という場合には後ろに about や over を使う。

コラム 17

フランス語を学んでみて ②

③は、授業の雰囲気が語学の勉強には非常に大切だということである。前回のコラムで述べたように、私の先生はフランス人の男性の方であった。私は、この方とたいへん気が合ったので、その学校を 2 年間続けることができた。また、授業の雰囲気も非常に楽しく、くつろいでフランス語を聞き、話し、読み、書くことができた。つまり、生徒の側がただ受け身的に聞いているだけでなく、活動をする機会が多くあったから楽しかったのである。また、どれだけ同じ間違いをしても、その先生は辛抱強く私に教えてくれた。先生の言うことを聞いているうちにこちらが、「あ、そうだ。この前これやったな。」と思い出し、恥ずかしくなったものである。

④は、この先生に一つ望むことがあるとすれば、文法の説明ができる先生であって欲しかったということである。例えば、フランス語には「〜過去」という時制が九つあったが、この先生に複合過去と半過去の違いが分からないと言っても、「この場合は複合過去がいい。」とか「この場合は半過去は使わない。」としか言えなかった。こちらが知りたいのは「何故、複合過去でなければならないか」ということなのだ。だが、これは無い物ねだりというものだろう。文法指導は日本人の先生の仕事なのである。そこで私はやむなく文法の本を買って、家で仏文法を自学自習したのである。

⑤として、40 分の授業を週 2 回行っただけでは、決して私のフランス語の力は伸びなかっただろうということも付け加えておく。授業を終えてからの学習、例えば前述のように家庭でフランス語の日記を毎日つけてみたり、文法が弱いと思ったらそれを自宅で補強してみたりすることがより重要なのである。授業で学ぶことは一つのモデルであって、このモデルが理解できたからといって語学が身についているわけではない。そのモデルからもう一つ飛躍することが語学力を伸ばすということである。私の目標はさしあたりポアロのフランス語を理解することであったが、仮に、もっと高いレベルでのフランス

語習得が目標であるのならば、家で毎日最低30分はフランス語を聞くとか、意味の分かっている仏語の文章を音読するとかすることが大切である。

⑥は⑤にも関係することであり、英語に関して私が実践してきたことを再認識したことになる。勉強開始から半年ほど経ったところで、私は初めて翻訳を頼りにフランス語の物語を読んだ。それは『星の王子さま』だった。その後翻訳頼りが続いたが、初めて自力で読破したのはジュール・ヴェルヌの子供向け冒険物語『十五少年漂流記』だった。とにかくストーリーさえ分かれば、少々の単語や文が分からなくても読み続ける。頻繁に出てくる不明な単語があれば意味を調べる。そして、フランス語の文章のリズムを掴む。これが言語習得の一つの要諦であることを実感したのである。

⑦として、現職の英語の先生方に英語以外の外国語を学ぶことをお勧めする。もちろん、英語の研修も重要だが、今一度、外国語を学ぶ生徒の身になってみるというのも、自分の指導法を振り返るという意味で参考になるのではないかと思うのである。音読について生徒はこのように感じているのかとか、基礎のできていない者がALT（外国人語学講師）の話す英語を聞いてどのように受け取るのかとか、ただ先生の講義を聴くのではなく、授業に参加して活動をするということがどれほど楽しいことなのか、そしてそれが語学を学ぶに当たってどれだけ大切なのかとか、そのようなことを知ることは現役の先生方にとって非常に大切なことだと思う。

以上である。現在、私はフランス語検定2級を取得している。準1級もあわよくばと思って少しずつ勉強を進めているが、この二つの級の間にはかなり難易度の差がある。だが、将来、と言っても I have one foot in the grave「老い先が長いわけではない。」（第2章の31）だが挑戦をしてみたいと思っているところである。

第 4 章　直喩表現（Simile）

この章では、as ～ asを中心とした、直喩と呼ばれる比喩表現(Simile)を扱う。直喩とは、「～のようだ」とか「～と同様に」などの言葉を用いながら二つの事物を比較して示す語法である。as ～ as 表現の他に、like や as など、「～のような」という意味の比喩表現も扱っている。

1　*as poor as a church mouse*　（非常に貧乏な）

But to do that he's got to have money and he's as poor as a church mouse, whatever a church mouse may be. (Dumb Witness p.90　HarperCollins)

和訳：しかしそれをするためには彼は金を持っていなければならない。そして彼は教会のネズミ同様たいへん貧しい。教会のネズミとはどんなものか知らないが。

所見：教会と言えばそのなかでの生活は質素なものと考えられていた。したがって、食料の残り物も少なく、そこに住むネズミも常に腹が減った思いをしているであろうということからこの比喩が生まれた。

コラム 18

慣用表現を使うことの危険性

エルキュール・ポアロが慣用表現は苦手であり、その使い方を間違えたり、理解できなかったりする滑稽な場面についてはコラム 3 で述べた。

このことに見るまでもなく、我々外国人が日常生活でクリスティが多用したような言葉を使うということは非常に危険なことではないかと思う。実は、本書を書くにあたって、当初、各表現が使われている例文とその和訳及び所見に加えて、各表現を含む英文を自分で作文していた。しかし、ある時点で、このような文を使う場面が現実にあるのだろうかと思うようになった。そして、仮に辞書を見ながら文法的に正しい作文ができたとしても、実際の使用場面で適切な英文となっているのか、もはやobsolete（古くて使用されていない）なものになっているのではないかなどと思い始めた。つまり自分が作文したものの妥当性に自信がなかったのである。

例えば、直前の項で挙げたas poor as a church mouse にしても、普通にvery poor と言っておけばよいものを、わざわざこのような表現を使う必然性がないではないか。仮に、我々がネイティブ・スピーカーの友人との会話のなかでこのような表現を使ったとすれば、気取った人間、知識をひけらかす人間とみなされはしないか。私が「慣用表現を使うことが危険である」と考えるのはこのような理由からである。

語彙には二種類あるということを昔学んだ覚えがある。改めて文献で調べてみると、認識語彙（理解語彙）即ちpassive vocabulary と運用語彙（表現語彙）即ちactive vocabulary となっている。私は本書で慣用表現を列挙しているが、これはあくまでもペーパーバックをより円滑に読むことに資するためのものであって、これを使ってみようなどとは決して思わないほうがよい。あくまでも本書で扱った慣用表現は、私の英語のレベルでは、passive vocabulary なのである。

我々は、慣用表現を無理に使おうとして、英語を母国語とする人たちの笑いを誘うポアロを他山の石としなければならない。

2　*as dead as a doornail*　（作動しない、壊れて）

And that couldn't have been Rudi Scherz, because he's as dead as a doornail.
(A Murder is Announced p.173　Berkley Books)

和訳：そしてそれはルディ・シェルツだったはずがない。彼は疑いもなく死んでいたから。

所見：ドアに打ち付けた鋲釘のように死んでいるという意味である。訪問者は拳やノッカーでドアを叩いて訪問を知らせるので、ドアに打ち付けた釘の寿命も長くないであろうということから生まれた表現である。

なお、dead と doornail は d の音が alliteration(頭韻)となっている。こ

の頭韻についてはコラム20で述べることとする。

3　*(as) dull as ditchwater*　（さえない、沈滞している）

Well, that was all right, nice lad, son of Dillmouth's leading solicitor, but frankly, dull as ditchwater. (Sleeping Murder p.56　HarperPaperbacks)

和訳：(二人の結婚は) それはそれで結構なことだった。(ウォルター・フェインは) 悪い奴ではないし、ディルマスの有力な事務弁護士の息子だったが、率直に言うと、実につまらん男だった。

所見：この場合の dull は「色や音色がさえない」と「面白くない」との二つが double meaning となっている。また、d の音が頭韻となっている。ditchwater とは「溝のなかの濁った泥水」で、イメージとしては分かりやすい比喩となっている。

4　*as thick as thieves*　（非常に親密で）

He and Ruth seem to have got as thick as thieves just lately,（後略）(Murder in the Mews p.170　HarperCollins)

和訳：彼とルースはつい最近非常に親密になったようだ。

所見：「泥棒とおなじぐらい厚い」とは非常に妙な比喩だと思える。何故このような表現が生まれたのか、その由来については想像するしかないが、おそらく thick に「親密な」という意味があり、「泥棒のように団結している」という意味から見出しのような意味が出たのではないかと思う。だが、意味的な要素よりも、th の音が頭韻となっていることのほうが、その由来として説得力がある。

5　*as fit as a fiddle*　（元気だ、調子が良い）

You look as fit as a fiddle. (The Mirror Crack'd from Side to Side p.203　HarperCollins)

和訳：元気そうだね。

所見：fiddle は「バイオリン」である。この表現の句源については、諸説紛々、定説はないようである。その諸説のうちのいくつかを挙げておく。この fiddle は fiddler「バイオリン奏者」を指していて、「バイオリン奏者は一晩中パーティや演奏会で演奏するほど healthy でなければならない」というもの。また、「バイオリンは音楽を演奏するという目的を果たすために suitable でなければならない」というもの。いずれにせよ、頭韻からくる音調的なものから慣用的に使われるようになったことは確かである。

はっきりしていることは、かつては fit が suitable の意味で人以外にも使われたが、今は healthy の意味で使われるということである。

6 *as right as rain* （すっかり元気で、正常で）

A couple of days and she'll be as right as rain but she'll have a rather nasty day or two first. (A Caribbean Mystery p.176 HarperCollis)

和訳：数日あれば彼女は元気になるだろう。でも、最初の 1 日か 2 日は少しひどい症状がでるだろうがね。

所見：雨が「元気」とか「正常」とかいうこととどのようにしてつながるのか、どのように調べても不明であった。ただ、これがおそらく農業に従事する人たちの間で生まれた表現であろうと想像するのみである。また、頭韻から生まれた比喩であることは間違いない。

7 *as bold as brass* （実に図々しい）

Out she comes from No. 5 as bold as brass,（後略） (Taken at the Flood p.171 Berkley Books)

和訳：なにごともなかったかのように、図々しく平然と彼女は5号室から出てきました。

所見：この表現には、もともと bold の本来の意味である「大胆な」という意味があったらしいが、それが薄れ「厚かましい」「図々しい」という意味になった。では、何故「厚かましさ」が brass「真鍮」に例えられているかというと、ギリシャ語やラテン語では金属が「力」や「精神の強さ」を表す比喩に使われたことからだという。

また、英語に mettle 「勇気・気概・元気」という単語があるが、この単語は metal「金属」 と語源を同じくしていた。そして brass も金属であることから「意思の強さ」の象徴として使われたとの説もある。

もちろん、頭韻がここにも見られる。

なお、引用文は現在形となっているが、文脈上過去形でなければならない。

8 *as plain as a pikestaff* （よく目立つ、極めて明白な）

Plain as a pikestaff, that's what it is; plain as a pikestaff. (A Murder Is Announced p.63 Berkley Books)

和訳：明白だ。それにつきる。極めて明らかだ。

所見：16 世紀中ごろ、この表現は as plain as a packstaff だったらしい。packstaff とは、行商人が荷物を運ぶために使う棒のことである。この単語が時代とともに pikestaff に変わり、as plain as a pikestaff になったという。pikestaff は先端に金具のついた杖を意味する。徒歩の旅行者が使用したものである。この杖が使い込まれてすり切れ、無装飾になった状態を plain 「装飾のない、質素な」だというのである。plain の辞書における第一義は「明白な」なので、この意味が「質素な」よりも前面に出て来て、見出しのような意味になったのであろう。

もちろん、頭韻がここにも見られる。

9 (as) *pleased as Punch* （ご満悦で）

Pleased as Punch he was with it,（後略） (The Mystery of the Blue Train p.203 HarperCollins)

和訳：彼はそれがとても気に入っていた、

所見：Punch は人形芝居の Punch-and-Judy show の主人公 Punch 氏から来ている。この人形劇はイタリアから入ってきたと言われる。物語は非常に凄惨なものらしい。このPunch 氏は残虐な人物で、自分の悪行がうまくいくと喜びの表現として1曲歌を歌った。このことからこの表現が生まれたという。

10　*as mad as a hatter*　(気がおかしい)

— he was as mad as a hatter. (Peril at End House p.74　HarperCollins)

和訳：彼は全く気がおかしかった。

所見：この表現に接する度に、『不思議の国のアリス』のなかの Mad Hatter を思い浮かべる人は多いことだろう。実際、この表現が普及し始めたのはこの作品がきっかけであったと言われる。

だが、この表現は『不思議の国のアリス』の前から存在している。その由来は、この作品の中の Mad Hatter のようなユーモラスなものではなく悲惨なものだった。当時、hatter「帽子屋」は帽子の素材であるフエルトの加工をするために水銀硝酸塩という化合物を使っていて、帽子屋には水銀中毒にかかっている人が多かったというのである。そして、水銀中毒になると、手足に軽度の震えが止まらないなどの症状が見られたという。

11　*as sound as a bell*　(極めて健康で)

Listen, Satterthwaite, Tollie was as sound as a bell. (Three Act Tragedy p.48　HarperCollins)

和訳：いいか、サタースウエイト、トリーは健康そのものだった。

所見：鐘が良い音を出すためには、傷一ついていてはいけない。使用される鐘は健全で正常でなければならないことに由来する表現である。

12　*as cool as a cucumber*　(落ち着きはらって)

When she saw me she got up as cool as a cucumber and came towards me. (Five Little Pigs p.154　HarperCollins)

和訳：彼女は私を見ると落ち着き払って立ち上がり、私のほうにやってきた。

所見：cool には「涼しい、冷たい」と「冷静な」との二つの意味があり、この表現ではその両方が使われている。キュウリを触ったときの冷たさと人の冷静さの二つである。この表現はこの二つの意味から生まれたものと思われる。

コラム 19

“Cool” について

現在、私は家で中学生や高校生に英語を教えている。自分の教職経験のなかで中学生を教えた経験がなかったので、うまく教えることができるのか当初は不安であったが、今、それは非常に新鮮で楽しい経験である。

さて、最近、中学 1 年の生徒と話をしていて印象に残ったことがある。御存知のとおり、今、英語は小学校から教えられていて、ある程度英語を学んだ形で中学校に入学して来る。したがって、1 年生とはいえ、非常に簡単な英語でのやりとりも可能であり、できるだけそのような機会をもつようにしている。あるとき、私が生徒に「なんでそれが好きなの？」というような意味の質問をしたところ“Cool” と答えたので驚いた。確かに cool には「カッコいい」というような意味があり、アメリカでは口語表現として使われるとは知っていたが、中学 1 年生が使うとは。我々の世代にとって、学校で最初に学ぶ cool は「涼しい」であって、「落ち着いている」という意味さえ学ばなかった。因みに、私が「落ち着いている」という意味の cool を知ったのは、高校生のとき、映画『ウエスト・サイド・ストーリー』を見て、そのなかの曲“Cool.（落ち着け）” が“Cool.（カッコいい）”だと思ったときであった。

そのうち、as cool as a cucumber も死語となる時代が来るのではないか。あるいはもう来ているのか。「キュウリみたいにカッコいい」とは誰も言わないだろう。

13　*as straight as a die*（真正直な、一直線に）

No graft.　No violence.　Not stupid either.　Straight as a die.

(Hallowe'en Party p.74　HaperCollins)

和訳：汚職も無し。暴力も無し。愚かでもない。公正そのものです。

所見：この表現における die は「死ぬ」でも「サイコロ」でもない。「金属加工に使われる型」を意味する。特に、コインの製造においてその表面にデザインを明瞭に刻みつける際、職人がハンマーを「強く、真っ直ぐに」打ち下ろす必要があった。このことから、この表現が生まれたという。

14　*as the crow flies*　（一直線にして）

This place (中略) was really no distance at all as the crow flies.
(And Then There Were None p.11　HarperCollins)

和訳：この場所は、実のところ一直線にすると非常に近いところにある。

所見：make a beeline（第 1 章の 1）と似た意味の表現である。この、直訳すれば「カラスが飛ぶように」となる慣用句は、ジェフリー・アーチャーの長編小説のタイトルにもなっている。ハチと同様カラスも直線距離を飛ぶとの言い伝えからこの表現がある。

15　*look as black as thunder 又は look like thunde*r　（ひどく怒ったようにみえる）

（前略）and Inspector Raglan looked as black as thunder.
(The Murder of Roger Ackroyd p.77　HarperPaperbacks)

和訳：そしてラグラン警部は激怒しているようにみえた。

所見：今にも雷が落ちそうな、黒雲が湧き上がった空模様を表した表現である。日本語においても、かんかんに怒っているように見える状態から遂に「雷が落ちる」ことはたまにあることで、日本の比喩表現と連想が似ていて面白い。

16　*(as) black as one's hat*　（真っ黒で）

Had a young clergyman here last week.　Black as your hat.　But a true

Christian. (A Pocket Full of Rye p.57　A Signet Book)

和訳：先週、若い牧師が来たんです。アフリカ系の方でした。でも、誠実なクリスチャンでした。

所見：昔、普通の帽子がすべて黒い色をしていたことから来た表現である。現代の感覚では決して思いつかない。

17　*(as)* ～ *as sin*　（実に～で ）

She's quite old and ugly as sin, really,（後略） （Three Act Tragedy p.44　HarperCollins）

和訳：彼女は、実際、実に年老いていて醜い。

所見：直訳すると「罪と同じぐらい～」ということだが、「罪」という言葉の語感からわかるように、この表現の～の部分には ugly や miserable など、ネガティブな言葉が来ると思われる。

18　*as hard as nails*　（頑健な、同情心のない）

She's as hard as nails, Madam is ―（後略） （Three Act Tragedy p.151　HarperCollins）

和訳：彼女はたいへん厳しい方でした。奥様はね。

所見：nail は「釘」である。見出しにあるように、この表現は人体についての意味と比喩的に心の在り方についての意味の両方をもつ。体についてはその屈強さを表すが、心については厳格な禁欲主義や心の狭さを表す。

19　*as mad as a hornet*　（怒り狂って）

It makes me madder than a hornet to be disbelieved,（後略） （Murder on the Orient Express p.83　YOHAN PUBLICATIONS）

和訳：疑われるなんて、私はもうカンカンですよ。

所見：引用の文は見出しの慣用表現の変形となっている。mad の度合いを hornet で表現している点において変わらないのでここで挙げておいた。スズメバチが外敵の侵入を受けたときの様子を想像すれば、この表現のイメージがわくであろう。

20 *stick out like a sore thumb* （一目瞭然である、場違いのように見える）

You stick out like a sore thumb. (At Bertram's Hotel p.66　HarperPaperbacks)

和訳：あなたは（このバートラム・ホテルでは）ひどく目立つわよ。

所見：「目立つ」という意味だが、sore（ひりひりと痛む）の語感から想像できるように、「不快な意味で」という注が必要である。あまりいい意味では使われないようである。

21 *(as) large as life* （実物大で、ご本人で）

Here is the mark as large as life on the rear left wheel. (The Thirteen Problems p.40　Berkley Books)

和訳：この左の後輪に動かぬ証拠殿がおいでですな。

所見：この as large as life は、思いがけなく人と出逢ったときなどに、「現に本人がそこに」のような意味で使われるが、引用の文は少し変わっていて、証拠を人に見立てている。さらに、オックスフォードのイディオム辞典にはこの表現には humorous という注がついていることもあって、和訳では「証拠殿がおいでですな」とおどけた表現にしておいた。

22 *like a cat on a hot tin roof(on hot bricks)* （そわそわして）

"I have the nerves," confessed Poirot. "I am like the cat upon the hot tiles. Every little noise it makes me jump." (The Mystery of the Blue Train p.220　HarperCollins)

和訳：「私は不安だ」ポアロは告白した。「私は心配で心配で、ちょっとした音にも跳び上がりそうだ」

所見：ポアロは、like a cat on a hot tin roof か like a cat on hot bricks というべきところ、言い間違えている。tiles はこの場合使われない。意味的には、猫の気持ちになればよく分かる表現である。

なお、Every little noise it makes me jump. は原文どおりである。しかし文法的に間違っている文だと思う。it が不要か、makes の後ろにもう一つ makes が必要なのではないか。

誤植かもしれないと思ったが、ポアロのセリフだけに彼がまた間違った英語を使ったのではないかと思ってしまう。ポアロの英語の粗探しばかりしているようで申し訳ないが、ついつい気になる。

23　as plain as daylight　(きわめて明白だ)

Sanford's our man.　Not a leg to stand upon.　The thing's as plain as daylight. (The Thirteen Problems p.208　Berkley Books)

和訳：サンフォードがホシだ。弁解の余地はない。状況は極めて明らかだ。

所見：この表現と同じ意味の as plain as a pikestaff が、本章の 8 に示してある。

意味的には a pikestaff より daylight のほうが分りやすい。

また、引用の文のなかで、この as plain as daylight の前に not a leg to stand upon があるが、これについては第 2 章の 43 で述べている。

なお、この部分の訳は難解であった。これを「(サンフォードにとって) 弁解の余地はない」とするか「(我々にとって) サンフォードを犯人とする根拠はない」とするかで迷った。一応、前の文の主語はサンフォードになっていること、及び後ろの文の前に but などがないことなどから上記のような訳にしておいた。

コラム 20

as ～ as 表現について

この章では as ～ as 表現を多数扱ってきた。だが、その由来を知ることは非常に難しい。一つには、第 4 章の 1、as poor as a church mouse のように意味から来るものがあることは確かである。だが、これらの表現のもう一つの特性として、alliteration(頭韻)があることも指摘してきた。頭韻とは押韻法の一種で、句や単語の頭の発音を繰り返す用法である。第 4 章の 2 の as dead as a door-nail も、dead と door-nail において、d の発音が繰り返されていることでわかるように、頭韻を踏んでいる。

それにしても、何故、doornail でなければならないのかという説明がつかない。

なお、私がクリスティの作品の中で気づかなかったが、比較的分かりやすく一般に使われているものを下に列挙しておく。

1　意味的に分りやすいもの

(as) easy as ABC「実に簡単な」

(as) heavy as lead「非常に重い」

(as) pale as a ghost「青い顔をして」　※a ghost の代わりに death も来る。

(as) safe as a house「全く安全な」

(as) strong as a horse「非常に頑健な」　※ a horse の代わりに a bull や an ox も来る。

(as) stubborn as a mule「非常に頑固な」

2　alliteration「頭韻」が見られるもの

(as) busy as a bee「せっせと働いて」

(as) mad as a March hare「気まぐれな、乱暴な」

(as) proud as a peacock「得意顔で」

(as) weak as water「ひどく弱い、力が抜けて」

第5章　聖書や古典等に関するもの

この章で扱う表現は、聖書や古典の有名な一節が慣用表現として定着したものである。

なお、聖書の引用については旧約聖書・新約聖書ともに英語版がAuthorized King James Version『欽定訳聖書』から、そして、和文については日本聖書協会発行のものを使用した。また、シェイクスピアについては、英文は研究社版を使用し、和文は拙訳である。

「古典等」の「等」のなかには諺も含まれていることを付言しておく。

1　*a pound of flesh*　(契約に基づいている過酷な要求)

Has to have its pound of flesh just the same. (The Moving Finger p.82　Berkley Books)

和訳：それでもやはり過酷な要求をつきつけられなければならない。

所見：直訳は「1ポンドの肉」という意味だが見出しのような意味になる。もちろんこれは『ヴェニスの商人』から来ている。

And where thou now exact'st the penalty,
Which is *a pound of this poor merchant's flesh,*(4.1.22)

「お前は、この哀れな商人の肉1ポンドという罰金を取り立てようとしているが、」

裁判が始まる直前、ヴェニスの公爵がシャイロックに「この奇妙な罰金を取るより、人間の優しさと愛をもって許してやる気はないか」と問いかけるのである。シャイロックが望む罰金（penalty）がa pound of this poor merchant's fleshなのである。そこから見出しのような意味で使われるようになったという。この後の場面でも、このa pound of flesh はたびたび繰り返されている。

2　*primrose path*　（一番楽な道、歓楽の暮らし）

Bundle felt that dalliance with Mrs. Macatta was going to prove no primrose path. (The Seven Dials Mystery p.128　HarperPaperbacks)

和訳：バンドルはマカッタ夫人と遊び半分でお付き合いをすることは決して楽なことにはならないだろうと感じていた。

所見：この表現は『ハムレット』 から来ている。

Do not, as some ungracious pastors do,
Show me the steep and thorny way to heaven;
Whiles, like a puff'd and reckless libertine,
Himself the *primrose path of dalliance* treads,
And recks not his own rede. (1.3.47)

「悪徳牧師がするように、天国へのけわしいイバラの道を説くのはやめてください。どうしようもない遊び人みたいに、自分自身は歓楽の道を歩いていて、自分が言った忠告に自分は一切従おうとしないくせに。」

これは、兄レイアティーズの「ハムレット王子の気まぐれには気をつけろ」という忠告に対して、オフィーリアが「お兄さんこそ、primrose path of dalliance （享楽の生活）をお過ごしになりませんように。」と言い返す場面である。

3　*Something is rotten in the state of Denmark.*　（なにか、どこかがおかしい）

"Something is rotten in the state of Denmark," quoted Poirot. "You see, I know your Shakespeare." (Appointment With Death p.114　HarperCollins)

和訳：「デンマークのどこかが腐っている。」とポアロは引用をした。「ほら、私はあなたがたのシェイクスピアも知っているんです。」

所見：『ハムレット』1幕4場90行からの正確な引用である。今日ではばくぜんと「なにか、どこかがおかしい。」というような意味で使われる。

4　*Is that a quotation?*（それって引用だったっけ）

Now my idea is that whatever we're going to do we'd better do it quickly. Is that a quotation? (Why Didn't They Ask Evans? p.152 Berkley Books)

和訳：さて、なにをするにしても、早くやってしまったほうがよいと思うんだけど。それって誰かのセリフの引用だったっけ。

所見：今回については見出しの文が慣用句であるというわけではない。その quotation とは何かについて解説してみたい。

Frankie という女性が述べた引用の文に続いて、相手の Bobby は次のように言っている。"It's a paraphrase of one. Go on, Lady Macbeth."「それは引用文の言い換えだね。行こう、マクベス夫人。」

では、paraphrase「言い換え」をする前の文とはどのようなものだったのか。

『マクベス』より引用する。

If it were done when 'tis done, then 'twere well
It were done quickly: (1.7.1)

「ことが終わったときにすべて終わりになるならば、早くやってしまった方がよいだろう。」これはマクベスが国王を暗殺すべきかどうか悩んで自問自答しているときのセリフである。

Frankie はこのセリフを"whatever we're going to do we'd better do it quickly"と言い換えたのである。

5　*all the perfumes of Arabia*（アラビアのすべての香水）

All the perfumes of Arabia will not sweeten this little hand —（後略）(Three Act Tragedy p.162 HarperCollins)

和訳：アラビアじゅうの香水を集めても、この小さな手を清めることはないだろう。

所見：『マクベス』からの正確な引用である。マクベス夫人の有名な Sleepwalking Scene において、彼女が発する言葉は以下の通りである。

Here's the smell of the blood still:

all the perfumes of Arabia will not sweeten this little hand. (5.1.56)

「ここにまだ血の臭いがついている。すべてのアラビアの香水もこの小さな手の臭いを消すことはないだろう。」

国王ダンカンを暗殺した直後、国王殺しという大罪を背負い、「自分の手についたこの血は、大海をも真っ赤に染めてしまう。」と恐れおののくマクベスに対して、夫人が発したのは A little water clears us of this deed(2.2.67) 「少し水があれば、きれいさっぱりですよ。」という言葉であった。しかしながら、劇の終盤で夢遊病者となったマクベス夫人は sleepwalk をしながら、上記のセリフのように罪の意識に激しく苛まれていることを吐露する。暗殺前後の強い意思をもった夫人と劇終盤の弱気な夫人のギャップに驚くのだが、この場面については深層心理の面から解釈する向きもある。我々は、シェイクスピアが無意識の世界を、「意識的」か「無意識のうちに」か、まざまざと描写していることにただ驚くのみである。

6　*full of the milk of human kindness*　(優しさで一杯)

"Not like me," said Greg, grinning.　"Full of the milk of human kindness." (A Caribbean Mystery p.17　HarperCollins)

和訳:「僕とは違うな。僕は人情の優しさで一杯の人間なんだから」とグレッグはニヤニヤしながら言った。

所見:同じく『マクベス』からの引用である。

: yet do I fear thy nature;

It is too *full o' the milk of human kindness*

To catch the nearest way: (1.5.17)

「でも、私はあなたの性格が心配。それは手っ取り早く物事をやってしまうには人情の乳が多すぎる。」

国王ダンカンがやってくることをマクベスからの手紙で知った同夫人は

国王の暗殺を決意するが、夫の性格を不安視して上記のように独白するのである。

なお、クリスティの長編小説 The Clocks (p.149　HarperPaperbacks) にも、

“Why did you really go to see him?　Was it purely the milk of human kindness?”「なんで彼に実際会いに行ったんだ。純粋に心の優しさだけが理由なのか。」

という場面が見受けられる。

コラム 21

クリスティと『マクベス』

『マクベス』からの引用が続いたところで、クリスティと『マクベス』について書いておこうと思う。というのも、おそらくクリスティは、シェイクスピアの作品のなかでこの作品から最も多くの言葉を引用していると思われるからである。また、クリスティの『マクベス』への傾倒は言葉の引用に留まらない。The Pale Horse という作品では、オールド・ヴィック座という伝統ある劇場で演じられた『マクベス』の演出について語り合う場面が設定されている。そして、この場面のなかで登場人物の一人が述べる The Pale Horse という言葉が、物語の展開の上で重要な役割を果たすこととなる。

何故クリスティは『マクベス』にこれほどしばしば言及したのであろうか。一つにはこれが国王殺しという「犯罪」をテーマにした作品であるということが言えるであろう。また、この作品の雰囲気は非常に陰鬱なもので、劇中の場面のほとんどが夜や曇り空や暗闇などの、光の届かないところに設定されている。その世界では、冒頭、3人の魔女が登場して述べるセリフ：

Fair is foul, and foul is fair:　(1.1.11)

「きれいなことは汚いこと、汚いことはきれいなこと。」

に象徴されるように、価値観が倒錯している。『マクベス』の世界は、まさに

「犯罪」を描くクリスティの世界にマッチするものであったのである。そうした劇のなかの言葉の多くが、クリスティの心を捉えたことは間違いない。そして、クリスティは、英国国民に広く知れ渡ったシェイクスピアの言葉を、自らが描く犯罪の世界の構築に活用したのである。

なお、クリスティの作品のなかで『マクベス』からの引用で始まっている作品が、私が気づいた限りでは二つあるので紹介しておく。

一つは、By the Pricking of My Thumbs『親指のうずき』の冒頭に掲げられた言葉で、

By the pricking of my thumbs
Something wicked this way comes. (4.1.44)

「邪悪なものがこちらにやってくることを親指のうずきで感じる。」
である。まんまとダンカンに代わって国王となったマクベスだが、自らの将来に不安と恐れを感じ、3人の魔女に自分の未来への新たな予言を聞きに行く場面である。マクベスがやってくる直前、魔女の一人がこのように言う。そして、この By the pricking of my thumbs は、この小説のタイトルにもなっている。

もう一つは Hercule Poirot's Christmas 『ポアロのクリスマス』の冒頭からで、

Yet who would have thought the old man to have had so much blood in him. (5.1.43)

「でも、老人があんなにたくさん血をもっていたなんで誰が思ったことでしょう。」である。これは、夢遊病者となったマクベス夫人が医者との会話のなかで、暗殺直後の国王ダンカンの血にまみれた姿を思い出して述べるセリフである。そして、このセリフが本章の5「すべてのアラビアの香水もこの小さな手の臭いを消すことはないだろう。」につながるのである。

いずれにせよ、この二つの「前書き」は、それぞれ作品の雰囲気を巧みに醸し出している。

7　*by the skin of our teeth*　（かろうじて、命からがら）

（前略）we drove away, and duly caught the train by the skin of our teeth. (The Big Four p.10　Berkley Books)

和訳：我々は車でその場所を立ち去り、やっとのことで時間通り汽車に間に合った。

所見：この表現は聖書から来ている。『ヨブ記』に、

My bone cleaveth to my skin and to my flesh, and I am escaped *with the skin of my teeth.* (Job 19:20)

「わたしの骨は皮と肉につき、わたしはわずかに歯の皮をもってのがれた。」とある。

とはいえ、この聖書からの引用自体、非常に難解である。聖書の研究家でさえこの部分について見解の相違があるようである。「歯の皮」とはなにかとか、聖書の with the skin of my teeth と見出しの表現 by the skin of my teeth とはどう違うのかとか様々なことが論議されているようである。我々としてはこの表現が聖書から来ており、その意味は just barely「かろうじて」の意味であることを承知しておけば十分であるような気がする。

8　*wash one's hands of* ～（～と関係を絶つ）

I thought you had washed your hands of the case? (Poirot Investigates p.12　Berkley Books)

和訳：君はその件から手を引いたと思っていたんだが、違うかね。

所見：この表現は聖書から来ている。イエス・キリストを処刑するという判決を出したピラトは、騒ぎ立てる群衆を見て、自らに責任がないことを示すため手を洗ったという。『マタイ伝』から引用する。

When Pilate saw that he could prevail nothing, but that rather a tumult was made, he took water, and *washed his hands* before the multitude, saying, I am innocent of the blood of this just person: (Matt 27:24)

「ピラトは手のつけようがなく、かえって暴動になりそうなのを見て、

水を取り、群衆の前で手を洗って言った。『この人の血について、わたしには責任がない。』」

手を洗うことにより「私はこの件に関わりはない。」と言ったのだ。

9　*cast ～ to the wind(s)*（～を捨ててしまう、四方八方に散らす）

Betty clasped her hands and cast discretion to the winds. (Sparkling Cyanide p.177　HarperPaperbacks)

和訳：ベティは手を握りしめ、分別をなくしてしまった。

所見：この表現は聖書から来ている。『エゼキエル書』に次のような一節がある。

And all his fugitives with all his bands shall fall by the sword, and they that remain shall be scattered *toward all winds.* (Ezek. 17:21)

「彼のすべての軍隊のえり抜きの兵士は皆つるぎに倒れ、生き残った者は八方に散らされる。」

wind は winds のように複数形となって「方角、方位」という意味に使われる。したがって、この聖書の場合も「あらゆる方角へ散らされるであろう」という意味になる。

10　*eleventh-hour*（期限ぎりぎりの）

I wish an eleventh-hour rescue were possible,（後略） (Why Didn't They Ask Evans? p.189　Berkley Books)

和訳：最後の最後で救われることができたらいいのに。

所見：この表現は聖書から来ている。eleventh-hour という言葉が Authorized Version に見られるわけではないが、内容から見てこれは明らかに『マタイ伝』第 20 章の第 1 節から第 16 節で述べられる例え話から来ている。

あるぶどう園の持ち主が 1 日 1 デナリの約束で労働者を雇うこととした。労働者のなかには、早くから働く者もいたが、日没 1 時間前に来る者もいた。だが、ぶどう園の主人は労働時間に関係なく 1 デナリを渡した。当然、「自分たちは長く働いたのに」と不満がでる。そこで、主人は言った。「あなたたちは私と1デナリの約束をしたではないか。自分の賃金を持って行きなさい。」と。

この例え話の言わんとするところは、早く来た者も遅く来た者も平等に天国に行くことが出来るということである。時計のない新約聖書の時代にあっては、日没の時間が12時であり、eleventh-hour とは日没1時間前を表すのである。eleventh-hour つまり「期限ぎりぎり」ということである。

11　*hold out an(the) olive branch*　(和議を申し出る)

> He held out an olive branch in the shape of an invitation to be present at the interview with the chauffeur, Manning.
> (The Murder at the Vicarage p.112　Harpercollins)

和訳：運転手マニングとのインタビューに同席してほしいと（私に）促すことで、彼は仲直りを申し出てきた。

所見：オリーブの枝は昔から平和の象徴とされている。もちろんこれは Noah が放った鳩がオリーブの葉を持ち帰ったという聖書、『創世記』の記述による。

And the dove came in to him in the evening; and, lo, in her mouth was *an olive leaf* pluckt off: (Gen.8:11)

「はとは夕方になって彼のもとに帰ってきた。見ると、そのくちばしには、オリブの若葉があった。」

オリーブの葉を鳩が持ち帰るということはどこかに陸地があるということを意味しているので、これにより洪水が引きつつあることを Noah は知ったのである。

12　*put words into one's mouth*　(言うべきことを人に言わせる)

> You are putting words into my mouth, Mademoiselle.
> (Murder on the Orient Express p.156　YOHAN PUBLICATIONS)

和訳：あなたは、自分の言いたいことを私に言わせようとしていますね、お嬢さん。

所見：この表現は聖書から来ている。『サミュエル記下』に次のような表現がある。

So Joab *put the words in her mouth.* (2 Samuel 14:3)

「こうしてヨアブはその言葉を彼女の口に授けた。」

ヨアブという男が、ある賢明な女性に因果を含めて王に接近させ、自分の思うことをその女性から王に言わせようとする場面である。

13　*kick against pricks*　（無駄な抵抗をする）

I just know enough not to start kicking against the pricks. (Five Little Pigs p.65　HarperCollins)

和訳：私は無駄な抵抗をし始めるほど愚かではありません。

所見：この表現は聖書から来ている。聖書の『使徒行伝』より：

And he said, Who are thou, Lord? And the Lord said, I am Jesus whom thou persecutest: ※it is hard for thee to *kick against the pricks.* (The Acts 9:5)

「そこで彼は『主よ、あなたは、どなたですか』と尋ねた。すると答があった。『わたしは、あなたが迫害しているイエスである。※さし針をけるのは、あなたにとってつらいことだ。』」

※以下の部分は、欽定訳聖書にはあるが、日本聖書協会の訳には載っていなかった。古写本には※以下の部分は載っていないので日本聖書協会の訳には載せていないのであろう。上記の訳はドン・ボスコ社版による。

「さしばり」とは農夫が牛を操るために使う、先の尖った棒のことで、「さしばりをける」とは牛が抵抗してその「棒をける」ことを言っている。牛は抵抗することにより自分を一層傷つけることになった。つまり、「神の意思に抵抗しても自分が傷つくだけだ。」と言っているのである。

また、この「彼」とはサウロという迫害者であるが、後に回心してイエス・キリストの使徒となる。別名をパウロという。

14　*a(the) fly in the ointment*　（玉にきず、楽しみのぶち壊し）

> The only fly in the ointment of my peaceful days was Mrs Cavendish's extraordinary and, for my part, unaccountable preference for the society of Dr. Bauerstein. (The Mysterious Affair at Styles p.19　HarperCollins)

和訳：私の平穏な生活のなかで唯一気に入らなかったのはキャベンディッシさんが異常なほど、そして私にしてみれば不思議なまでにバウアスタイン先生とのお付き合いを気に入っておられたことでした。

所見：この表現は聖書から来ている。『伝道の書』に次のような一節がある。

Dead flies cause the ointment of the apothecary to send forth a stinking savour: (Eccl. 10:1)

※ointment 軟膏　　※apothecary　薬剤師

「死んだはえは、香料を造る者のあぶらを臭くし。」

なお、どういうわけか原文ではMrs にピリオドがついていないが、そのままにしておいた。いくつかこの例があるが、今後は逐一指摘しない。

15　*breath of life*　（活力のもと、生きがい）

> — all this was the breath of life to Inspector Slack.
> (The Body in the Library p.33　HarperPaperbacks)

和訳：これらのもの全てが、スラック警部にとっては生きがいだった。

所見：この表現は聖書の『創世記』から生まれた。

And the Lord God formed man of the dust of the ground, and breathed into his nostrils *the breath of life*; and man became a living soul. (Gen.2:7)

「主なる神は土のちりで人を造り、命の息をその鼻に吹きいれられた。そこで人は生きた者となった。」

16　*straight and narrow*　（実直な）

> You're quite determined to keep me on the straight and narrow path, aren't you, Blackie? (A Murder Is Announced p.165　Berkley Books)

和訳：君は、僕に実直な生活を続けさせようと心に決めているんだろう、ブラッキー。

所見：この表現は聖書から来ている。『マタイ伝』に次のような一節がある。

Because *strait is the gate, and narrow is the way,* which leadeth unto life, and few there be that find it. (Matt.7:14)

「命にいたる門は狭く、その道は細い。そして、それを見いだす者が少ない。」

有名な、「狭き門」という言葉もここから来ている。King James Version では straight は strait となっているのでそのままにしておいた。「命へと続く門は狭く、道は細い。」それが正しく生きる道であるというのである。

17 *as old as the hills* （とても古い、非常に老齢で）

Very naughty of him, of course, and as old as the hills. I knew that one as a child. (The Thirteen Problems p.65 Berkley Books)

和訳：あの子ったら、本当にいたずら好きなんだから。昔からある話よ。（あの笑い話を）私は子どもの時に知っていた。

所見：この表現の直訳は「山と同じほど古い」ということだが、その由来は聖書の『ヨブ記』にあるという。以下に引用する。

Art thou the first man that was born? or wast thou made before the hills? (Job 15:7) 「あなたは最初に生まれた人であるのか。山よりも先に生まれたのか。」

「山よりも先に生まれた」ということから「非常に古い」という意味が生まれたのである。

コラム 22

発想の転換ということ ①

前項で引用した文は The Thirteen Problems のなかの、Motive v. Opportunity という短編のなかに出てくる。この文の直前でミス・マープルが語る笑い話がある。いたずらっ子の Tommy は、先生に Yolk of eggs *is* white. が正しいのか、 Yolk of eggs *are* white. が正しいのかと尋ねる。yolk とは卵の黄身である。文法について質問を受けたと思った先生は真面目に、Yolks of eggs *are* white. か Yolk of egg *is* white. が正しいと答える。すると、Tommy は「Yolk of egg is（white でなく）*yellow.* だよ～ん。」と言うのである。つまり、Tommy が「文法」の問題を尋ねていると思い込んでいた先生は、その質問の文の「内容」にまで目が向いていなかったのである。

これは、問題の解決を図るためには発想の転換が必要であることを Miss Marple が述べた部分であるが、私は、推理小説、特にアガサ・クリスティの魅力の一つに、この発想の転換があると思う。誰もが当然だと思っていたことを、最後の最後でひっくり返してしまう。我々読者はそのどんでん返しに、目からうろこの思いがするのである。

大団円における発想の転換で、最も有名なものは、The Murder of Roger Ackroyd『アクロイド殺人事件』であろうか、Murder on the Orient Express『オリエント急行殺人事件』であろうか。これらの作品については、その結末の意外さから、「フェアでない。」とか「卑怯だ。」との批判があることも承知している。だが、それは騙された方が悪いのであって、クリスティの創造力、構想力に脱帽するばかりである。

私は、自分自身の仕事においても生活においても発想の転換が必要ではないかと常に思ってきた。そして、これら、クリスティの作品を読む度に、思い切って異なった角度でものを見てみようとする知恵と勇気を与えられてきた。次のコラムでは、私自身が経験した発想の転換について書いてみたい。

（コラム 23 に続く）

18　*the salt of the earth*　（世の腐敗を防ぐ健全なもの）

It's Midge, it's people like Midge who are the salt of the earth. (The Hollow p.233　HarperCollins)

和訳：ミッジですよ。世の腐敗の防波堤になるのは、ミッジのような人なのです。

所見：この表現は聖書から来ている。『マタイ伝』に次のような一節がある。

Ye are *the salt of the earth*: but if the salt have lost his savour, wherewith shall it be salted? (Matt. 5:13)

「あなたがたは、地の塩である。もし塩のききめがなくなったら、何によってその味が取りもどされようか。」

この場合の「あなたたち」とは主の弟子たちのことであり、神に選ばれた人たちのことである。この人たちこそ、「地の塩」即ち「世の腐敗を防ぐ防波堤」であるというのである。

19　*the last straw*　（最後のごくわずかな付加、忍耐の限界を越えさせるもの）

A final jibe directed at the dead lady may have been the last straw. (Hercule Poirot's Christmas p. 220　HarperPaperbacks)

和訳：亡くなった女性は、自分に向けられた最後のあざけりに我慢ができなかったのかもしれない。

所見：これは It's the last straw that breaks the camel's back. という諺から来ている。この諺は「限度を超せば、たとえわら一本乗せただけでもラクダの背骨が折れる。」という意味である。そこから、「限界を超えさせる小さなきっかけ」という意味でこの見出しの表現が使われる。

20　*a castle in the air*　（空中楼閣、未来に対する非現実的な計画や希望）

Plans — castles in the air — a lot of chaff. (Death in the Cloud p.13　HarperCollins)

和訳：計画、ただの幻想、がらくたの集まり。

所見：これも日本語の発想と全く同じである。句源について定説はないようだが、『アラディンと魔法のランプ』におけるランプの精がアラディンのために一瞬にして建てた城についての言及があった。

21　*white horse*　（白波）

The wind is quite strong and there are white horses on the sea. (And Then There Were None p.108　HarperCollins)

和訳：風が大変強く、海には白波がたっている。

所見：white horse と書けばウイスキー、「白波」と書けば焼酎ということで、いずれも酒に関する話になってしまうが、これは海から巻き上がり、白いしぶきをあげて砕け散る波を白馬に見立てた詩の一節から来ているとのことである。

22　keep ～ *under one's hat*　（～を内密にしておく）

But keep what I've told you under your hat. (Taken at the Flood P.15　Berkley Books)

和訳：だが、君に言ったことは内密にしておいてくれ。

所見：この表現は第二次世界大戦中に英国政府が打ち出したスローガンから来ている。敵国のスパイが周囲にいる可能性を国民に呼びかけたもので、情報漏洩の防止や生活の安全のため、このスローガンを使ったということであった。

なお、この章では古典等から生まれた慣用表現を扱っているので敢えて指摘させていただくが、引用文の出典である Taken at the Flood という題名もたびたび引用されるシェイクスピアの有名な言葉である。『ジュリアス・シーザー』に、

There is a tide in the affairs of men,
Which, *taken at the flood,* leads on to fortune; (4.3.218)

「人が行うことには潮時というものがある。そして満潮時にうまくのれ

ば、幸運へと行き着くことができる。」

とある。

23　*return(get) to our muttons*　（本題に戻る）

But let us come back to our muttons. (Three Act Tragedy p.139　HaperCollins)

和訳：だが、本題に戻ろう。

所見：このセリフはポアロのものだが、通常は return や get を使うところ、ポアロは come back を使っている。

何故、mutton「羊肉」に戻ることが「本題に戻る」という意味になるのか。この表現は 14 世紀のフランス喜劇『パトラン先生、あるいは弁護士パトランの笑劇』という劇から来ている。この喜劇では羊毛商人が羊飼いを訴えている。その理由は自分の羊を羊飼いが虐待したということである。劇中の裁判の場で、羊飼いが本題から外れた話を長々とするので裁判官が、「我々の羊に戻ろう。」と注意を促す場があるという。このセリフ Revenon à nos moutons が英訳されたものが Let's return to our muttons　であるという。

24　*play the game*　（公明正大に行動する）

I don't think using Japp's official card yesterday was quite playing the game. (Poirot Investigates p.212　Berkley Books)

和訳：昨日、ジャップの名刺を使ったことはあまり公正なこととは思わない。

所見：この表現は、英国の詩人、サー・ヘンリー・ニューボルトという人の書いた Vitaï Lampada という詩のなかの一行、"Play up!　Play up!　And *play the game!*"　に由来するという。「頑張れ、頑張れ、そして試合に臨め！」ということだろう。

上に引用した文はヘイスティングズのセリフであるが、これに対してポアロは、I was not playing a game.「私はゲームをやっていたんではありません。」と真面目に答えている。ここでも我々読者はニヤっとする。

25　*The die is cast.*　(賽は投げられた、決定はなされたから状況は変えられない)

Well, the die was cast. (The Mystery of the Blue Train p.62　HarperCollins)

和訳：さて、賽は投げられた。

所見：御存知、ジュリアス・シーザーの有名なセリフである。引用の文では is ではなく was になっている。シーザーはルビコン川を渡り、ローマに向けて進軍する前にこのセリフを述べる。ルビコン川自体は大きな川ではないが、当時、属州とローマの境界となっていて、その意味で重要な河川だった。そして、ローマの将軍が軍を率いてローマに入ることは法律で禁じられていた。その禁を犯してシーザーはローマに攻め込んだのである。

なお、die の複数形は dice であり、アメリカではこの区分は明確だが、イギリスではサイコロ一つを a dice ということがあるらしい。

コラム23

発想の転換ということ ②

今、社会全般に目を向けてみれば、現代ほど発想の転換が求められている時代はないように思う。そして、今こそ「こうでなければならない。」という固定観念を捨て去り、思い切って発想を転換するという知恵と勇気が必要だと思う。

ここで、私がある学校に奉職していたときの実話を紹介したい。そこは、いわゆる伝統校であり、入学してくる生徒の学力レベルは高く、生徒指導上困るということも一切なかった。先生方にはベテランが多く、長年自分が積み重ねてきた知識と経験に基づき、ごく普通に授業を行っておれば日常が平穏無事に過ぎていった。

そのような学校に4月初旬のある日、突然、理科・数学教育に関する国の研究開発学校として貴校を文部科学省に推薦したいと思うが、受けてくれないかという話が教育委員会から舞い込んできた。学校内は大騒ぎとなった。市内の近隣の学校が職員の反対により既に断っていたことは知れ渡っていたし、教科によっては今まで自分が行ってきたこととは全く別の、新しいことに挑戦することを強いられるかもしれない。「断るべきだ。」「こんなことは受験には何も役に立たない。」「自分たちは一切タッチしない。」等々、各教科や各教員が様々な声を上げるなか、主任が出席して学校の運営事項を決定する会議の席上、参加者のなかで最も若い一人の教員が言ったのである。「本校の生徒にはこういうことが必要です。」と。

私は、心から感銘を受けた。多くのベテランの先生方が、この研究指定を受けることにより自分は何をやらなければならないか、自分の授業はどう変わるのか、そのようなことが自分にはできるのかなど、視点を「自分」に置いていたのに対し、この若い教員の目は「生徒」に向いていた。「生徒」にとって、どのようなメリットがあるかをこの教員は第一に考えていたのである。これはまさしく「発想の転換」だった。そして、結果として、教頭先生方を中心にプロジェクト・チームを発足させ、学校としての研究指定の在り方を検討することとなったのである。ここでは、有能な教務主任やこの若い教員が中心となり構想を練った。そして次第次第に数学科も理科も協力的且つ積極的に発案するようになり、地元の大学や企業を巻き込んだ一大プロジェクトの計画書を文部科学省に提出し、審査を通って研究指定を得ることができたのである。学校にとってはまさに、The die is cast. であった。

コラム 22 で述べた、いたずらっ子 Tommy の話に戻る。Miss Marple はこの笑い話を紹介した後、It's a catch.「それは落とし穴ですよ。」という言葉を繰り返している。そのとおりである。我々は、学校での教育活動を考える際、日常の仕事に追われていると思わず知らずのうちに、今までこうであったからとか、こうでなければならないからという固定観念に執着しがちである。しかし、それが a catch「落とし穴、陥穽」であるかもしれないという自省の念を常にもっておく必要がある。「本質」を見失ってはならない。そして、その「本質」とは、我々生徒を教え導く立場の者にとっては、生徒たちにどのようなメリット・ディメリットがあるかということなのである。学校はこの視点を忘れてはならない。

26　*take(have, catch) forty winks*　（一眠りする）

He dodged out of the house while one of the fat-headed constables who were watching the house was taking forty winks.
(Three Act Tragedy p.70　HarperCollins)

和訳：彼は、家を見張っていた間抜けな警察官の一人が昼寝している間に家からそっと抜け出た。

所見：wink には「まばたき」の意味があるが、見出しの表現の場合、a short nap「短い昼寝」の意味で、これは古くからある表現らしい。次に forty であるが、これはエリザベス1世統治下に出された文書『39箇条』に由来するという。この文書は聖職者の義務を規定したもので退屈そのものだったようだ。1条を読むと必ず眠気を誘った。そしてこの forty と wink を結びつけたのが、下記のようなパンチ誌の冗談だったという。

If a man, after reading through the thirty-nine Articles, were to take forty winks,

「もし人が39条まで読み通した後、40回目の居眠りをするならば、」

27　*catch(grasp, grab, seize) at a straw*　（不適当な手段にすがろうとする）

Bridget grasped thankfully at a straw.　"Oh, I forgot," she said.
(At Bertram's Hotel p.200　HarperPaperbacks)

和訳：ブリジットは渡りに船とばかりに答えた。「ああ、忘れてました。」と。

所見：これもよく知られた諺に、A drowning man will catch at a straw.「溺れる者はわらをもつかむ。」がある。おそらく見出しの表現はこの諺から来ているものと思われる。

28　*in tooth and claw(nail)*　（猛威をふるう）

Nature's red in tooth and claw, remember. (Five Little Pigs p.175　HarperCollins)

和訳：「猛威をふるう凶暴な自然」覚えておけ。

所見：Nature, red in tooth and claw という表現がテニスンの In Memoriam A.H.H. という詩の一節にあるという。その部分が慣用表現となったものである。

29　*fight(tilt at) windmills*　（架空の敵と戦う）

Always inclined to tilt at windmills. (Death on the Nile p.211　HarperCollins)

和訳：常に架空の敵と戦おうとする傾向がある。

所見：これはもちろん、ドン・キホーテが風車を巨人と思い込んで戦いを挑むことから生まれた表現である。

30　*come out of the ark*　（古くさい）

Don't pretend to come out of the ark. (The Murder at the Vicarage p.19　Harpercollins)

和訳：古くさい人間を装うんじゃないよ。

所見：ark とは Noah's ark「ノアの箱船」を意味する。見出しの表現は、「ノアの箱船から出て来たほど古い」という意味になる。

31　*a nine days' wonder*　（一時騒がれるが、すぐに忘れ去られるもの）

Quite a nine days' wonder Mrs. Halliday going off like that, so sudden. (Sleeping Murder p.107　HarperPaperbacks)

和訳：ハリデー夫人があのように突然失踪したなんてことも、皆すぐに忘れたよ。

所見：一説によれば、この表現は、古い諺、A wonder lasts nine days, and then the puppy's eyes are open. に関連しているという。犬や猫は生まれたときは目が見えないが、そのうち目が見えるようになる。そこからこの諺は「世間の目は、9 日間は見えないが、その後は子犬のように目が開いて真実を知るようになる。」という意味になる。

見出しの表現はこの諺と関連しているのかもしれないが、考えようによっては逆の意味になっているような気もする。この諺が 9 日後には「はっきりものごとがわかるようになる。」ということなのに対して、a nine days' wonder は「9 日経てば忘れてしまうもの」という意味で、日本語の「人の噂も七十五日」に近いのだから。

32 *Something will turn up.* （なにかが起こる、なんとかなるさ）

> "（前略）and I'll manage somehow. Something is bound to turn up." With this Micawber-like pronouncement, she went up to bed,（後略）
> (They Came to Baghdad p.96 Berkley Books)

和訳：「そして私がなんとかするわ。きっとなんとかなるわ。」このミコーバー風の宣言をして、彼女は 2 階に上がり床についた。

所見：この Micawber とはチャールズ・ディケンズの小説 David Copperfield に登場する人物で、楽観主義の権化のような男である。引用では Something is bound to turn up. となっているが、ミコーバーの信念は Something will turn up.「心配するな。なんとかなるさ。」ということになっている。彼はどんなに貧乏でも、どんなに執行吏に追い回されても、牢獄に入れられてもこの信念に基づき常に楽観的である。日本語で言えば「明日は明日の風が吹く。」という生き方である。

なお、この引用文の出典である They Came to Baghdad においては、p.188 にも the Micawber-like attitude that Something Would Turn Up 「なんとかなるさというミコーバー風の考え方」という表現が再度使われている。

33　*A rolling stone gathers no moss.*　(転石苔を生ぜず)

> You have been, I fancy, in essence a disappointed man all your life.　You have been the rolling stone — and you have gathered very little moss.
> (The ABC Murders p.184　FONTANA/COLLINS)

和訳：私の想像ですが、あなたは本質的に生まれてからこのかた、不平家でしたね。「転がる石」でした。そして、ほとんど苔を集めなかった。

所見：この「ほとんど苔を集めなかった。」という引用文は相手を非難している言葉として解釈できる。相手が定職ももたずフラフラしていて、なんら社会的な評価も実質的な収入も得ていないことを非難しているのである。そして、この「苔」に対するイメージと「転石苔を生ぜず」という諺の意味について次のコラムで述べる。

コラム 24

「転石苔を生ぜず」について

前項で取り上げたこの諺はアメリカとイギリスとで解釈が違う。その裏には、アメリカ人とイギリス人の職業への考え方、そして「苔」という植物へのイメージの相違がある。

まず、職業についての考え方である。アメリカ人は常に前進しようという意識を持っていて、チャンスがあれば職を変えて次のステップに進もうと思っている。たびたび職を変えることはアメリカ人にとって個人の発展なのである。一方、イギリス人はポアロが引用の文で言っているように、長く一つの職にとどまり、その分野で実績を上げることが好ましいと考えている。転職を重ね、社会のなかで腰を落ち着けた生活ができないことは決して好ましいものではない。

次に「苔」という植物に対するイメージである。アメリカ人は古色蒼然とした古いものは嫌いで、苔むした庭石などはブラシで磨くべきものと思っている。それに対して、イギリス人は逆に古いものには伝統を感じ、苔を大切にする。こうした苔に対する印象から、この諺も全く逆に解釈される。アメリカでは苔などは一種の汚れでしかないわけだから、そのようなものは付着せずに綺麗さっぱりしているほうが好ましい。したがって、「転石苔を生ぜず」ならば、それは好ましい生き方を表すことになる。ところが、イギリス人にとっては苔むした庭は伝統そのものであり、大切にすべきものである。そこで、「転石苔を生ぜず」はじっくり落ち着いて仕事に取り組まないという、いわば好ましくない生き方を表すことになるのである。

このように、言葉の使い方や意味はその国の社会や文化と密接に結びついているのだが、果たして日本ではどうだろうか。現在、日本ではテレビなどで転職を仲介する企業やサイトの CM をよく見かける。以前の終身雇用が尊重される時代は終わり、今や、アメリカ型の社会に移行しつつあるのかもしれない。

だが、この「転石苔を生ぜず」が「職業を始終変えている人は社会的に評価されない。」というイギリス風の意味合いから「社会的に評価される人は一つの職業に居座らない。」というアメリカ風の意味にかわっていくのだろうか。私はそう思わない。というのは、苔に対する日本人の考え方や苔に関する文化はそう簡単に変わることはないからである。仮に日本人の仕事への考え方やライフスタイルが変わったとしても、日本人の苔むした寺院や庭園への接し方がアメリカ風に変化することは決してない。ということは、この「転石苔を生せず」という諺も、「一つの環境で我慢強く努力を続けない人は社会で成功できない。」という意味合いを持ち続けるということなのである。

(本コラムについては鈴木孝夫著『ことばと文化』を参考にした。)

第６章　風俗習慣など人々の生活から生まれたもの

この章では、人々の生活から生まれた表現を示した。言葉が人間の生活から生まれてくるものだとすると、本書で扱う表現すべてが、「人間の生活から生まれてくる」ものであることになる。「動物」についても「自然」についても、その表現はすべて人間との関わりから生まれてくるのである。そこで、この章に示した表現については、「昔の人たちの行動や発言から生まれた慣用表現」とご理解いただきたい。

1　*pour (throw) cold water on*～　（企てなどに水を差す、ケチをつける）

I understand she rather poured cold water on that idea？ （A Murder Is Announced p.80　Berkley Books）

和訳：彼女はどちらかというとそのアイディアにケチをつけていたという理解でよろしいか。

所見：この表現も、社会の陰惨な慣行を句源としているようである。18世紀の医学者たちは、体液（humors）の過剰により mental heat「精神の熱」が高まるために狂気が生じると考えていた。そこで患者の mental heat を減ずるために、患者を素っ裸にして長い間冷水（cold water）をかけた。現代医学から見れば全く意味のないこの治療法も、体温が冷え切った患者が一時的に大人しくなったため効果があると見なされ、頻繁に実施されたそうである。

熱狂にたいして「水を差す」という意味はここから来ている。

2　*A penny for your thoughts.*　（何を考えているのか）

Why don’t you answer?　A penny for your thoughts, man. （The Murder at the Vicarage p.32　Harpercollins）

和訳：なんで答えないんだ。なにをぼーっとしているんだ、おい。

所見：「君が何を考えているか教えてくれたら、１ペニーあげよう」という意味である。人がぼんやりしているときや、質問に答えられず押し黙ってしまったようなときにこの表現を使う。

コラム 25

A penny for the Guy.

A penny for your thoughts. が出たところで、こういう話はいかがか。私が体験した話ではなく、私たちが ギルフォードに滞在していたとき、友人から聞いた話である。

ハロウィーンが終わって 1 週間経つか経たないかのとき、その友人は、街中でコロコロと台車を引いて歩いてきた少年に出逢ったという。その台車には藁で作ったような汚らしい人形が乗っていた。友人がその少年とすれ違おうとしたとき、少年が 彼に向かって“A penny for ～” と言ったという。その際、友人はあまりに突然のことだったため、少年の言ったことがよく聞き取れないまま通りすぎてしまった。そして、「可哀想に、知的障害の子どもさんだな。」と思ったという。

その話を聞いたとき、私も「ふーん」と思っただけで、何も興味深いこととは思わなかった。だが、後から、その子どもの言動は、11 月 5 日に行われる Guy Fawkes Day という伝統的行事の一環であることを知ったのである。

Guy Fawkes Day とは我々日本人には理解しがたい記念日である。1605 年 11 月 4 日、ガイ・フォークスという男が、ウエストミンスター宮殿に爆薬を仕掛けて、時の王、チャールズ 1 世を暗殺しようとしたかどで逮捕された。これを Gunpowder Plot「火薬陰謀事件」という。翌日の 11 月 5 日、市民たちは国王の無事を祝って、ロンドン市内で大きなたき火をしたという。そして、今日ではその出来事の政治的・宗教的意味合いは次第に薄れ、秋の夜をたき火と花火で楽しむ行事として現代まで存続しているということである。

さて、日本人には理解しがたいというのはここからである。この 11 月 5 日に、子どもたちは藁やぼろで人形を作り、それをガイに見立てて街を引き回し、“A penny for the Guy.”「ガイに 1 ペニーを。」と言って歩き回る習慣があるという。例の、ハロウイーンにおける“Trick or treat” のようなものである。私の友人が聞き取れなかった英語は“A penny for the Guy.”だったのである。つまり、Guy とは Guy Fawkes であり、国王の暗殺を企てた張本人である。このような謀反人のために、子どもたちがお金を集めて回るという、その真意がわからないのである。この裏には、カトリックとプロテスタントの複雑な抗争があったようであるが、今ではその宗教色は法律で抑えられていて、子どもたちの行事として、一部の地域で行われているとのことだった。そして、その一部の地域にギルフォードが含まれていたのである。

因みに、その藁人形は最終的に大きな焚火の中に投げ込まれ、祭りはクライマックスを迎えるということであった。

3　*have something up one's sleeves*（計画や奥の手などを密かに隠し持っている）

And very likely you have something up your sleeve.

(The Mirror Crack'd from Side to Side p.192　HarperCollins)

和訳：多分君は何か企んでるな。

所見：これは手品から生まれた表現である。手品師は、しばしば袖の中に手品の道具を忍ばせておく。このことから「何かを企む」という意味が出る。

4　*The coast is clear.*　（誰も居ない、危険はなくなった）

So that when Miss Blacklock and Miss Bunner are out — which is most afternoons — they go blackberrying — the coast is clear.

(A Murder Is Announced p.146　Berkley Books)

和訳：だから、ブラックロックさんとバナーさんが外出すると、誰もいなくなって安全になります。彼女たちはほとんど毎日午後にブラックベリーを摘みに行くのです。

所見：coast は「海岸」であり、clear は「空の、何もない」という意味である。では、「岸になにもない」ということが、何故「安全」なのか。これはシェイクスピアの時代の密貿易船の用語から来ていると言われる。岸を見張る人が誰もいなければ、岸は安全で、そこに船を乗り付けることができるわけである。

5　*double Dutch*　（ちんぷんかんぷんだ）

Tell him I don't know what he's talking about.　It's double Dutch to me. (The Mysterious Affair at Styles p. 130　HarperCollins)

和訳：あいつに、俺が奴の言っていることを理解していないと言ってやれ。俺には訳がわからん。

所見：Dutch はこの場合、foreign の意味である。double は意味を強める働きをする。外国語みたいにちんぷんかんぷんだということを言っている。

この表現と同じ意味で、英語を勉強してきた者にとってもっと馴染み深いのは、It's Greek to me. であろう。これは シェイクスピアの『ジュリアス・シーザー』1幕2場287のセリフ、but for mine own part, it was Greek to me. から来ている。独裁者シーザーの演説を聴いていた聴衆のなかで、学者のシセロはギリシャ語で何かをつぶやく。それを知った者がそこに居合わせた者に、シセロは何を言ったんだと聞くと、「シセロの言ったことはギリシャ語だった（It was Greek to me.）ので、俺には何を言ったのかわからなかった。」と答える。ギリシャ語をしゃべったという事実と自分には理解できないという事実との double meaning をもたせた、シェイクスピアらしい表現である。

6　*in the nick of time*　（きわどい時に、手遅れになる前に、折よく）

His death came in the nick of time for Ralph and Ursula Paton. (Roger Ackroyd p.239　HarperPaperbacks)

和訳：彼の死は、ラルフとアーシュラのペイトン夫妻にとっては誠に好都合だった。

所見：この in the nick of の句源は何世紀にもわたって謎だったらしい。そして、現在でも諸説紛々で、いろいろ文献をあたってもこれといった説得力のある説明が見当たらない。例えば、ニックは時間を計るために使用されたものであるとか、ゲームの得点を記録するためのものであるとかの記述はあった。

だが、諸説に共通していることが一つあって、それは、nick が notch （V字型の刻み目）と深いつながりがあるということである。時計が生まれる前、時間は棒に刻まれた切り込み(notch)によって示されていた。この notch が nock へとかわり、次に nick へと変化し、現在の形になったという説がある。

それにしても、in the nick of time が「好都合に」「折よく」などという意味になる根拠は依然として不明である。

7　*know the ropes* （コツを心得ている）

（前略）I want an Englishman who — well, knows the ropes — and can attend to the social side of things for me.
(The Mystery of the Blue Train p.17　HaperCollins)

和訳：英国人がいいな。そうだな、仕事のコツを心得ている人が。そして、私の社交面の面倒を見てくれる人が。

所見：the ropes は「仕事をしたりシステムを扱ったりするのに知っておくべきこと」という意味である。これは、船乗りたちの用語から来ている。帆船の時代、船員たちは帆綱などロープの使い方を心得ておかなければ一人前とは言えなかったことから、この表現がある。

8　*face the music* （自分の招いた難局に進んであたる）

I suppose she just felt she couldn't face the music.
（The Thirteen Problems p.192　Berkley Books）

和訳：おそらく彼女は自ら招いた試練に耐えられないと思ったのだろう。

所見：この句の起源について定説はないようである。そのうえで、いくつかの説を紹介しておく。一つ目は役者が劇場で舞台に出ていく準備をしているとき、文字通り劇場内で流れる音楽に「直面」しているという場面から来たとする説である。また、楽隊が馬の訓練をするとき、音楽を聴いても暴れないようにするため、馬が音楽に「直面」するよう仕向けることから来たとする説がある。さらに、軍人が規律違反で除隊させられるとき、もの悲しい音楽で送り出したため、それは難局に「直面」することであったという説もある。

9　*eat one's hat if*（もし～だったら首をやる、～なんてことがあるものか）

> He'd eat his hat if any of these daubs were worth a five pound note!
> (Funerals Are Fatal p.33　HarperPaperbacks)

和訳：この下手な絵のうちのどれも５ポンドの値打ちがあると彼は思わないだろう。

所見：強い否定や拒絶を相手に示す表現である。昔、イギリスでは酷い味の食材のことを hattes と言った。そして、人に、自分の発言や行動を信用してもらいたいとき、確約するために eat hattes することを約束した。日本語の「針千本を飲む」のと似ている。さて、その eat hattes が時を経るうちに誤解されて、人々は相手に強い否定や拒絶を示すとき eat hats 「帽子を食べる」と言うようになったのである。

10　*queer the pitch*（人の計画や成功を台無しにする）

> （前略）— so then naturally he'd queer the pitch.
> (Lord Edgware Dies p.34　Berkley Books)

和訳：だから、彼が（その結婚の）破局を企てたとしてもそれは当然のことなのです。

所見：queer とは「滅茶苦茶にする」こと、pitch とは「商売で使うテント」である。市場でテントを張って商売をしている商人が、もぐりの商人によって商売を台無しにされてしまうことがあったことからこの表現が生まれた。

なお、見出しの語句の前に、leg up という語句があるが、これについては第2章の38で説明してある。

11　*in the limelight*　(脚光を浴びて)

She is in the limelight,（後略） (The Murder on the Links p.159　Berkley Books)

和訳：彼女は脚光を浴びている。

所見：limelight とは直訳すると「生石灰の光」ということである。これは英国陸軍で発明された照明器具に由来する。この装置はシリンダー状の器に詰めた生石灰（酸化カルシウム）を燃やすもので、強烈に艶やかな光を発した。そして、この装置が灯台に使われるようになり、次に舞台で使われるようになった。そして、さらに社会一般で注目される事柄についても in the limelight という表現が使われるようになったものである。

12　*mind one's p's and q's*　(礼儀・作法・言行に気をつける)

So you'd better mind your P's and Q's, my girl. (Cat Among the Pigeons p.4　HarperPaperbacks)

和訳：いいかい、礼儀・作法というものには気をつけることだよ、いい子だから。

所見：この表現の起源には二つ説がある。

一つは、昔、学校の先生がしばしばp と q の綴りには気をつけるように言っていたということである。我々がアルファベットを覚えたての頃、b と d の区別がつかなかったが、そう言われてみると、p と q の区別も難しい。

もう一つは、パブにおいて、客が注文したエール（ビールと同義）の数を pint (英国では 0.568 リットル) と quart (英国では 1.136 リットル) の頭文字である p's と q's の項にチョークで記録していたことから生まれたという説である。店主は客に「今これだけ飲んでますよ。」と注意を促す意味で「p's と q's に気をつけてください。」と言ったそうである。

13　*go to the wall*（窮地に陥る、失敗する）

（前略）there was no doubt as to who would go to the wall.
(The Seven Dials Mystery p.127　HarperPaperbacks)

和訳：誰が破滅に追いやられるかは明らかだった。

所見：これと似た表現に be laid by the wall という言い方がある。これは、「死体がまだ埋められずに壁のそばに放置されている」ということである。この go to the wall は be laid by the wall から派生してきたもので、「壁のほうへ行って死体同然の、手の施しようもない状態になる」という意味である。そこから「どうしようもない状態に陥る」という意味になる。

14　*turn the table*（形勢を逆転する、非難に対して逆に批判する）

（前略）I did not enjoy having the tables turned upon me.
(Murder on the Links p.113　Berkley Books)

和訳：逆ねじを食わされるというのは愉快なものではありませんな。

所見：「テーブルを回す」ことが何故「形勢を逆転する」ことになるのか。これはチェスやチェッカーのようなゲームから来た表現である。ゲーム中にゲーム台すなわち table を逆にするという慣行が古くからあったらしく、そうすると形勢がすっかり変わってしまうことからこの表現が生まれたという。

15　*neither rhyme nor reason*（わけも理屈もなく）

There seems no rhyme or reason in the thing.
(The Murder of Roger Ackroyd p.87　HarperPaperbacks)

和訳：そのことにはなんの道理もないように思える。

所見：この表現の直訳は「韻も理屈もない」ということになる。理屈や論理がないというのは分かるが、何故ここに「韻」が入っているのか。

これは、ヘンリー8世の大法官であったトーマス・モアがからんでいる。ある著作家がモアのもとに作品を持参して感想を求めた。モアは「これを韻文に直してみろ」と言った。そこでその指示に従い韻文にして持って行くと、モアは「これで韻文になった。以前は韻律 rhyme もなければ理屈 reason もない文だった。」と言ったという。

なお、引用の文は neither ～ nor の形になっていないが、同じ内容である。

16　*in a seventh heaven*　（至上の幸福状態にある）

> Badgworthy was in a seventh heaven.
> (The Secret of Chimneys p.76　Berkley Books)

和訳：バジワージー警部は有頂天だった。

所見：seventh heaven とは、ユダヤ人が神と天使のいるところと考えた最上天である。だが、実際の英語の使われ方を見ると、宗教的な意味はなくなって「幸せ絶頂の恍惚状態」を指している。

17　*cut and run*　（大急ぎで逃げ出す）

> Here's a young man who ought to cut and run, but he doesn't cut and run.
> (The Secret of Chimneys p.89　Berkley Books)

和訳：大急ぎで逃げ出して当然の若者がここにいるが、彼はそうしていない。

所見：この表現は海洋用語から来ている。船に緊急事態が生じた場合、錨を上げる間もなく、錨綱を cut「切って」急いで run「帆走する」ことがあった。このことから「大急ぎで逃げ出す」という意味で使われるようになった。

18　*give ～ plenty of rope*　（～に自由にさせる）

> We always like to give a man plenty of rope,（後略）
> (The Secret of Chimneys p.163　Berkley Books)

和訳：我々はいつも人には自由でいてもらいたい。

所見： give ～ rope enough という形で出ることもある。いずれも人に「自由にさせる」という意味である。だが、この表現は「親が子どもを公園で自由に遊ばせる」というような意味ではないことを理解しておく必要がある。オックスフォードのイディオム辞典でのこの表現に関する定義は deliberately give sb enough freedom for them to make a mistake and get into trouble 「人が間違いを犯したり面倒なことに巻き込まれたりするように意図的に自由にさせる」であって、人が破滅への道を歩いて行くのを高みの見物と決め込んでいるような悪意を感じさせる。

そこで、この表現の句源ということになるが、rope に「絞首刑に用いられるロープ」という意味があることから、「人に多くのロープを与える」は「自由にさせた結果、絞首台への道を歩ませる」ということではないかと想像した次第である。

19 *The proof of pudding is in the eating.* （論より証拠）

The proof of pudding's in the eating — eh? (The Secret of Chimneys p.222 Berkley Books)

和訳：「論より証拠」って言うだろう、ね。

所見：直訳は「プディングの証明は食べることにある。」ということである。つまり、「プディングがおいしいかどうかは食べてみないと分からない。」ということになる。そこから、「物事の善し悪しは見た目や先入観に惑わされることなく、事実で判断しなければならない。」という意味がでる。

20 *spik(spic, spick) and span* （真新しい）

The small garden round it was spick and span,（後略） (Peril at End House p.25 HarperCollins)

和訳：その周囲の小さな庭園は真新しいものだった。

所見：この表現は船の用語から来ている。spik(spic, spick) は「釘」であり、

span は 「木切れ」である。そこで、a spik(spic, spick) and span new ship という表現が生まれ、「釘も木切れも新しい船」という意味で使われた。そこから spik(spic, spick) and span が残ったのである。

コラム 26

日常生活の英語について

ここで、日常生活でごく普通に日本人が使っている言葉の英訳について記しておきたい。

私がイギリスでホームステイを始めたころ、食事の際に違和感を感じることが一つあった。食べ始めるとき、どうしても「いただきます」と言いたくなるのだが、英語でどう言ってよいかわからなかったのである。西欧の家庭で食事の前にお祈りをする場面などをよくテレビ番組などで見ていたが、私のホームステイ先はそのような習慣のない家庭だった。食事が出されると、ごく自然に皆が食べ始めるのである

そこであるとき、「日本では、食べ始める前に料理をしてくれた人や食材を作ってくれた人に感謝するため『いただきます』と言って食べ始めるが、英国では食事の前に言う言葉はないのか。」と聞いてみた。すると、ホスト・ファーザー曰く「Let's eat. と言って食べ始めればよい。」ということであった。これは冗談なのかどうか分からなかった。いずれにせよ、英国では食事を始める際の決まり文句はないことを知ったのである。因みに、食事が終わったらなんと言うかと聞くと「I'm full.「お腹一杯」かな。」ということであった。「Thank you.」と言うことさえないらしい。

同様のことを、学校へ出かける際の「行ってきます」と、帰ってきた際の「ただいま」にも感じていたので、あるとき「出かけるときには何と言えばよいのか。」と聞いてみた。すると「Goodbye. と言え。」とのこと。また、「ただいま」は「Hello. だ。」ということであった。なお、「ただいま」について、日本では I'm home. としている場合もあるようである。

数十年間英語を学んできて、生徒に英語を教えることができるし、ある程度ペーパーバックを読める。また、流暢とまではいかなくとも、なんとか英国人とやりとりができるだけの英語のコミュニケーション能力をもっている。だが、こうした能力がいかに表面的で浅薄なものであるかを、私は上で述べたような経験で知ったのである。こういう日常生活における基本的な決まり文句さえ、どう言ってよいか全くわからない。しかも、答えを聞いてみると中学校1年生でも知っている英語であった。その英語が出てこないのである。

あらゆる学問がそうであるように、語学の分野も奥が深い。もっと謙虚になって英語を勉強しなければならないと思った次第である。

21 *a chip off(of) the old block* (親にそっくりな)

Grandfather used to say I was a chip off the old block and had inherited his spirit. (Peril at End House p.35 HarperCollins)

和訳：祖父は、私が父にそっくりで、その精神を受け継いでいると言っていたものです。

所見：この表現は大工の仕事から来ている。直訳は「古い木片から出た切れ端」ということである。大工が仕事をすると、かんなくずや半端な木切れが多く出るが、そのかんなくずや木切れは、形状は違っても材質は元の木の塊と同じであることから、「木片から出た木の切れ端」で「親にそっくりな」という意味になる。

22 *upset the whole apple cart* (十分に準備された計画を台無しにする)

But honestly, it might upset the whole apple cart.
(Peril at End House p.132 HarperCollins)

和訳：でも正直言うと、そのことが計画を台無しにしてしまうだろう。

所見：「リンゴ運搬車をひっくり返す」ということから、予め十分準備された計画を台無しにすること、あるいは人の期待を裏切ることを意味する。おそらく収穫した喜びの直後に災難にあった農夫の気持ちから生まれた表現であろう。

23　*have another string(two strings) to one's bow*　(万一の備えがある)

You have, then, an other string to your bow? (Poirot Investigates p.14　Berkley Books)

和訳：それでは、君は万一のための備えがあると言うのか。

所見：見出しの表現の bow は「弓」のことである。このセリフはポアロが述べたものであるため、another ではなく an other という不自然な英語になっている。この表現は、弓を射る者が非常の場合に備えて予備の弦を持っていたことから来たと言われている。

24　*hue and cry*　(罪状・人相を書いた犯罪公報、罪人逮捕布告)

(前略) and I'd be off to one of the most out-of-the-way corners of the world before the hue and cry began! (Poirot Investigates p.173　Berkley Books)

和訳：(自分の)罪人逮捕布告が出回る前に、私はもっとも辺鄙な世界の片隅へ逃走するでしょうよ。

所見：この表現は、嫌疑のかかった罪人を捕まえる昔の方法から来ている。当時は、容疑者の隣近所の人たちが集まって、その人物を荘園の境界まで追い詰めるのが義務とされた。その際、「角笛や叫び声」などの hue and cry で追い詰めたのである。そして、その罪人を追い詰める hue and cry が、後になって罪人逮捕布告という文書を意味するようになったのである。

引用のセリフはポアロのものであり、ポアロがとんでもなく古くさいことを知っているので、話の相手は"What do *you* say, monsieur?"と聞き直している。

なお、引用文の最後の単語 began は主節の仮定法過去 I'd との関係で過去形になっているのだろうが、なにか違和感がある。begins とすべきではないかと思う。

25　*have(be) one over the eight*　（酔っ払っている、飲み過ぎる）

> Perhaps some convivial idiot who had had one over the eight.
>
> （The ABC Murders p.13　FONTANA/COLLINS）

和訳：たぶん、どこかの酒好きな酔っぱらいのアホだろう。

所見：英国の俗語である。では、何故数字の 8 が酒に関する表現となるのか。これは、普通の人にとって、酒の適量が 8 杯であり、それよりも 1 杯多く飲んでいるという意味から来ているという。この「酒」が何を意味するかわからないが、仮に a half pint of bitter beer であったとしても、私には 8 杯などとても飲めたものではない。

26　*(All) the fat is in the fire.*　（へまをして、ただでは済まない）

> If we pass the dividend the fat's in the fire … Oh, hell!
>
> (Death in the Clouds p.18　HarperCollins)

和訳：もし配当金を払わないなどということをすれば、たいへんなことになる。ちくしょう。

所見：これは料理から来た表現である。料理をしているとき、油がこぼれて火に入ると炎や煙が立ち、厄介なことになったことからこの表現がある。

27　*Someone is walking over my grave.*（誰かが私の墓の上を歩いてる）身震いをしたときの決まり文句

> She shivered.　"Ouch!" she said.　"Somebody's walking over my grave."
>
> (Hickory Dickory Dock p.160　HarperCollins)

和訳：彼女は身震いした。「痛！誰かが私のお墓の上を歩いてる。」

所見：この表現は、人がふと身震いをしたときに自然と出る言い回しである。これで思い出すのが、日本語でも、「1 回くしゃみをしたら誰かが褒めている、2 回だったら悪口を言っている。」というような迷信である。見出しの表現も迷信であろう。

　また、英語圏では誰かがくしゃみをすると、bless you! と言うことが知られていて、これは悪魔が魂を持ち去るのを防ぐという意味があると聞いたが、この見出しの表現については、何か宗教的な意味合いが句源にあるのかどうか確認できなかった。

28　*be (come, get, let) in on the ground floor*　（最初から有利な立場にいる）

You're in on this on the ground floor. (Death in the Clouds p.60　HarperCollins)

和訳：この件ではあんたが大将ですからね。

所見：the ground floor とは英国で1階のことだが、さらに口語で、「事業などにおいて有利な立場」という意味もある。この表現はそこから来ている。したがって、この表現は投資の世界で「一般の人よりも先に投資できる」という意味で使われることが多い。

29　*on (an) even keel*　（平衡を保って、人や物事が安定している）

The husband had suffered from high blood pressure at one time, but was in good condition by the taking of suitable medicaments which kept him on an even keel. (Elephants Can Remember p.62　Berkley Books)

和訳：夫のほうは一時高血圧を患っていましたが、適切な薬剤の摂取で体調は良かったのです。その薬が症状の安定を保ってましたから。

所見：船の用語から来ている表現である。keel とは「竜骨」であり、これは船の船首から船尾へと貫く主要な部材である。even は「水平の」という意味である。したがって、見出しの表現は「竜骨が水平になっている」ということであり、船首と船尾の喫水が同じレベルで「平衡を保っている」というところから、転じて人や物が「安定している」という意味で使われるようになった。

30　*ride one's(a) hobby*　（道楽に熱中する、はた迷惑なほど得意技を出す）

Today I'm riding my hobby.

(The Murder at the Vicarage p.97　Harpercollins)

和訳：今日は、私の道楽で嫌というほどしゃべらせてもらいますよ。

所見：この表現の元は、ride a hobby-horse であった。hobby-horse とは rocking-horse 即ち「子供用の木馬」のことである。つまり、to ride a hobby-horse は子どもが木馬に乗ることであり、子どもが一心に木馬に乗っている姿から転じて「道楽に熱中する」となり、さらに現代では「自分の得意分野について得々と話したり誇示したりする」という意味に使われている。

31　*see(watch) which way the cat jumps*　(日和見をする)

The old brute's sitting on the fence watching which way the cat will jump.
(Death in the Clouds p.121　HarperCollins)

和訳：あいつは高みの見物を決め込んでいる。

所見：この表現は tip-cat(棒打ち) と呼ばれる子どもの遊びから来ている。この遊びでは、cat という両端がとがった木切れを棒で打って遠くへ飛ばしながらゲームを進めていく。その際、木切れがどちらに飛んでいくかじっくりと待って観察する必要があったので、この表現が生まれたという。

　私はこの cat が猫を意味しており「壁の上にいる猫がどちらにジャンプするのか見る」というところから来ていると予想していたが、調べてみて意外であった。

　なお、引用の文では watching の前に sitting on the fence があるので、クリスティもこの表現の句源を猫の動きと思っていた可能性がある。

32　*eat humble pie*　(甘んじて屈辱を受ける)

All right, I'll go to Pat and I'll eat humble pie.
(Hickory Dickory Dock p.142　HarperCollins)

和訳：いいわ。パットのところに行って、どんな辱めも受けるわ。

所見：11 世紀のイギリスでは狩りで鹿を得ると、まずその鹿を殺した人物が、次にその長男が、そして次に親友などがという順に鹿のおいしい部分を食べたという。妻や他の子どもたちは心臓や腎臓などの臓物を食べた。そしてそのような臓物は umbles と呼ばれ、あまりおいしくないので pie にして食べられた。このように鹿の臓物の pie を食べることは社会的に誇れることではなく、次第に誰かが失敗したりして謝らなければならないとき、冗談で umbles pie を食べろと言われるようになった。そして、時が経つにつれ、umbles が humble へと変化したのである。

コラム 27

「あなたの星座は何ですか？」

eat humble pie が出たところで、 コラム 14 に引き続き、トーキー滞在中、私が受けた屈辱の話を再びしてみたい。

私がホームステイをしていた家庭は、父母と 4 歳、7 歳の女の子がいる 4 人家族であった。あるとき、夕飯を食べている最中に星座の話になった。

私は英国滞在中、3 度ばかり What's your sign? と聞かれたことがある。「君の星座は何？」という意味である。英国人は星座を聞くのが好きなのかと思った。日本であれば「何月生まれ？」というぐらいの気持ちなのか。あるいは干支や血液型を聞くような感覚なのか。

この夕食中に出た What's your sign? により私は大恥をかくこととなった。私の星座は魚座である。私は魚座＝Pisces は知っていたが、この単語を発音したことがなかった。そこで、なんと言ってよいのか自信がなく「ピス？」「ピシーズ？」と迷いながら答えたのである。すると、二人の女の子たちが食事中にもかかわらず、腹を抱えて笑い出した。私はなんで笑われているのか、訳も分らず当惑していると、ホスト・ファーザーが困ったような顔をしながら「パイシーズ」と訂正してくれた。そこで私は魚座の発音を間違えたために笑われたのだと初めて理解した。だが、それにしても「ただ発音を間違えたくらいでそんなに笑うな。」とその場ではやや不愉快であった。

　その後、自分の部屋に戻ってこの場面を思い返してみた。二人の女の子の大笑い。ホスト・ファーザーの困惑した顔、娘たちを「失礼だ」と言って叱りもしなかったこと（ということは、非は私にあるということ）、私が言った言葉「ピス」「ピシーズ」。なに、「ピス」？ピス＝piss 。そうか。私は、「星座は何か」と聞かれて、食事中にもかかわらず「おしっこ」と答えたのか。それで笑われたのか、と妙に納得した次第である。

　私はその後、教材に星座が出てくるたびにこの「屈辱」について生徒に話をし、外国人と付き合うときは少なくとも自分の星座ぐらいは「正確に」言えるようにしておくことは大切だと言っているのである。例えば、私のような魚座の人であれば、I'm a Pisces. というように、不定冠詞の a をつけるのである。

33　*draw the line at* 〜（〜を断る）

I really do draw the line at sticking my friends.

(Why Didn't They Ask Evans? p.59　Berkley Books)

和訳：友達に安物を売りつけるようなことは絶対にお断りだ。

所見：この表現の直訳は「一線を画す」である。しかし、口語では「〜を断る」という意味になる。おそらくこの line は軍隊用語であろう。line には「戦線」とか「防御線」とかいう意味があり、そこから相手の申し出に対して「防御線」を敷くという意味から相手の申し出を「断る」という意味になったのではないかと思う。これも想像である。

　なお、stick は「突き刺す」や「貼り付ける」ではなく「安物を売りつける」という意味である。この場面では車の売り買いが話題となっているのである。

34　*give* 〜 *a wide berth*　（〜に近づかない）

He judged it wise to give the mews a wide berth.

(Why Didn't They Ask Evans? p.172　Berkley Books)

和訳：彼はその路地には近づかないのが賢明だと判断した。

所見：この表現も海洋用語から来ている。berth には「寝台」や「ベッド」の意味があるが、この場合は「停泊余地」といって「安全のために他の船や岸壁との間に残しておく余地」のことである。見出しの表現の文字通りの意味は「停泊中の船が波で揺れても、隣の船や岸壁にぶつからないだけの停泊余地を残しておく」であり、そこから「近づかない」の意味が出る。

35 *get(touch) ～ on the raw*（～の感情を害する、～の痛いところに触れる）

（前略）but this spying and following business has absolutely got Linnet on the raw. (Death on the Nile p.61 HarperCollins)

和訳：でも、この探偵もどきの行動やそれに伴う一連の事件で、リネットは完全に頭にきている。

所見：the raw は「皮膚のむけたところ」という意味である。馬に馬櫛をかけてやるとき、触れると馬が痛がる場所がある。これを a raw place という。その表現を人に適用して、そのような箇所に「触れる」とは「人に対して感情的に痛いことを言ったりしたりする」ということになる。

36 *Roman Holiday*（人の苦しみによって得られる娯楽）

Are you sure, M. Poirot, that this is not a case of Roman Holiday? (Appointment With Death p.116 HarperCollins)

和訳：ポアロさん、このことはローマ人たちがやったような残酷な娯楽ではないことを分かっておられますか。

所見：Roman Holiday『ローマの休日』という有名な映画があるが、この見出しの表現の意味とその由来は映画のようなロマンチックなものではない。古代ローマでは奴隷や捕虜などに剣を持たせて戦わせた。そして市民たちはそれを娯楽として楽しんだのである。そこから、他人を犠牲にして得る楽しみや娯楽のことを Roman Holiday というのである。

37　*cast-iron*（頑健な、不屈の）　　*dyed-in-the-wool*（徹底した、生粋の）

> On the other hand it's the sort of alibi that's really sounder than a good cast-iron dyed-in-the-wool alibi which ten to one has been faked up beforehand!
> (Hercule Poirot's Christmas p.149　HarperPaperbacks)

和訳：一方、それは、実際にかなり強力な、完璧に近いアリバイよりさらに有効なアリバイであり、十中八九予め捏造されたものなのです。

所見：cast は「鋳造する」という意味で、「鋳造された鉄」から「頑健な」という意味が出る。また、dyed-in-the-wool は「織ってから染めた物ではなく織る前に染めた」という意味で、そこから「混じり気のない」「徹底した」という意味が出る。

38　*blot one's copybook*（軽はずみなことをして評判を落とす）

> Percival, of all people, blotting his copybook, Percival, the good little boy.

和訳：皆のなかでも、おっちょこちょいのパーシバル、可愛いパーシバル

所見：blot とは「汚す」であり、copybook とは「習字の手本」という意味である。「小学校へ通う児童が大切なお習字の手本を汚す」という文字通りの意味から見出しのような意味が来ている。

39　*talk(go, run, wag) nineteen(thirteen) to the dozen*　（のべつ幕なしにしゃべる）

> In a large armchair beside her, dressed in elaborate black, was Mrs. Percival, talking away volubly at nineteen to the dozen.
> (A Pocket Full of Rye p.164　A Signet Book)

和訳：彼女（ミス・マープル）のそばの大きな肘掛け椅子で、手の込んだ黒い服を来て、パーシバル夫人はのべつ幕なしによどみなくしゃべっていた。

所見：何故 19 とか 12 とかいう数字により、「のべつ幕なしにしゃべる」という意味が出るのか。これは、普通 12 語で足りるところを 19 語も使うからだという。この表現では 19 の代わりに 13 も使われることがあるが、その場

合は 12 より 1 語多いだけで「のべつ幕なし」という意味になる。

40　*put(lay, place) all one's cards on the table*　（もくろみをさらけ出す）

（前略）I wasn't really quite ready then to put all my cards on the table.
(A Pocket Full of Rye p.199　A Signet Book)

和訳：私には、そのとき種明かしをする準備が実はできていなかったのです。

所見：読んで字のごとく、トランプのゲームから生まれた表現である。もともとは「持ち札を卓上に出して手を見せる」ことを意味したが、それから転じて「計画やもくろみを明かす」という意味に使われるようになった。

41　*Parthian shot*　（捨てぜりふ）

That last Parthian shot went home.
(The Murder at the Vicarage p.18　Harpercollins)

和訳：その最後のセリフは（牧師の心に）こたえた。

所見：直訳すると「パルティアの一発」ということである。これは別れ際に言う捨てぜりふを意味する。しかも、そのせりふはかなり相手の感情を揺さぶるものであるらしい。古代国家パルティアの騎兵たちは、退却する際、馬上で後ろ向きに矢を放ったことからこの表現がある。

42　*hammer and tongs*　（猛烈な勢いで）

I can't remember everything — seemed as though they were at it hammer and tongs, she wanting him to do something and he refusing.
(The Murder at the Vicarage p.139　Harpercollins)

和訳：全部を覚えているわけではありませんが、二人はすごい剣幕でしたよ。女のほうは男になにかしてもらいたく、男はそれを拒否して。

所見：hammer は「ハンマー」、tongs は「火箸」である。この表現は鍛冶屋の仕事場から来ている。鍛冶屋が鉄を打つとき、何人かが一組になってハンマーと火箸で交互に焼けた鉄を処理していく。この激しい猛烈な作業の様子から「猛烈な勢いで」という意味が出る。

43　*touch and go*　(かろうじて成功する)

It will be touch and go, anyway. (The Murder at the Vicarage p.204　Harpercollins)

和訳：いずれにせよ、ぎりぎりのところだろう。

所見：この表現の句源については、二つ説がある。一つは海洋用語で、「船が水底をかすって進む」ことから「かろうじて進む」という意味が出るというものである。もう一つは車の運行に関するもので、追い越していく車が接触しながらも事故を起こさずに済んで、双方が走り続けていく場合があることから来るというものである。いずれも、「きわどく危機を逃れて結果オーライとなる」ことを意味する。

44　*bite (on) the bullet*　(歯を食いしばって耐える)

There was nothing for it but to bite on the bullet. (The Body in the Library p.115　HarperPaperbacks)

和訳：歯を食いしばって耐えるしかなかった。

所見：この表現は戦争から生まれたという。野戦の際、けが人に手術を施すのに銃弾をくわえさせた。これは痛みを我慢させるためと、舌をかみ切らないように配慮したためだという。このような慣行から生まれた表現である。

45　*beer and skittles*　(遊興、酒色に溺れること)

It wouldn't be all beer and skittles, he told her; (The Body in the Library p.176　HarperPaperbacks)

和訳：それは全部遊びというわけではないでしょう、と彼は彼女に言った。

所見：skittle とはこの場合、table skittle のことで、これはひもにつるしたボールを揺らして盤上のピンを倒すゲームである。beer は当然酒である。そこで見出しのように「遊興や酒色」というような意味が出る。Life is not all beer and skittles という諺も有り、これは「人生は飲んだり遊んだりするばかりではない。」という意味である。

46　*steal a march on* ～　（～を出し抜く）

We thought they might steal a march on us ―（後略） (Dumb Witness p.120　HarperCollins)

和訳：奴らはずる賢く私たちを出し抜くのだろうと思った。

所見：この表現も軍隊用語であろう。steal は「こっそり動かす」ことであり、march は「軍隊の進軍」を表す。つまり、軍隊が思いがけず敵の前に現れるときのように「有利な立場を得る」ことを言う。

47　*an old school tie*　（上流階級意識、保守的態度）

Miss Lawson ― she is not an old school tie, *mon cher.* (Dumb Witness p.165　HarperCollins)

和訳：ローソンさんは、あの方は昔気質の人ではないですよねえ、君。

所見：old school とは「母校」のことであり、これに tie がつくと英国の名門校の old boy たちが身につけるネクタイを意味した。そのネクタイは派閥の象徴であり、現代ではやや軽蔑的に「母校自慢」とか「学閥意識」を意味することから、見出しのような意味で使われるようになった。

コラム 28

パブリック・スクール訪問 ①

an old school tie が出たところで、パブリック・スクールの話をしておく。パブリック・スクールとは、直訳すると「公立の学校」であるが、実際は「私立学校」である。まだ学校制度が整っていないころ、地方の篤志家たちが金を出して、「公の教育に資するための学校」即ちパブリック・スクールを設立した。その種の学校が今でも伝統ある私立学校として残っているのである。多くの場合、これらの学校には日本の中高一貫校と同様、中学生と高校生が在籍している。私は若い頃、池田潔著の『自由と規律』という本を読んで強い影響を受けた。この本には、パブリック・スクールにおける教育や生徒の姿が著者の体験に基づき書かれている。著者によれば、大英帝国を支えたオックスフォード大学やケンブリッジ大学出身者たちの、自由で闊達な精神はパブリック・スクールにおける厳格で規律ある教育があってこそのものだという。私は、この本により学校と教師、そして教育のあるべき姿を学び、自分の教員生活の節目節目で、この書物で学んだことに基づき判断をしてきた。

また、英語のペーパーバックで言えば、Goodbye, Mr. Chips 『チップス先生さようなら』は私の愛読書であった。この本も、パブリック・スクールを舞台に、愛称チップスという一人の教師の教員人生を描いたもので、彼のように生徒に慕われる教員でありたいと心から思ったものである。

というようなわけで、私は英国のパブリック・スクールに一種の憧れをもっており、英国滞在中に一度は訪問して実際に生徒たちの学校生活を見てみたいと思っていた。そこで、在籍していた語学学校に「デボン州にパブリック・スクールはないか。」と聞いたところ、ノース・デボンにウエスト・バックランド・スクールという学校があるということだった。この学校は、全寮制ではなく、一部寮生、一部通学生の学校で男女共学、そしてキリスト教の教えをその教育方針の根幹においたパブリック・スクールだった。e-mail などのない時代でもあり、タイプライターも持っていなかったので、「訪問をしていろいろ教えていただきたいが、許可してもらえないか。」と汚い字で手紙を出したところ、有り難いことに快諾をいただいた。

この学校は、たいへん交通の便が悪いところに位置していたので、前日から車でノース・デボンへ向かい、その日は学校の近くの B&B に泊まり、翌日、朝一番に学校を訪ね、一日中密着取材を行った。そこでは、日本の高等学校と全く変わらない、充実した教育活動が行われていた。使命感に満ちた教員、学習活動だけでなくスポーツや文化活動に意欲的な生徒たち、そして明確な教育観・学校観をもち自信溢れる校長。校長先生は、突然学校を見せてくれと手紙を送りつけてきた「どこの馬の骨だか知れない」男に対して、自ら学校のなかを授業から施設に至るまで案内してくれた。そして、昼食を生徒や先生方と同じ食堂で取らせてくれた。それはまさに、後に映画で見ることとなったハリー・ポッターの学校における食堂の場面そのものであった。

たった1日拝見させてもらっただけであるが、私がこの学校の生徒を見て最も強く印象に残ったことの一つは、冒頭に挙げた池田潔氏の著書のタイトルそのものだった。自由と規律である。この学校の服装・外観等、学校内での生活に対する規律は日本の学校のそれと同様、あるいはそれ以上に厳しいものだった。寮生は起床時から就寝時まで規則で縛られるのである。これは、生徒にとって大きな負担であったかもしれない。にもかかわらず、生徒の顔には暗い影は全く見られなかった。生き生きとしているのである。むしろ生活面以外の場で自由を満喫していたと言える。例えば、授業はただ受け身的に聞いてノートを取る形ではなく、生徒間の自由な議論が中心に行われていた。この面では、日本の生徒のほうがよほど「縛られている」という感想をもったものである。また、課外活動においては、運動が奨励されてはいたが、運動部・文化部それぞれ活動は自由参加となっていた。私は、日本で言えばパソコン部とでもいうような課外活動に放課後参加させてもらった。当時の私は、ようやく日本語ワープロを扱い始めたばかりで、パソコンなるものを生徒が説明しくれるのだが、何が何だかさっぱり分からず、ただうなずいていただけだった。

以上は生徒を見ての感想だが、次のコラムで、この学校の校長の教育観について述べる。（コラム29に続く）

48　*(all) at sixes and sevens*　（完全に混乱して）

But then, everything is at sixes and sevens this morning.
(Dumb Witness p.219　HarperCollins)

和訳：でも、それから今朝はあらゆることが混乱状態です。

所見：この表現の句源はいくつかある。一つはサイコロ賭博から来たというものである。16世紀の格言集に「持ち金すべてを投げる」という諺があり、これは「6 及び 7 に持ち金すべてを賭け、あとは成り行き任せ」という意味なのだそうだ。ここからこの「混乱して」の意味が出たという。

もう一つの説は、ロンドンの仕立屋の組合と毛皮の組合が市中を行進する際、どちらが 6 番目になるか 7 番目になるかをめぐって争ったことから来ているというものである。

いずれにしても、「混乱状態」を表したものである。

49　*on the carpet*　（叱られるために呼び出されて）

“（前略）I talked to Sergeant Fletcher.”　“And have I had Fletcher on the carpet for it!” (A Murder Is Announced p.224　Berkley Books)

和訳：「(前略) 私はフレッチャー警部に話しました」「そこで、まさにそのことで私はフレッチャーを叱責するために呼び出したんです。」

所見：カーペットが何故「叱責」と関係があるのか。誰かに叱られるときは、机の前に立つが、その机の前にはカーペットが必ずあるからだという。さらに、召使いを呼びつけて叱るときは一番いい部屋に呼んで叱るのだが、その一番いい部屋にはカーペットが必ずあるという説もある。

なお、この引用のセリフの後半は疑問文の形をとっているにもかかわらず疑問符がついていない。そこで、このセリフが倒置を起こしているのは「まさにその理由で」と理由を強調するためであって、相手に質問をしているわけではないことがわかる。

50　*apple-pie bed*（シーツを折りたたみ、足を十分伸ばせないようにした寝床）

Just because I once made Bunny an apple pie bed ― and sent Mitzi a postcard saying the Gestapo was on her track ―（後略）
(A Murder Is Announced p.52　Berkley Books)

和訳：ただ、悪ふざけのつもりで、昔、足を伸ばせないようバニーのベッドメーキングをしたからと言って、あ、それからゲシュタポが追っかけてるよとミッツィに葉書を出したこともあったけど。

所見：アップルパイの中のリンゴのように、人が足を伸ばせずベッドのなかで丸まっているのでこのような言い方になったのだろう。和訳のところで「悪ふざけのつもりで」を入れたのは、この apple-pie bed は、ベッドメーキングの際に、いたずら目的で行われるからである。

51　*take(pick, gather) up the thread*　（中断したところから再開する）

Then the judge's small clear voice took up the thread once more. (And Then There Were None p.49　HarperCollins)

和訳：それから判事の、低いがはっきりとした声が中断したところから再び聞こえ始めた。

所見：これは、編み物から来た表現であろう。糸を中断したところから再び取り上げて縫い始めるのである。そこから「中断した生活や仕事を再開する」などの意味に使われる。

52　*get (hold of) the wrong end of the stick*　（誤解する、判断を誤る）

Got hold of the wrong end of the stick all round. (And Then There Were None p.51　HarperCollins)

和訳：彼はあらゆる点で誤解している。

所見：the wrong end of the stick の直訳は「棒の間違った側の端」ということで、そこから「真実ではないこと」という意味が出る。見出しの表現は、その「真実でないことをつかむ」ということなので「誤解する」という意味になる。

　なお、この引用の文は Got hold of で始まっているが、前に He's が省略されているものと思われる。

53　*pull one's socks up*　（大いに努力する）

Pull your socks up, darling. (Sleeping Murder p.66　HarperPaperbacks)

和訳：しっかり考えてみろよ、君。

所見：「靴下を引き上げる」とは、「頑張る」ことを意味する。日本語であれば「ふんどしを締めてかかる」と言うところであろう。

54　*cut no ice*　（人になんの影響も印象も与えない）

I can see why he didn't cut any ice with Helen. (Sleeping Murder p.100　HarperPaperbacks)

和訳：彼の印象がヘレンの心にまったく残らなかった、その理由が分かります。

所見：この表現はアイススケートから来ている。スケーターが良い演技をするためには氷に鋭く切り込まなければならない。つまり、cut ice することによりいい印象を与える演技ができるのである。なお、この表現は通常 no、little、not much、not any などとともに、否定文で使われる。

55　*for a (mere) song*　（二束三文で）

Pictures go so cheap, nowadays, a mere song. (Funerals Are Fatal p.33　HarperPaperbacks)

和訳：昨今、絵は非常に安くなっている、二束三文だ。

所見：この表現は、路上で歌を歌ったり演奏をしたりしている人への「投げ銭」から来ているという説と、昔は非常に安かった楽譜に由来するという説とがある。いずれにせよ、音楽に携わることが今ほどはいい収入にはならなかった時代の話である。

56　*dot the(one's) i's and cross the(one's) t's*　（細部にまで十分気をつける）

But perhaps Cora, (中略), and had crossed the t's and dotted the i's of what Richard Abernethie had actually said. (Funerals Are Fatal p.39　HarperPaperbacks)

和訳：でも多分、コーラはリチャード・アバネシーが実際に言ったことの細部にまで注意を払っていたのだろう。

所見：この表現は契約などの実務から来ている。契約書等において、もし不注意に t の横棒や i の点を書き忘れると混乱を引き起こす可能性があることから細心の注意を必要とした。このことからこの表現が生まれた。なお、dot の意味は分りやすいが、cross は「横棒を引く」という意味である。

コラム 29

パブリック・スクール訪問 ②

私が滞在していたころの英国は、サッチャーの教育改革が始まったばかりで、1989 年は、よく日本の学習指導要領と比較されるナショナル・カリキュラムなるものが初等教育で初めて実施された年ではなかったかと思う。「国が教育を管理しようとしている。」と英国でも大きな論争になったらしいが、ナショナル・カリキュラムは学習指導要領とはかなり違うものである。日本では学習指導要領に基づき検定教科書が作られていて、国の審査に合格しないものは学校では使用できない。だが、英国では検定教科書はなかった。また、学習指導要領は公立・私立のあらゆる小中高の学校に適用されるが、ナショナル・カリキュラムは私学には適用されない。つまり、パブリック・スクールはその適用外だったのである。

そこでパブリック・スクールにおいて重要になってくるのが、教員一人一人の専門分野における見識や能力である。授業における教材も授業の進め方も到達目標も、そしてその難易度もすべて各教員が決めることとなる。だが、各教員がバラバラなことを行っていたのでは学校として、組織としての存在価値が危ぶまれることになる。そこで、当然、学校を組織としてまとめる校長のリーダーシップが極めて大切になってくるのである。

私が校長と話をさせていただいて最も印象に残ったのは、この校長が「learning by rote（機械的な暗記）は本校ではやっていない。」と繰り返し言ったことである。これは私にとって意外な言葉であった。というのも、前述の『自由と規律』においては、英国の教育を支えるものとして、パブリック・スクールの「スパルタ式教育」を賛美する文面があったからである。この本によれば、英国教育の最高峰、オックスフォード・ケンブリッジでは学生が「自由で、飽くまで豊かな生活」を送っているが、それはパブリック・スクールにおける「叩いて、叩いて、叩き込むこと」があってのことであり、それこそ「パブリック・スクールの本質」であるという。このような先入観をもって私はこの学校を訪問したのだが、この校長の教科指導に関する方針は『自由と規律』で書かれていることとは全く逆のことであった。

確かに授業は少人数で行われ、私が入って行った教室では先生が話をしている場面より、生徒が話をしている場面のほうが多かった。文脈も知らず突然教室に入って行った私には何を言っているのか分からなかったが、無駄話をしているのではないことは他の生徒が真剣に聞いているのを見て分かった。授業の内容について自分の意見を述べていたのである。校長によれば、「生徒は教室内で常に active であってほしい。」ということであった。

日本人の悪いところなのか、あるいは私個人の至らぬところなのか、私はその校長に反論することができず、ただ、ご高説を拝聴するのみだった。だが、日本の教室で受験指導に勤しんでいた当時の私は、内心、これで入試に対応できるのかという疑問を感じたことを認める。だが、後で分かったことだが、これは私が英国の大学入試について無知だったことから来る、いらぬ心配だったようだ。英国の大学入試、特に A Levels と呼ばれる大学入学資格を認めるための統一試験の問題は、例えば社会の問題であれば「英国での民主主義と社会参加が強化されるための様々な方法についてその実効性について論ぜよ」というような、暗記だけでは全く対応できない問題なのだから。問われるのは、覚えてきたことを解答用紙に書き写す能力ではなく、生徒の思考方法とその深度だったのだ。

時は下って約 30 年後、2025 年度からの日本の大学入試制度改革論議は、この校長の言葉を私に思い起こさせた。いくつかの選択肢から選ぶ形式の現在の形から記述式を導入しようという動きに、採点がたいへん、平等性が確保できない、などの理由で異が唱えられたのである。そしてその結果、暗記すれば対応出来るという入試を改め、自らの考えを表現する能力を問おうとする入試に移行させようという動きを文部科学省が止めてしまったのである。かくして、日本では依然として learning by rote（機械的な暗記）が幅を利かせることとなった。

私は、この件に関する議論を聞いていて、生徒にどのような力を付けるべきか、これからの社会を生きる生徒がどのような能力を必要としているか、という観点が決定的に欠如しているのに暗澹たる思いになった。入試は、育成すべき能力と直結している。生徒は入試に合わせて学習するのである。にもかかわらず、今回の大学入試論議は、育成すべき生徒の能力よりも、大学側からは採点がし易いかどうか、高校側は授業がし易いかどうかなど、二次的な課題が提出されていた。生徒の未来、そして日本の未来など眼中にない。時を同じくして、世界の論文数で日本は第 4 位だが、注目論文数では第 10 位に後退などという記事もあり、我が国のアカデミズムの危機が叫ばれているにもかかわらず、である。

その点、私は今、ウエスト・バックランド・スクールの当時の校長の慧眼と毅然たる態度に敬意を表するのである。彼は、パブリック・スクールの「叩いて、叩いて、叩き込む」という伝統も意に介さなかった。先生たちがやり易いかどうかも意に介さなかった。ただ、「授業は生徒の活動の場」であるべきだという信念に基づき先生たちを指導し、先生たちを信頼したのである。

そして、そのような、生徒が自ら考え自分の考えを自分の発想で発表する参加型授業こそ、今、日本の高等学校の教室に求められているものだと思う。とりわけ語学の授業においては。

57　*woolgathering*（放心状態である）

Oh no, Mrs Abernethie, I'm afraid I was just wool gathering.

(Funerals Are Fatal p.154　HarperPaperbacks)

和訳：あ、すみません。アバネシーさん、私、ボーッとしてました。

所見：woolgathering とは「羊毛集め」のことである。この仕事は、生け垣に付着している羊毛を集める(gather wool)というもので、単調でつまらない作業であった。この作業をしている少年たちを見ると、皆、心が虚ろで、あちこちでさまよっているように見えたことからこの意味が生まれた。

なお、辞書には woolgather 及び woolgathering と一語で載っているが、クリスティの原文では wool gathering と二語になっている。

58　*have(keep) ～ on a string*　(～を手玉に取る)

Got young Redfern on a string all right. (Evil Under the Sun p.117　Pocket Books New York)

和訳：(彼女は) 確かに若いレドファンを意のままに操っていた。

所見：string は「ひも」のことである。見出しの表現は、「～をひもに付けて持っている」という直訳になり、そこから「～を手玉に取る」という意味が出る。これは操り人形から来ている表現である。イメージ的には非常に分かりやすい。

59　*go (away) and boil one's head*　(くだらないことを言わない)

I told Percy to go and boil his head and to let the old man alone. (A Pocket Full of Rye p.184　Signet Book)

和訳：私はパーシーに馬鹿も休み休みに言え、そして親父なんか放っておけと言ったのです。

所見：この難解な表現の句源は次のようなものである。南太平洋の島々では、「頭」は体のなかで最も神聖な部分であるという。そのようなことから、「頭を煮て料理しろ。」とは考えられうる最大の侮辱の言葉になるのだという。すなわち、boil one's head がその侮辱の言葉となる。日本語で言えば「顔を洗って出直して来い。」ということだろう。

60　*take for a ride*　(ギャングなどが車で連れ出して殺す)

Or taken for a ride as they call it.

(Sparkling Cyanide p.178　HarperPaperbacks)

和訳：つまり、その筋の人が言うように、(私は) 車で連れ出されて殺されていたでしょう。

所見：元々、この表現は「人を乗馬の散歩に連れ出す」という意味であった。ところが、ギャング仲間でこの表現が見出しのような恐ろしい意味の婉曲表現として使われるようになって、さらに一般の人がそれを知るようになったものである。

61　*bleed white*　(最後の１円まで搾り取る)

— but all the same I wouldn't have turned my back with a fellow in the room whom I was trying to bleed white (後略)
(Taken at the Flood p.111　Berkley Books)

和訳：でもやはり、部屋のなかに、今から金を全部巻き上げてやろうという奴がいたら、そいつを無視するという訳にもいかなかったろうな。

所見：この表現は、肉の業者が肉を白くするため血をできるだけ絞ったという行為から来ている。白い肉のほうが、商品価値が高かったのである。

62　*on(in) the cards*　(起こりそうで)

Don't you realize that it is quite on the cards the old man will cut me off with a shilling? (The Murder of Roger Ackroyd p.26　HarperCollins)

和訳：義父は俺を勘当するかもしれないということが分からないのか。

所見：この表現の句源にはいくつかの説がある。まず、トランプ占いから来ているという説である。将来のことはすべて「トランプ上に出ている」ことで説明がつくというわけである。

　また、競馬のプログラム card と関係があるという説もある。このカードには出走馬のデータが載っていて、賭けようとする人はそのカードによりこれから「起こりうる」ことを予想するのである。

　なお、引用文中の cut me off with a shilling も慣用表現であるが、次の第

6章の63で取り上げている。

63　*cut ～ off with a shilling*　(～を勘当する)

Don't you realize that it is quite on the cards that the old man will cut me off with a shilling? (The Murder of Roger Ackroyd p.26　HarperCollins)

和訳：義父は俺を勘当するかもしれないということが分からないのか。

所見：1 シリングだけ遺産として渡して縁を切るということから、「勘当する」という意味になる。小銭だけをわざわざ渡すというのは、故意にごくわずかな金を渡して廃嫡するという意地悪をするためである。

64　*suit one's book*　(～の意にかなう)

He seems to have said something about it wouldn't suit David Hunter's book if Underhay turned up in Warmsley Vale — (Taken at the Flood p.127　BerkleyBooks)

和訳：彼は、もしアンダーヘイがウオームズリー・ヴェイルにやってきたら、それに関する何かがデヴィッド・ハンターの意に沿わないだろうというようなことを言ったようだ。

所見：この表現にある book は「本」ではない。これは bookmaker「賭けの元締め、馬券業者」を指している。レースの結果が「馬券業者の意向に適している」かどうかを述べる表現から見出しのような意味が出る。

65　*on tap*　(利用できる、求めに応じられる)

He was not on tap all the time. (At Bertram's Hotel p.7　HarperPaperbacks)

和訳：彼はいつも他からの求めに応じるというわけではなかった。

所見：on tap とは「栓が開いている」ということだが、この「栓」とは酒の樽の栓であって、この表現は酒がいつでも出せるように準備ができていることを意味するという。

66　*above board*　（公明正大に）

She wanted everything to be clear and above board. (Five Little Pigs p.81　HarperCollins)

和訳：彼女はすべてのことが明確で公明正大であることを望んだ。

所見：直訳は「台の上に」ということである。これは賭博から来ている表現である。賭博者がテーブルの下に手を入れてカードを交換してしまうことがあった。こういう不正をしないように手を台の上に出して「公明正大に」ゲームをすることが求められたためこのような表現が生まれた。

67　*haul ～ over the coals*　（～を厳しく叱りつける）

I've hauled my men over the coals,（後略） (Three Act Tragedy p.59　HarperCollins)

和訳：私は部下を厳しく叱りつけた。

所見：haul は「強く引きずる」ことである。この表現の句源も悲惨なものである。これは、一種の拷問から来ている。昔、異端者を火のついた石炭の上で引きずり回して尋問したことからこの表現があるのである。

68　*in black and white*　（書面にして）

I feel, therefore, that the time has come for me to set down all I know of the affair in black and white. (Lord Edgware Dies p.1　Berkley Books)

和訳：したがって、その事件について私が知っていることの全てを書き留めて印刷物にする時が来たと思うのです。

所見：この表現には文字通り「黒か白か」「善か悪か」で判断するという意味もあるが、引用のように「印刷物にして」という意味で使われるほうが多いようである。

コラム 30

Paperbackers について

Paperbackers とは聞き慣れない言葉だと思う。これは、ペーパーバックを読むことを趣味とする英語の先生方の集まりの名称であり、paperback という単語から考案された造語である。会員の義務は、指定されたペーパーバックを読んでくることと自分が担当となったときは作品について発表をしなければならないこと、それだけである。会では担当者が自分の選んだ作品について解説をしていく。他の会員は会の席上、作品について質問をしたり自分の意見を述べたりする。原則、土曜日の午前中に会を行い、その後昼食をともにして解散する。平成 12 年 9 月 30 日に 6 人で第 1 回目の集まりをもって以来 1 年に 4 回実施し、平成 28 年 1 月 9 日の会をもって最後となった。その間、足かけ 16 年に亘って読んだペーパーバックは 62 冊に及ぶ。

私は、この Paperbackers の会員の方々に心から感謝している。それは、自分の世界を広げてくれたからであり、3 か月に一度の、仕事から解放された至上の娯楽を与えてくれたからである。また、会のあとの昼食では、それぞれの人たちから近況を聞くのも興味深かったし、おそらく一番多く愚痴を聞いてもらったのは私ではなかったかと思う。

私がこの会で最初に取り上げたのは、クリスティの The Mysterious Affair at Styles であった。その後、ダニエル・キイスの Flowers for Algernon、ドラッカーの The Essential Drucker、サマセット・モームの短編集など、好き勝手に自分の興味の赴くまま作品を選んだ。また、逆に他の方に紹介されてその後私のお気に入りとなった作家は Robert B. Parker、Patricia Cornwell、Dan Brown、Jeffery Deaver など多数ある。また、Michael J. Sandel には、生徒になにか話をする際にたいへんなお世話になった。私が、Paperbackers は世界を広げてくれたというのはそのような意味である。

公立学校の英語教員の集まりとして始まったこの会には、その後、私立学校の英語教員の参加もあった。私は、このような公立私立英語教員の研修会は全国でも珍しいのではないかと思っている。おそらく、この会が長く続いたことには理由があった。それは「自由」であったことだ。入会するのも脱会するのも休むのも自由。作品を選ぶのも自由だった。

私は今「研修会」という言葉を使った。Paperbackers は、自らの英語の力を高め見識を広めるという意味では「研修会」であった。だが、会員の意識のなかには、この会が「研修」であるという認識はなかったであろう。皆、この会を楽しんでいたからである。昨今、「管制研修」に対する評判が悪い。「一方的な押しつけだ。」とか「興味がわかない。」などの声もある。ならば、自分たちで自分たちの興味がある分野の研修を立ち上げればいいではないか。

最後に、この紙面をお借りし、改めて Paperbackers に参加された方々に謝意を表してこのコラムを閉じる。

69　*at loggerheads with* ～ （～と仲たがいしている）

And instead of raising one big almighty row and setting everyone at loggerheads（後略）(The Hollow p.49　HarperCollins)

和訳：一つの途方もない騒ぎを起こして皆を険悪な雰囲気にする代わりに、

所見：loggerhead は「鉄球棒」と訳されている。長い柄の先に丸いお椀状の器がついたもので、中世の戦いにおいてはこの器にタールを熱したものを入れ、それを敵に投げつけた。その戦闘の様子からこの表現が生まれたのである。

70　*plain sailing* （順調な進行）

Still, I've no doubt that everything's going to be plain sailing.
(The Hollow p.126　HarperCollins)

和訳：それでも、全てが順調にいくということに疑いはない。

所見：plain sailing は読んで字のごとく、「単調な、質素な、平凡な航海」ということで、なにも支障なく航海が進むことを言う。It's all plain sailing. のように使うことが多い。

71　*call one's bluff*（化けの皮を剥がす）

I seem to have called your bluff. (The Hollow p.191　HarperCollins)

和訳：私、あなたの化けの皮を剥がしたみたい。

所見：これはトランプのゲームから来た表現である。bluff は「はったり」を意味する。トランプでは、悪いカードしかないのに賭け金を積み増ししたりして相手に「はったり」をかますことがある。これに対して、これを見抜き、相手に手を公開させることを call one's bluff という。call には「持ち札を見せるよう要求する」という意味がある。

72　*shove(put, stick) one's oar in*（いらぬ世話を焼く）

（前略）and I've too much respect for her judgment to shove my oar in,（後略）(The Murder on the Links p.193　Berkley Books)

和訳：私は、彼女の判断には敬意を払っているから、いらぬお節介を焼くことはしない。

所見：この表現は古くからある to have an oar in everyman's boat「いろいろなことに口を出す」が元になっている。他人のボートで自分のオールを使おうとするということは「本来自分の領域ではないことに干渉をする」という意味になる。shove は put と同じ意味である。

73　*a flash in the pan*（線香花火のようなもの、一時の成功）

In fact, whether it was love, or a flash in the pan, with you. (The Murder on the Links p.205　Berkley Books)

和訳：実際、君の場合、それが愛なのか、ほんの一時の戯れなのか。

所見：この表現における pan とは旧式鉄砲の火皿のことである。いわゆる火打ち式発火装置をもった鉄砲では、引き金を引くと flash「小さな火花」が起こり、それが火皿の火薬に点火され玉を発射することとなる。ところが、火花が火皿の火薬を発火させない場合があった。そのような場合は、pan に flash が起こるだけで、玉の発射に至らなかった。そこから、見出しの表現が「一瞬だけの成功」という意味になったのである。

74　*in a cleft stick*　(進退窮まって)

> We have got him, Goby; we have got him in a cleft stick.
> (The Mystery of the Blue Train p.32　HarperCollins)

和訳：これで奴も終わりだよ、ゴビー。奴は、進退窮まったってところだ。

所見：この表現の直訳は「V 字型の棒で」ということである。それが何故「進退窮まった」となるのか。句源を二つ紹介しておく。一つは蛇を捕まえる際、V 字型に先が分かれた棒を使って、蛇の頭の後ろを押さえたことから来たという説である。この場合、進退窮まるのは蛇である。もう一つは、cleft が「先が二つに分かれた」ということであるので、二つの選択肢があったり二つの厄介な状態に陥ったりして、動くに動けなくなった状態に陥ることを表しているというものである。

いずれの場合もこれが定説であるといわけではない。

75　*with mirrors*　(魔術を用いて、見事に)

> *They do it with mirrors* is, I believe, the slang phrase.
> (They Do It With Mirrors p.190　HarperCollins)

和訳：「魔術みたいに見事にやってのける」って俗語にありましたよね。

所見：直訳は「鏡で」だが、見出しの文ではこれが「俗語」だと言っていることから「魔術を用いて」の意味にとっておいた。mirror には、「魔法使いや占い師が未来の出来事を予知するのに用いた鏡、水晶球」といった意味があり、現代ではこの意味では使われなくなっているとのことである。with mirrors という慣用表現（俗語）としてのみこの意味が残っているのであろう。

なお、この表現はそのまま出典のタイトルになっている。

76　*Dutch courage*　（酒を飲んでの空元気）

He is full of, what you call it?　the courage Dutch,（後略） （The Adventure of the Christmas Pudding p.148　HarperCollins）

和訳：彼は、ほらなんと言うのかな、酒を飲んでの空元気、だったか、それで一杯で、

所見：ここでもポアロは、慣用表現を言い間違えている。正確にはDutch courageと言うべきところである。では何故「オランダ人の勇気」が見出しのような意味になるかというと、オランダ人は大酒飲みと見なされていて、Dutchは「大酒飲み」を連想させるのでこの意味が出るという。

なお、出典をThe Adventure of the Christmas Puddingとしたが、これは本の名前であって、この表現が見られる作品はThe Under Dogという中編である。

77　*make(run) rings around(round)*　（他人より先を行く、他人よりまさる）

Make rings round 'em, eh?　That's what I thought. （Murder in the Mews p.66　HaperCollins）

和訳：奴らの先手を取る、でしょう。それが私の考えだったんです。

所見：ringとは「ギャング」とか「買い占め同盟」を意味する。その意味のringからmake a ringという表現が生まれた。これは「競売において結託して（ringを作って）、ある品物の値段を思いどおりにすること」である。そこから発展して、make ringsが競売だけではなく、スポーツやその他の競争でも「他人の鼻を明かす」の意味に使われるようになり、さらに「他を圧倒する」というようになった。

なお、出典はMurder in the Mewsとなっているが、この表現が見られる作品はThe Incredible Theftという中編である。

78　*red tape*　（官僚的形式主義）

But I suppose we've got to go through with all the red tape as usual.

(Hickory Dickory Dock p.79　HarperCollins)

和訳：しかし、いつものようにお役所仕事に付き合わないといけませんな。

所見：昔、イングランドでは公文書を赤かピンクのひもで結んだことによりこの表現がある。いわゆるお役所仕事を揶揄して述べる言い方である。

コラム 31

電子書籍について

今まで、パーパーバックについて様々なことを書いてきた。ペーパーバックは私に多くの娯楽と楽しみを与えてくれた。だが、コラム 30 で紹介した Paperbackers 終了後の雑談において電子書籍について教えてもらい、私の本の読み方も一気に変わったのである。

現在、電子書籍には高額なものから廉価なものまで様々な機種が出ている。私のような電子機器の扱いに疎いものが使用するのはごく基本的な機種である。しかも、私は、おそらくその機能の 10 分の 1 も使っていないであろう。したがって、今から紹介することは私が利用している電子書籍のほんの一部の機能とご理解いただきたい。

まず、私が有り難いと思っていることは、活字の大きさを調整できることである。若い頃には全く感じなかったことだが、年を取ってくると老眼で細かい字が見づらくなる。特に、パーパーバックの活字が非常に小さなものだと、アルファベットの a と e 、i と l、m と w などの見分けがつかないことがあった。ところが、電子書籍では活字の大きさを調整することができるので、はっきりと文字を把握することができる。

また、画面の明るさも調整できるので、電車のなかなど、やや暗い場所でも不自由なく読むことも可能だ。

さらに便利だと思ったのは、参考になる箇所や良い言葉などにアンダーラインを引いておいて、その言葉をどこかで紹介したいというときはそのまま WORD などに落とし込むことができるということだ。いちいち自分で打つ手間が省けるし、なにより綴りの誤りを心配する必要がない。研修会などで英語の文献を利用する場合にはこの機能を利用させてもらった。

こうした機能に加えて、おそらく私が最も活用したのは辞書機能であろう。例えば、小説を読んでいて分からない単語が何度も出てくるとする。となると、それが気になるので以前であれば紙の辞書を引くか、電子辞書を引いていた。だが、電子書籍であればその難解な単語をタップするだけで搭載されている辞書の当該ページが瞬時に出てくる。前述したように、私はフランス語の勉強をしているので、この辞書機能にどれだけお世話になったことか。紙の辞書の細かい文字など読めた物ではなかったが、この機能のおかげで検索も非常にスムースだった。

私の電子書籍は基本的なタイプだが、それでも「数千冊がこの一台に」と宣伝文句にある。私は現在、300冊ほど英語とフランス語と日本語の小説を入れている。このことはその300冊分の収納スペースを節約出来ていることを示すものである。そういう意味でも電子書籍は有り難い。

最後に、価格の問題である。電子書籍そのものの価格ではなく、そこに入れるために購入する書籍の価格である。これは、紙の書籍に対して非常に安価である。シャーロック・ホームズもののような古典であれば、0円で買えるものもある。新しい書籍でも、200円か300円程度、紙の本より安い。妙な言い方だが、紙のペーパーバックを買うよりは電子書籍でペーパーバックを読もうという気持ちになる理由の一つである。

Paperbackers がもう少し長く続いておれば、E-bookers と名称変更をしていたかもしれない。

79　*bag and baggage*　（荷物をまとめて）

No sooner was he settled anywhere than he would light unexpectedly upon a new find, and would forthwith depart bag and baggage.
(Poirot Investigates p.45　Berkley Books)

和訳：彼がどこかに落ち着いたらすぐに突然なにか新しい物件に目を付け、そしてただちに荷物をまとめて引っ越したものだ。

所見：この表現は軍隊から来ている。bag and baggage は一軍のすべての備品や装備を表したのである。そこから、個人にも適用されるようになったと思われる。

80　*scrape (up) (an) acquaintance with* ～　(やっとのことで～とお近づきになる)

I mean, I think it's *queer* the way she tried to scrape an acquaintance with you, Uncle. (One, Two, Buckle My Shoe p.93　HarperCollins)

和訳：彼女があなたに無理やり近づこうとしてきた、あのやり方はおかしいと思う、ということですよ、叔父さん。

所見：句源といえるかどうか分からないが、次のような逸話がある。ローマ皇帝ハドリアヌスは公衆浴場で浴用のブラシをもっていない古参兵が陶片で体を scrape「こすっている」のを見て、いくらかの金をその古参兵に与えた。その翌日、皇帝が公衆浴場に行くと、そこは陶片で体をこする兵隊たちで混雑していた。そこで皇帝は次のように述べた。

Scrape on, gentlemen, but you'll not *scrape acquaintance with* me.

「諸君、体を陶片でこすり続け給え。でも、それで私とお近づきになることは無理だよ。」

81　*scot-free*　(税金や罪を逃れた)

She commits a cold-blooded murder and gets off Scot free! (The Thirteen Problems p.135　Berkley Books)

和訳：彼女は冷酷な殺人事件を犯していながら、罰を逃れているなんて。

所見：この scot は、スコットという人にもスコットランド人にも全く関係が無い。元々は sceot という「寄付」を意味する古英語から来ているらしいが、現代の辞書では scot が「税金」と出ている。つまり、scot-free の元の意味は「税金がなしで」という意味である。裁判で無罪を言い渡された被告は、

scot-free 即ち「なんのお咎めもなく」裁判所を後にする。

なお、辞書では scot-free となっているが、クリスティは Scot free としているので、引用ではそのままにしてある。

82 *give ～ the slip* （～をまいて逃げる）

It isn't the first time he's given anyone the slip. (Lord Edgware Dies p.126　Berkley Books)

和訳：彼がいろいろ手練手管を使って罪を逃れたのは初めてではない。

所見：slip は日本語で「スリップする」などという言い方があるように、元々は「滑る」ということである。だが、これだけでは見出しの表現の意味が分からない。この表現の句源には二つある。一つは slip its collar 「猟犬が首輪を外して逃げる」から来ているという説である。もう一つは slip an anchor 「錨を出しっぱなしにする」から来ているという説である。前者の場合、猟犬が逃げていくわけなので、見出しのような意味になることは理解できる。だが、後者の場合は解説が必要である。これは、船が何らかの理由で急いで停泊地から「逃げだそう」とするとき錨を船に回収せずに「錨を出しっぱなしにして」港を離れたことから、この「逃げる」の意味が出ているという。

83 *go into rhapsody* （おおげさに言う）

But he refused to go into rhapsodies himself, and that was another grievance. (The Thirteen Problems p.86　Berkley Books)

和訳：でも、彼は自分では大騒ぎはしなかった。そして、そのことが彼女にとっては（始終申し立てていた苦情の内の）もう一つの不満の種だったのです。

所見：rhapsody と言えば Rhapsody in Blue のような「狂詩曲」を思い出す人が多いかもしれないが、これは元々ギリシャ時代の叙事詩又はその一部を表す単語であった。そうした詩を、抑揚をつけて感情をこめて吟誦する姿から「熱狂的に話す」「大げさに言う」という意味が出たのである。

84　*pull (some) strings*　（陰で糸を引く）

Old Sir Montagu pulls a lot of strings, you know,（後略）

(Lord Edgware Dies p.52　Berkley Books)

和訳：あのモンタギュー閣下が様々なところで黒幕を演じている。そうでしょう。

所見：この表現も人形劇をその句源としていて、人形師が糸を使って操り人形を自由自在に動かすことに由来している。我々にも非常に分かりやすい表現である。

85　*on the rocks*　（破産して、破綻して）

I discovered that Kettering was on the rocks.

(The Mystery of the Blue Train p.107　HarperCollins)

和訳：私はケタリングが破産状態にあることを突き止めた。

所見：この表現は海洋用語から来ている。岩に乗り上げて座礁してしまった船は無用の長物で、船の持ち主は破産状態に陥ることからこの表現がある。

86　*fly off (at) the handle*　（自制心を失う）

Better see her first before she goes right off the handle（後略）

(Death in the Clouds p.32　HarperCollins)

和訳：彼女がかっとなる前に最初に会っておいた方がよい。

所見：この引用の文では fly ではなく go が使われている。このセリフは生粋の英国人ジャップのものなので、正確な英語であろうと思う。この句の起源は斧から来ている。斧の先端の部分が緩んでいると、使っているうちに handle「柄の部分」から外れて飛んでいってしまう。このことから、「正常な状態ではなくなる」という意味が出る。

87　*meet one's Waterloo*　（大敗北を喫する、難局に直面する）

> Everybody meets his Waterloo in the end, （後略）
> （The Clocks p.53　HarperPaperbacks）

和訳：みんな、結局は最後にたいへんなことになるんだ。

所見：この表現は、もちろんナポレオンが1815年、ワーテルローにおいて大敗を喫したことに言及した表現である。

88　*stand the ground*　（自分の立場を固く守る）

> Dr. Bryant prepared to resume his seat and looked in some surprise at the small muffled-up foreigner who was standing his ground.
> （Death in the Clouds p.22　HarperCollins）

和訳：ブライアント医師が自席に戻ろうとすると、小柄でマフラーを首に巻いた外国人を見て少し驚いた。その男は医師の席に座って微動だにしなかった。

所見：stand は「～に踏みとどまる」という他動詞であり、ground は「攻防の拠点、陣地」といった意味である。おそらく軍隊の用語から来た表現であろう。引用の場面では、ポアロは席に座っていたと思われるので、was standing であっても「座って」と訳しておいた。

89　*the villain of the piece*　（張本人、元凶）

> If he is the villain of the piece, as we decided he must be, it means that we're going to show him our hand.
> （Why Didn't They Ask Evans? p.130　Berkley Books）

和訳：もし彼が真犯人なら、もちろん私たちはそうに違いないと思ってるんだけど、私たちが彼に手の内を見せるということになる。

所見：villain とは普通「悪漢」と訳すが、劇や小説の「敵役」「悪役」という意味もある。そして、piece とは、見出しの表現の場合、「劇」を意味する。したがって、この語句は「劇中の悪役」ということであり、そこから「諸悪の根源」とか「真犯人」とかいう意味が出る。

90　*small beer*　（つまらないこと、くだらない人物）

Rather small beer for you, M. Poirot, isn't it? (Hickory Dickory Dock p.68　HarperCollins)

和訳：どちらかと言えば、それはあなたにとっては些細なことですよね、ポアロさん。

所見：small beer　は、元々、「弱いビール」とか「薄められたビール」を意味していた。そこから「つまらないこと」の意味となった。

91　*wear the pants(trousers)*　（主導権を握っている、一家の主である）

She's the one who wears the pants　—　and don't I know it. (Dead Man's Folly p.32　HarperCollins)

和訳：彼女が（旦那より）実権を握っている。そしてそれを私は承知している。

所見：オックスフォードのイディオム辞典には、wear the trousers　が英国英語、wear the pants が米国英語、とある。いずれにせよ、今の男女共同参画社会において、ズボンをはいている人間が「主導権を握っている」というのは服装で優位性を示したことになっているので、男女平等の観点からはまずいのではないかと思う。あるいは、男がズボンを、女がスカートをはくということ自体、もはや認められない固定観念なのかも知れない。この wear the pants　という表現はいずれ死語と化す可能性もあると思う。

　なお、引用文中の and don't I know it.　は否定の疑問文の形になっているが疑問の意味はなく、反語的に使われ「私がそれを知らないと言うのですか。知ってますよ。」という意味に解釈した。それにしても、疑問符がついていないのは不思議だ。同じことが第 7 章の 27 でも起こっている。

92　turn up like *a bad penny*　（つきまとう）

So you've turned up again like a bad penny,（後略）

(A Pocket Full of Rye p.82　A Signet Book)

和訳：それであなたはまた私につきまとっているというわけですね。

所見：turn up は「現れる」を意味する。bad penny とはもちろん「悪貨」だが、この場合、「不快だが避けられない人物」をあらわす。おそらく貨幣の鋳造技術がそれほど高くない時代には、一部 bad penny が生産され、これが出回ると、これは「不快だが避けられないこと」として考えられたのであろう。そこで、「悪貨のように現れる」から「始終現れる」「つきまとう」という意味になったのであろう。

93　*how the land lies*　(形勢、事態)

"Your brother, eh?" said Poirot.　"So that is how the land lies."
(The Adventure of the Christmas Pudding p.141　HarperCollins)

和訳：何ですって、あなたのお兄さん。そうですか。そういうことですか。

所見：動詞としては see の他に、find out や discover が使われる。おそらく、軍隊の斥候が戦場となる予定の地域の状況を偵察するということから来ているのであろう。

なお、この見出しの表現と同じものに、the lay of the land と the lie of the land がある。前者はアメリカ、後者はイギリスで使われている。

94　*under the weather*　(不快で、酔っ払って)

You're looking very under the weather, Clement.
(The Murder at the Vicarage p.204　Harpercollins)

和訳：クレメント、君はたいへん不愉快そうだな。

所見：体の調子は天候によって左右されることがあることからこの表現がある。特に、台風のときなど気圧の変化により頭痛を感じる人が多いと聞くが、こうしたことからこの表現があるのであろう。

95　*call a spade a spade*　(ありのままに言う)

Let us call the spade the spade and say it in one little short sentence. (Death on the Nile p.166　HarperCollins)

和訳：短い一文でありのままに申し上げましょうかね。

所見：この表現は当初トランプから来たものかと思ったが、そうではなく実際は農具から来ているようである。spade は「土を掘り返すのに使うシャベル状の農具＝鋤(すき)」を指している。つまり、この表現は本来「鋤を鋤と呼ぶ」ということで「物を正しい名称で呼ぶ」ということなのである。いわば、beat about the bush 「遠回しに言う」の逆の意味である。

96　*Put a sock in it.*　(黙れ、静かに)

"Put a sock in it, mother," said Sophia. (Crooked House p.127　HarperPaperbacks)

和訳：「黙って、お母さん」とソフィアは言った。

所見：「その中に靴下を入れろ」が何故「静かにしろ」という意味になるのか。ビクターという音響製品の会社のトレード・マーク「商標」に、大きな蓄音機をのぞき込む犬の姿がある。これは、亡くなった飼い主の声が蓄音機から聞こえてくるので不思議そうにラッパ状のスピーカーをのぞき込んでいるニッパーという犬なのだそうだ。この見出しの表現はこのような蓄音機と関係がある。音が大きすぎるとき、靴下をこのラッパ状のスピーカーに詰め込んだことがこの表現の句源になっている。靴下を詰め込むと音は小さくなったのである。

97　*of the first water*　(第１級の、最高級の)

(前略) but I think she is of those to whom someone to talk to is a necessity of the first water. (Murder on the Orient Express p.155　YOHAN PUBLICATIONS, INC)

和訳：だが、私が思うに、彼女は、誰か自分が話しかける人を第一に必要とし

ているタイプの人なんですよ。

所見：この場合の water は「水」ではなく、ダイアモンドの等級を表す言葉である。例えば、a diamond of the first water といえば「品質がよく、大きさも最高のダイアモンド」を意味した。そこからこの表現が人にも適用され a genius of the first water などその能力を表す言葉として使われるようになり、さらに一般化していったものである。

なお、ここでも of those の前に one が省略されている。

98 *sink or swim* （のるかそるか、いちかばち）

A hundred years ago it would have been sink or swim or the funeral pyre. (The Pale Horse p.85 St. Martin's Paperbacks)

和訳：100年前ならば命がけのいちかばちかでしたでしょうね。

所見：この文を理解するためにはこの見出しの句が魔女狩りから来ていることを理解する必要がある。魔女ではないかと疑いを持たれた人は重しを付けて水の中に投げ込まれた。sink 即ち「沈め」ばそれで終わりであった。swim 即ち「泳げ」ば魔女の助けを借りていると見なされ、火あぶりとなった。どちらにしても死は免れなかったのである。

引用文の the funeral pyre「葬式用の薪」は火刑にされたことを言っているのである。

99 *get down to brass tacks* （核心に入る）

In my opinion we began to get down to brass tacks about five o'clock when Dr. Reilly asked me to come with him into the office. (Murder in Mesopotamia p.69 Berkley Books)

和訳：私が見るところ、だいたい5時頃、ライリー先生が私に事務所に一緒に来るようおっしゃったとき、事件の調査は核心に入り始めたようだ。

所見：brass は「真鍮」という金属、tacks は「鋲」を表す。したがって、brass tacks は「真鍮の鋲」ということだが、この表現については説が多すぎて何が有力なのかさえ分からなかったというのが実態であった。例えば、brass tacks がロンドンっ子のスラングで facts 「真相」を表すので、get down to facts 即ち「真相に集中する」という意味になるという説がある。また、「真鍮の鋲」は仕立屋のカウンターにヤードごとに打ってある鋲を意味しており、この鋲により布の寸法を測っていたことから get down to brass tacks は仕立屋が「(布の裁断という) 本業にとりかかる」を意味したという説などである。その他、この鋲は布地を計るためのものではなく、家具を製作する際の寸法取りのためのものであるという説もあった。

第7章　その他

この章で扱う表現は、第1章から第6章までの範疇に入らなかったものである。この章の語句を見て改めて感じるのは、単語に対する私の知識不足である。慣用表現と思い込んでいたものが、実は、単語に複数の意味があって、私がそれを知らなかったにすぎないということもいくつかあった。そのような場合、それを慣用表現として取り上げてよいものか迷ったが、辞書においてイディオムとして扱われているもののみをここで載せることとした。

なお、この章のコラムではクリスティや慣用表現から若干離れたことを扱っている。英語教育を国レベルで論ずるというのは、大言壮語を弄するようで少し面映ゆい気持ちもあるが、これも自分が長年携わってきた英語教育への思いの一端とご理解いただきたい。

1　*under(below) one's breath*　（小声で）

She quoted under her breath. "Duncan is dead. After Life's fitful fever he sleeps well!"（A Caribbean Mystery p.45　HarperCollins）

和訳：彼女は小声で引用を始めた。「ダンカンは死んだ。生きることのきまぐれな熱狂のあと、ぐっすりお休みだ。」

所見：直訳すると「息の下で」であり、それが「小声で」となるのはイメージ的にはよくわかる。above one's breath と言えば「声を出して」という意味になる。

なお、余談であるが、この引用文のなかの「彼女」とはミス・マープルである。彼女は『マクベス』から引用しようとしているが、この引用の前半は正確ではない。原典では以下の通りとなっている。

Duncan is *in his grave;*

After life's fitful fever he sleeps well; (3.2.22)

「ダンカンは墓のなかにいる。生きることのきまぐれな熱狂のあと、ぐっすりお休みだ。」

2　*give ～ a piece of mind*（～に直言する、しかる）

The man's dead now — otherwise I can tell you I'd have given him a piece of my mind. (One, Two, Buckle My Shoe p.83　HarperCollins)

和訳：その男は今や死んでいる。そうでなければ、奴に言いたいだけのことを言ってやるんだがね。

所見：peace of mind という表現は承知していたので、初めてこの表現を見たときは誤植かと思ったが、どうしても意味が通らない。そこで調べてみると見出しのような表現に行き当たった。ただ、それにしても、a piece of mind がなぜ「怒って批判すること」につながるのか、いまだにわからない。piece に「銃」「砲」の意味があるので、そこから来るのかと想像するのみである。

3　*give ～ the (cold) creeps*（～をぞっとさせる）

You give me the creeps. (Death in the Clouds p.127　HarperCollins)

和訳：あなたの言うことを聞いていると怖くなってくる。

所見：creep の意味で一般的なのは「はって前進する」だが、この単語が the creeps のように定冠詞付き複数形になると「ぞっとする感じ」の意味になる。

4　*a bundle of nerves*（神経過敏な人）

What is the matter with you, West?　You are a bundle of nerves this morning. (The Thirteen Problems p.36　Berkley Books)

和訳：どうしたんだ、ウエスト？今朝は、なにかいらいらしてるな。

所見：nerve という単語は面白い単語で、見出しのように「神経過敏」「臆病」など心の弱さを示すことがあるが、一方で「健全な神経の状態」「度胸」「勇気」を示すこともある。だが、a bundle of nerves には「非常に神経質な人」の意味しか載っていない。

5　*another(a different) pair of shoes(boots)*　（別問題）

But Alfred was quite another pair of shoes. (Hercule Poirot's Christmas p.98　HarperPaperbacks)

和訳：しかし、アルフレッドは全くそうではなかった。

所見：句源は発見できなかった。「別の靴」を「別問題」という意味にするのならば、別に手袋であろうがシャツであろうが、なんでも構わないような気がする。意味は非常に分かりやすい表現である。

6　*beat the band*　（他を圧倒する）

These Central European nations beat the band. (The Secret of Chimneys p.125　Berkley Books)

和訳：これらの中央ヨーロッパの国々は勢いが盛んですからね。

所見：この表現の band は「帯状のもの」ではなく、「一団」「一隊」という人の集まりを指す。そういう「団体を打ち負かすほど優れている」という意味で使う。

7　*in a stew*　（混乱して、やきもきして）

I've been in the most awful stew. (Death on the Nile p.225　HarperCollins)

和訳：私はどうしたらいいか全くわからない。

所見：stew には単語の定義の項に「気をもむこと」「苦境」などがあり、こちらの意味から in a stew が生まれたものと思われる。だが、シチューがなぜ「苦境」になるのか不明である。

8　*in the soup*　（苦境に陥って）

You were, if I may use the English expression, in the soup. (The Mystery of the Blue Train p.146　HarperCollins)

和訳：もし英語の表現を使わせてもらうなら、あなたはスープに落ち込んだようにまずいことになっていたということですね。

所見：どの辞書にも載っている表現であるが、残念ながら句源についての記載は見当たらなかった。スープのなかにはまってしまったら、誰でも「苦境に陥る」のは分かるのだが。

この表現の訳出には困った。スープを言わなければ「英語の表現を使わせてもらうならば」が意味をなさなくなるからである。しかし、日本語ではこの場合スープは意味をなさない。

9　*brown study*　(夢想)

With a start, Poirot seemed to come out of a brown study. (Appointment With Death p.133　HarperCollins)

和訳：ぎくっとして、ポアロは夢想から覚めたようだった。

所見：study には「沈思、瞑想、物思い」という意味が辞書には載っている。study つまり「勉強」をしているように見えて、実は他ごとについて study「沈思、瞑想、物思い」にふけっているという生徒が教室を見渡すと多いのではないか。ただ、この表現は現代ではあまり使われていないらしい。そして、なぜ brown「茶色の」なのかについても定説はないらしい。ひとつ句源についての説を挙げておく。これはフランス語の sombre rêverie 「陰気な物思い」という言葉から来ているというものである。日本語に訳すと sombre が「暗い、茶色い」、rêverie が「物思い」であるため、この言葉が英語に入ったときに sombre が brown と訳されたというものである。それにしても、フランス語からの直訳ならば brown dreaming になるはずで、何故 study が dreaming「沈思、瞑想、物思い」なのかについては不明である。やはり、どの国の人にとっても、study とは人に集中力を欠くことを強いてボーッとさせるものなのか。

10　*cut loose*　(独立する、羽目をはずす)

The general impression seemed to be that Harry had been definitely cut out of his share of the inheritance at the time he cut loose.

(Hercule Poirot's Christmas p.151　HarperPaperbacks)

和訳：一般的な印象では、ハリーは親から独立したとき、遺産相続にあずかる身分からはっきりと外されていたようだった。

所見：「束縛などから逃れて自由になること」を意味する。もちろん、綱や鎖を切って外すというイメージである。

11　*get a kick out of* ～（～で大きな快感を得る）

Some people might get a kick out of it.

(Death on the Nile p.227　HarperCollins)

和訳：そこから快感を得るという人もいるだろう。

所見：kick は「快い興奮」「楽しみ」という意味である。また、この kick には「解雇」という意味があり、「解雇される」という意味で使われることがあるが、その際は get the kick のように a ではなく the がつく。

12　*(a) song and dance*　（真偽の疑わしい話、要領を得ない説明）

Of course, I understand Counsel will make a song and dance about sandwiches, too,（後略）(Sad Cypress p.105　HarperCollins)

和訳：もちろん、弁護団がサンドイッチについてもいろいろつまらぬ事を言うのは分かる。

所見：この表現には字面通りの「歌や踊りの空騒ぎ」という意味もあり、And Then There Were None には、孤島に閉じ込められた人たちが救いを求めてかがり火を炊こうとするが、それも they might just think it was song and dance and merriment.(p.181　HarperCollins)「人々は、歌や踊りのお祭り騒ぎと思うだけだろう」から無駄かも知れないと言うところもある。

その「空騒ぎ」から転じて「実質を伴わない信用できない話」となったのが見出しの慣用表現である。

コラム 32

韓国の英語教育について ①

タイトルに「韓国の英語教育について」と書いたが、私は専門家ではないので、韓国の教育制度や授業内容について詳述しようというわけではない。韓国と日本における英語教育の成果の差について述べたいのである。

私は、公立高等学校を退職後、私立学校に勤めた。その学校には、3 年制の高等学校とともに、6 年制の中高一貫校も併設されていた。この中高一貫校は不定期ではあるが韓国の中学校と交流をもっており、あるとき先方の中学 2 年生を迎えて交流会を開くこととなった。先方は 2 年生だが、こちらは 3 年生で対応するという。私は何故かと一瞬思ったがそのまま準備は進んだ。その「何故か」への答えは交流会において分かることとなる。

当日、交流は順調に進み、我々日本側からは折り紙など文化的なものを紹介し、韓国側からは韓流のダンス演技などがあった。そして、生徒同士の友好関係も高まり、最後に体育館での全体セレモニーが無事終了したところで驚くべきことが起こった。先方の引率の先生方に私が英語で御礼の言葉を申し上げようとしたところ、引率責任者である教頭先生はたまたま一番近くにいた生徒二人を呼び、私の言葉を通訳させたのである。二人は、私の言うことを教頭先生に伝え、教頭先生の返答を極めて明瞭な発音の英語で私に伝えたのである。

驚いたのは私ばかりではなかった。それを私たちの近くで聞いていた日本の生徒たちも皆呆気にとられていた。おそらく、日本の中学 3 年生が大人の会話を英語で通訳するなど、日本では考えられないことであろう。しかも、自分たちより下の学年の、たまたまそこに居合わせただけの生徒が立派な英語を話している。このことは、私たちの学校の生徒にとって、驚愕すべきことであり、また、心ある生徒にとっては大きな刺激となったことであろう。

私は、教頭先生方への挨拶が終わった後、二人の生徒に「君たちは何年間英語を勉強しているの？」と聞いてみた。「8 年間だ。」という。なるほど、小学校1年から計算すると中学校2年で8年となる。その生徒たちと、3年しか本格的に英語を勉強していない日本の生徒を比較するのは酷かもしれないが、それにしても日本で8年間英語を勉強した大学2年生が韓国の中学2年生と同程度の英語を話すであろうか。そして、韓国の大学生が卒業して国際社会で働き始めたとき、日本の大学卒業生は語学面で互角に渡り合うことができるであろうか。

次のコラムで、韓国の英語教育と日本の英語教育の違いについて述べる。

（コラム33に続く）

13　*talk shop*　（仕事の話ばかりする）

— but that is talking shop. (Dumb Witness p.229　Harpercollins)

和訳：だが、それは専門的な話になる。

所見：T.P.O. もわきまえず自分の専門の仕事、商売、専門の話をすることである。また、shop talk という言い方もあり、これは上記のような話そのものを指す。

14　*a tall story*　（ほら話）

— but you know, it was rather a tall story.

(The Seven Dials Mystery p.119　HarperPaperbacks)

和訳：でも、いいかい、それはかなりのほら話だったな。

所見：walk tall という表現がある。「頭を高く揚げて自分の矜恃と自尊心を持ち続ける」ということで、簡単に言えば「自分に誇りをもつ」という意味である。そこで、この a tall story も「矜恃と自尊心に満ちた話」と解釈すれば、「ほら話」という意味も理解できる。

15　*cut a figure*　（異彩を放つ）

You cut quite a figure in the old days, didn't you?

(Murder on the Links p.49　Berkley Books)

和訳：あなた（ポアロ）は、昔、際だって立派なお仕事をされましたよね。

所見：この表現を直訳すると「服装、態度などで堂々とした立派な感じを与える」ということを意味する。そこから外観だけでなく「実質的に優れた業績を残す」という意味に使われるようになった。引用の文はポアロが既に昔の人間になってしまったかのようなニュアンスがあり、皮肉っぽい表現となっている。

16　*through thick and thin*　（終始かわらずに、どんなことがあろうと）

I'll stand by her through thick and thin. (The Murder of Roger Ackroyd p.140　HarperPaperbacks)

和訳：私はどんなことがあっても彼女を支えます。

所見：この句源は不明であった。ただ、Edmund Spenser の The Faerie Queene には既にこの句が使われているそうで、16 世紀の後半にはこの句は成立していたようである。

また、th の音が繰り返されていることから、コラム 20 で述べた頭韻も影響しているのだろう。

17　*at a loose end（at loose ends）*（定職がなくぶらぶらして）

I was at a loose end, and glad to find a well-paid job ready-made, as it were. (Murder on the Orient Express p.43　YOHAN PUBLICATIONS, INC)

和訳：私は定職もなくぶらぶらしていたんで、いわば出来合の、良い給料の職をみつけて嬉しかったんです。

所見：引用の文の loose は「自由な」とか「ゆるい」というような意味ではなく、「だらしのない」とか「放蕩の」という意味である。いずれにしても、end に関する辞書の例文を見ると、すべて 冠詞は the であるのに、この表現の場合のみ冠詞は a である。

18　*chapter and verse*　（正確な出典、はっきりした根拠）

Meaning one oughtn't to say things without giving chapter and verse？ （Cards on the Table p.116　Berkley Books）

和訳：根拠を示さずに物事を述べてはいけないという意味ですか。

所見：chapter は「章」だが verse は「詩」であろうか。「詩」とも考えられるが、おそらく聖書の「節」ではないか。聖書や古典からの引用をする際はその「章」と「節」を明らかにせよ、つまり「根拠」を示せ、という耳の痛い話である。

19　*(It) beats me.*　（私にはわからない）

You know, it beats me　—　why that young fellow wanted to do himself in! （And Then There Were None p.72　HaprperCollins）

和訳：いいか、俺にはわからない。なんであの若い奴が自殺を望んでたのか。

所見：どの文献を見ても、この表現の句源は発見できなかった。おそらく、「その質問が私を打ち負かす。」という意味であり、日本語であれば解決すべき課題を前に「参った。」と言うのと同じことではないかと思う。

20　*throw one's weight about(around)*　（威張り散らす、職権乱用をする）

She's the one who's throwing her weight about, I suppose. （Death in the Clouds p.32　HarperCollins）

和訳：彼女は、むやみに偉そうな態度を取る人だと思います。

所見：現代で言えば、パワハラに適用されるべき表現である。この場合の weight とは「影響力」とか「貫禄」などの意味である。a man of weight（有力者）という言い方もある。

21　*get a line on* ～　（～について情報を得る）

Of course, we can't get a line on the motive,（後略） （Death in the Clouds p.34　HarperCollins）

和訳：もちろん、動機についてはさっぱり分からない。

所見：この表現は元々米語で、line には information の意味がある。Get a line on ～ だけでなく give a person a line on ～ という言い方もある。もちろん「～に関して情報を伝える」の意味である。

22　*spill the beans*　（秘密を漏らす）

Don't ever spill the beans too soon. (Death in the Clouds p.61　HarperCollins)

和訳：秘密をばらすのが早すぎてはならない。

所見：「豆をばらまく」から「うっかり秘密をばらす」という意味が出る。

23　*a round peg in a square hole*　（不適任者）

There are not so many round pegs in square holes as one might think. (Death in the Clouds p.180　HarperCollins)

和訳：この世の中には、人が思っているほど自分に不向きな仕事をしている人間なんていない。

所見：「四角い穴に丸い栓」をしようとしてもうまくいかないということからこの意味が出る。a square peg in a round hole という言い方もある。

24　*get the hang of ～*　（～のコツを飲み込む、～を理解する）

It's this snake venom business that I can't get the hang of. (Death in the Clouds p.173　HarperCollins)

和訳：私がどうしても理解できないのは、この蛇の毒ということです。

所見：hang に「やり方」「コツ」「問題・議論などの趣旨」という意味があることからこの表現がある。

コラム 33

韓国の英語教育について ②

我が国の英語教育の進展は著しいと思う。新しいところでは、共通テストの英語の問題がただの読解ではなく、英語を読んでさらに考えさせる良問となっている。そして、2006年にリスニングが導入されて以来これも定着し、「リスニングなど、たった50点だから学校で指導する必要はない」などと豪語するトンチンカンな英語教員も、もはやいないであろう。また、小学校においては英語が教科化され、児童・生徒は、より早期に英語に接するようになった。さらに、中学校や高等学校においては「授業を英語で行うことを基本とする」ことになっており、生徒に聞いてみると、実際に授業をほとんど英語で行っている先生方が多い。ついでながら、そうした先生方のほうが概して人気があり、日本語しか授業で話さない英語の先生は授業がつまらないなどの理由で不人気である。

私はこうした傾向は必ずや成果をもたらすものと信じているが、2点のみ今後の課題として挙げておきたい。それは、私が韓国の英語教育についてその後知り得た情報から日本でも参考とすべきと思ったことである。

① 小学校の英語教育は英語の専任教諭が担当すべきである。韓国でもそうしていると聞く。英語の導入時期だからこそ、力量がある、そして英語について説明のできる専任教員が担当すべきだと思う。そうしなければ、中学校に入学した後、今まで学習してきた英語とのギャップに多くの生徒が苦しむと思う。小学校での英語の授業が、単に英語に親しむ場で終わってはいけない。韓国では、小学校から既に指導すべき単語や語句が定められており、目標として、「読んだり聞いたりして内容を把握するとともに、説明したり表現したりすることができる」とはっきり明示されている。つまり、日本の中学校で行われることを小学校で行っているのである。そのためには、専門的な教育・訓練を受けた教員が小学校段階において児童を指導しなければならな

い。

② 授業の重点を「理解」から「表現」へシフトすべきである。これはとりわけ高等学校の授業について感じることである。中学校においては、いわゆる言語活動が行われていて、英語で発表する機会など意図的に作られている。だが、高等学校では相変わらず、読解と文法の副教材を中心に授業が進められているところがある。韓国においても、「英語理解能力育成」から「英語表現能力育成」への転換が図られたと聞いた。日本においても、このことは是非必要だと思う。実際、授業を担当する立場からすると、「理解」に重点を置いた授業は楽である。和訳や答えをこちらが持っていて、生徒が言ったことを「合っている」「間違っている」と判断することが主体となるからだ。だが、「表現」を重点とした活動を行うとなると、生徒が何を言うのか、何を書くのかわからない。したがって、瞬時に適否を判断する能力が求められるのである。英語教員が授業で「表現」を主体とした活動を嫌う理由はそこにある。

なお、誤解なきように申し上げておくが、私がここで「理解」から「表現」へシフトすべきであると言うとき、決して「理解」に関する指導を軽視してよいと言っているわけではない。現状ではあまりにリーディングやリスニングや文法指導に偏りすぎているため、プレゼンテーションや自由英作文などの「表現」の指導にもっと時間を割くべきだと述べているのである。私の言語学習についての信念は、コラム16で書いたように、あくまでも4技能のバランスということである。

日本の英語教育は、今、大きく変わりつつある。この変化の波をさらに大きなうねりとして発展させ、将来、ますます多くの日本人が英語を駆使しながら世界で活躍していくことを期待したい。

25 *stick(stand) out a mile* （一目瞭然である）

Strangers arriving there to stay would stick out a mile.

(Why Didn't They Ask Evans? p.60　Berkley Books)

和訳：そこに滞在するためにやってくるよそ者がいたら、ひどく目立ちますよ。

所見：stick out、stand out は、ともに「目立つ」という意味である。また、a mile は「おおいに」という意味で、副詞的に使われている。

26　*fly(go) off at(on) a tangent*　（急に脇道にそれる、方針や考えを急に変える）

Her thoughts flew off at a tangent to that tantalizing phrase that had started the whole business.　Evans! (Why Didn't They Ask Evans? p.85　Berkley Books)

和訳：彼女の思考の対象は、この一連の出来事すべての発端である、あの謎の言葉、「エバンス」へと急に変わっていった。

所見：tangent とは数学で「接線」を意味するようであるが、「接線」からは「急に話題を変える」という意味が出て来ない。 tangent には「急に脇道にそれること」「脱線」などの意味があり、ここからこの表現が生まれたと思われる。

27　*look daggers at* ～　（～をにらみつける）

First of all, I came back just now to find Nicholson holding both Sylvia Bassington-ffrench's hands — and didn't he look daggers at me!　If looks could kill, I feel sure he'd have made me a corpse then and there.
(Why Didn't They Ask Evans? p.129　Berkley Books)

和訳：まず、ついさきほど戻ってくると、私、ニコルソンがシルビア・バッシントン・フレンチの両手を握りしめているところを見てしまったんです。ニコルソンがすごい形相で私をにらみつけたんです。もし、目つきで人を殺せるものなら、私はその場で確実に死体になっていただろうと思いますよ。

所見：この表現の look はただ「見る」とか「見える」とかいう意味ではない。look は他動詞で、「～という感情を態度で表す」という意味である。したがって、look の後ろには daggers の他に、surprise や disapproval なども来る。この表現と同じ意味で shoot daggers at ～という言い方もある。

なお、and didn't he look daggers at me! が何故否定の疑問文になっているのかよくわからない。文脈上、ここは「にらみつけた」でなければならない。文末に感嘆符がついていることからもそのように思う。

否定の疑問文で肯定の意味を出す表現は第 6 章の 91 にもある。この場合は反語表現で、don't I know it. が「私が知らないと言うのですか？私は承知していますよ。」の意味になるのだが、本項の場合はどうであろうか。反語で「彼は、私をにらみつけていませんでしたか。否、とんでもない。にらみつけていましたよ。」ということでいいのだろうか。

否定の疑問文で肯定の意味を出す表現はクリスティ特有の用法なのか。今後、注意してこの種の表現を捜してみたい。

28　*food for thought*　（考える材料）

He had, indeed, new food for thought. (A Pocket Full of Rye p.119　A Signet Book)

和訳：彼は、実際、新しい手がかりを得ていた。

所見：比較的イメージとして分かりやすい表現である。日本語でも「音楽は心の糧」などといって、「糧」即ち「食料」が精神や生活の「活力の源泉」を意味することがある。

29　*(all) of a heap*　（どたりと（倒れる）、すっかり（驚かせる））

（前略）you could have struck me all of a heap when I heard the news. (The Murder at the Vicarage p.66　Harpercollins)

和訳：その知らせを聞いたときは本当に卒倒するほどでしたよ。

所見：この表現は、fall などと使われる場合と strike や knock などと使われる場合とで意味が若干異なる。fall all of a heap では heap に「塊」「積み重ね」などの意味が強く残っていて「どたりと『塊となって』倒れる」となる。strike や knock とともに heap が使われると「塊」の意味は薄れ、a heap

でa lotの意味となり、「非常に驚かせる」という意味になる。

また、heaps と複数形で使われる場合もあり、A Murder Is Announced p.24 では、heaps better 「ずっといい」というように使われている。

30 *get to the bottom of ～* （～の真相をつきとめる）

But I'm going to get to the bottom of it. (The Murder at the Vicarage p.87　Harpercollins)

和訳：でも、私はその真相をつきとめてやる。

所見：この表現の直訳は「底に到着する」ということだが、bottom は単なる「底」ではなく、「根本」とか「実質」の意味である。したがって、見出しのような意味となる。

31 *in one's line* （専門である、商売である、好みである）

Arsenic's more in their line. (The Murder at the Vicarage p.88　Harpercollins)

和訳：ヒ素のほうが彼らの得意分野だ。

所見：line は「職業」「商売」「専門分野」などの意味である。見出しの表現の反対の意味を表すのが out of one's line で、「性に合っていない」「嫌いで」「苦手で」という意味になる。

32 *in the dark* （知らずに）

But I'm in the dark as to what it's all about. (The Adventure of the Christmas Pudding p.178　HarperCollins)

和訳：しかし、いったい何事なのか私にはまったくわからない。

所見：もちろん「暗闇のなかで」という意味もあるが、比喩的に「無知で」という意味にも使われる。

33 *get into the swing of ～* （～に慣れてうまくいくようになる）

Size them up, of course — some like to be left alone, and others are lonely and

want to get into the swing of things.
(The Body in the Library p.36　HarperPaperbacks)

和訳：もちろん、彼らをよく見てくださいね。一人でいたいという人もいれば、寂しいから早く周囲の状況に慣れたいという人もいるから。

所見：この表現のなかの swing には「揺れ」「(野球やテニスでの) 一振り」「ブランコ」など、非常に多くの意味があるが、the swing of things で「物事のリズム、調子」という意味になる。そこで、見出しの表現のように「～のリズムに合うようになる」という意味が出る。

34　a*ll in the(a) day's work*　(珍しくもないことで)

One or two of the boys hung around a bit, but all in the day's work, so to speak.
(The Body in the Library p.56　HarperPaperbacks)

和訳：一人二人の少年がぶらついていたが、それはいわば日常茶飯事のことだった。

所見：日本語に「日常茶飯事」という表現があるが、表面的には見出しの表現はこれと同じであろう。だが、この表現における「珍しくもない普通のこと」とは、しばしば「不快で困難」なことを言う場合が多い。つまり、この表現は「珍しくもないが、嫌なこと」という皮肉を込めて使われるようである。

35　*right(just) up(down) one's street*　(～の最も得意とするところ)

It sounds to me the kind of village domestic problems that is right up Miss Marple's street. (The Body in the Library p.153　HarperPaperbacks)

和訳：それは、私には村内での家庭問題のように思われる。ミス・マープルにはうってつけのね。

所見：直訳は「～の通りを行ったところ」というような意味になる。人は誰でも自分が住んでいる家や通りの周辺をよく知っているものだが、そこから「お手のもの」とか「得意とするところ」の意味が出る。

36 *I'll buy it.* （分からない、降参する）

“Oh, well,” I said wearily. “I'll buy it,” (Dumb Witness p.39　HarperCollins)

和訳：「ああ、なるほど、参った。降参するよ。」と私はうんざりして言った。

所見：引用の文はヘイスティングズのセリフである。このセリフに対するポアロの答えは“Buy it?　Buy what?” である。またも、ポアロは慣用表現を理解していない。

だが、このように言う私も、何故「それを買う」ことが「降参する」の意味になるのかは遂に分らなかった。I'll buy it. であった。そこで、想像すると、buy には accept（受け入れる、是認する）の意味があるので、そこから相手の主張を「受け入れる」、そして「降参する」となったのではないか。

それにしても、このようなやりとりを日本語に直すとき、どのようにしてこの滑稽な意味合いを出すのか。「降参だ」のところに「買う」という意味が入っていなければ、ポアロの“Buy it?　Buy what?”の面白みは訳出不能である。我々素人の及びも付かないところである。

コラム 34

小学校での英語教育について ①

中学１年生に英語を教えて驚いた経験についてはコラム 19 で述べた。ここでは、中学生に英語を教えてみて気づいたことについて再度書いてみたい。

周知のとおり、現在、小学校では教科として英語を教えている。評価も３段階で出しているようである。当初、英語を小学校で教えるということが決まったときには、英語によるゲーム等で、英語の発音や表現に『慣れる』ことを目標とすると聞いていたが、教科となることによって指導方法や指導内容はどのように変わったのであろうか。

私のところに来る中学生は、非常に真面目で真摯に学習に取り組む生徒たちである。そして、本人たちの努力の結果、その全員が成績を上げ、現在、一層のやる気を持って英語に取り組んでいる。だが、当初は総じて英語が苦手な生徒であった。いわば、小学校における英語教育に適応できなくなった生徒だったのである。そして、彼ら彼女らに共通した、一つの特徴に最近気づくようになった。それは、この生徒たちが理系の科目を得意としていて、さらに、英語が分からなくなった理由として、なんでそういう意味になるのか分からないと言っているということであった。授業中に英語の文についての「説明」はほとんどなく、「これはこういう意味だよ。じゃあ皆で言ってみよう。」と先生が言って、児童がその表現を口にするのだそうだ。また英語の歌もよく歌うらしい。単語や文を書くということは行われない。言語的な感覚が鋭敏で、言葉の吸収が素早い生徒にとっては効果があることなのかもしれないが、理系科目が得意で、理屈で物事を理解する傾向がある生徒たちには、今、小学校で教えられている英語は非常に難解なものになっているようだ。

ところが、中学校１年生の教科書の Lesson 1 の１ページ目が This is a pen. であった時代に英語を学習し始めた私のような者にとっては、今の教科書は信じられないほどレベルが高いものとなっている。驚いたことに第１課から I can ～という表現が key sentence として出てくる。助動詞は、我々の時代ではある程度学習が進んでから学んだ文法事項であったように思う。もちろん、I am などの be 動詞や I like などの一般動詞も第１課で学習することとなる。そうなると、これらの疑問文や否定文の作り方とともに、can という助動詞の肯定文、疑問文そして否定文も同時に学ぶこととなる。果たして生徒は be 動詞、一般動詞、助動詞を １ 年生用教科書の第１課から識別できるのであろうか。

私のところで学び始めた生徒たちは、当初、疑問文の作り方も否定文の作り方も理解できていなかった。一人の生徒に I come. と He comes. との違いを理解させ、「この s のことを三単現の s って言うんだ。こんな言葉は覚えなくてもいいが」と言って授業を進めていた。そして英語でやりとりをしているうちに、many book と言ったので、一通りのやりとりが終わった後、「さっき、many book って言ったでしょう。本が二つ以上あるときには s がつくんだよ。many books って言うんだったでしょう。」と訂正すると、その子が得意げに言った。「あ、三単現の s だ。」この生徒は単数形と複数形の違いさえ教えられていなかったのである。

なお、蛇足だが、生徒が many book と言ったにもかかわらずそのまま英語でのやりとりを続けたのは、コミュニケーション活動においては immediate correction 「即座の訂正」をしてはならないからである。誤りをその場で訂正されることにより、生徒が間違いを恐れるあまり発話に対して消極的になってしまう可能性がある。

次のコラムでも、小学校での英語教育について考えてみたい。(コラム 35 に続く)

37 *a shot in the dark* (あてずっぽう)

This remark, which could only have been a pure shot in the dark, met with immediate response. (Dumb Witness p.71 HarperCollins)

和訳：この言葉は、全くの推測にすぎなかったのだろうが、即座に反応があった。

所見：「暗闇のなかでの射撃」ということで、「でたらめな推量」という意味に使われる。a leap in the dark 「暗闇のなかでの跳躍」という言い方もあり、これは「向こう見ずな行動」ということである。

38 *make a stand* (抵抗する)

One does hate unpleasantness, but I do think I was right to make a stand, don't you, Miss Savernake? (The Hollow p.12 HarperCoolins)

和訳：人は不快なことを嫌うものです。でもね、私はその不快さに耐えて抵抗することは正しかったと思うのですよ。あなたはどうですか、サヴァナクさん。

所見：この場合の stand は「立場」「主張」という意味である。動詞が make となって「一つの立場を作り上げて動かない」という意味が出ることから「抵抗する」という意味になる。なお、後ろに来る前置詞は against と for があり、当然、前者は「反対して抵抗する」、後者は「賛成して抵抗する（擁護する）」という意味になる。

39　*take the rough with the smooth*　（苦楽を平然と受け入れる）

Got to take the rough with the smooth. (Dumb Witness p.118　HarperCollins)

和訳：あなたは人生の苦楽を受け入れなければならない。

所見：この表現もイメージとして分かりやすいものである。rough は「つらい」「苦しい」という意味であり、 smooth は「なめらかな」という意味もあるが、「（水面などが）平静な」という意味もある。こちらのほうが人生の「苦楽」「浮沈」を表すのに適しているように思う。

引用文の直前には、もちろん You've が省略されている。

40　*play the dickens with* ～（～を滅茶苦茶に荒らす）

Jealousy, he thought, plays the dickens with women. (The Hollow p.102　HarperCoolins)

和訳：嫉妬は女性の心を荒らし回るものだ、と彼は思った。

所見：この表現では、英国の作家 Charles Dickens と同じ綴りの単語が使用されている。だが、この単語は文豪とはなんら関係がない。これは、devil「悪魔」や deuce「悪魔」や hell「地獄」をそのまま言うのがはばかられるので、それらを婉曲的に言ったものと考えられている。したがって、play the devil with ～「～に関して悪魔を演じる、～をさんざんに荒らし回る」の婉曲表現が play the dickens with ～となるのである。

41　*have a lark*　（悪ふざけをする、つまらない仕事をする）

（前略）and then he said he'd got a bit of a lark on that night ― (A Murder Is Announced p.77　Berkley Books)

和訳：そしてそれから彼はその日の夜、ちょっとしたお遊びをしたんだと言いました。

所見：この場合の lark は「ヒバリ」ではない。「悪ふざけ」「愉快なこと」「つまらない仕事」といった意味である。この語はもともと方言で lake（悪ふざけ）であったものが、lark へと変化したものらしい。

42　*out of pocket*　（金がなくて）

（前略）and that he wasn't going to be out of pocket by it（後略） (A Murder Is Announced p.77　Berkley Books)

和訳：それでちょっと自分は金欠から解放されるだろうと（彼は言いました）。

所見：この表現の反対の意味で in pocket（儲けて）がある。out of pocket は「金がポケットから出て行く」イメージで「金がない」ということ、 in pocket は「金がポケットのなかに入っている」イメージで「金があること」をそれぞれ意味する。

43　*in a spot*　（困難な状況にあって）

— I began to feel I was in a bit of spot. (A Murder Is Announced p.185　Berkley Books)

和訳：私はちょっと困ったことになったと感じ始めた。

所見：spot は口語で「苦境」の意味である。spot の前に bad や tight がつく場合もあると辞書には記述がある。

44　*have ～ in one's pocket*　（～を完全に支配する）

Got the present Home Secretary in your pocket, haven't you? (Sad Cypress p.153　HarperCollins)

和訳：あなたは、今の内務大臣を完全に抱き込んでいるんでしょう。

所見：「～をポケットに入れる」という、イメージとして分かりやすい表現である。日本語であれば、「手のひらでころがす」というところであろうか。

45　*stone-cold*　（冷め切って）

Good God, this meat's stone cold. (The Hollow p.42　HarperCoolins)

和訳：なんてこった。この肉は冷め切っている。

所見：他に、(as) cold as (a) stone という表現もあり、石は冷たいものというイメージがあるらしい。なお、クリスティは stone cold というように二語としているが、どの辞書にもハイフンでつないで stone-cold という形で出ているので、こちらが一般的なのだろう。

また、この言葉には「完全に」という副詞もあり、stone-cold sober と言えば「全く酒を飲んでいない」ということである。

46　*a cut above* ～（～より一枚うわてだ）

Cut above me, she was. (Sleeping Murder p.162　HarperPaperbacks)

和訳：俺より一枚うわてだな、彼女って。

所見：この表現はあらゆる辞書に載っているが、その句源についての記載が一切ない。cut の意味は何か。なぜ a がついているのかなど謎が多い。そこで以下は想像である。cut には notch「V 字型の刻み目」という意味がある。notch はゲームなどで記録を取る際や結果を計算する際につける「刻み目」という意味であった。そして、He is a notch above the others. といえば「彼は他の人たちより一枚うわてだ。」という意味だった。そこから、a cut above も生まれたのではないか。これで a がついている意味も説明できるのではないか。

なお、どの辞書にも a がついているが、引用の文にはついていなかった。文頭に出ているからであろう。

47　*catch one's death of cold*　（ひどい風邪をひく）

So I see no reason for you to go mixing yourself up in things that are no concern of yours and catching your death of cold in these nasty draughty railway trains. (Funerals Are Fatal p.41　HarperPaperbacks)

和訳：だから、君が、自分とは全然関係のないことと関わり合いになろうとしたり、そしてこんな汚らしい、隙間風の入ってくるような電車のなかでひどい風邪をひいたりしようとする、その理由がわからない。

所見：辞書にはこの表現について、通常は to emphasize how cold it is「いかに寒いか強調する」という定義がある。そこから転じて「ひどい風邪をひく」という意味になる。

48　*in one's element*　（本来の活動範囲内にいる、安心できる状況にいる）

Here, it was clear, Miss Gilchrist was in her element.
(Funerals Are Fatal p.99　HarperPaperbacks)

和訳：ほら、ギルクリストさんが安心していたことは明らかだ。

所見：element は、鳥であれば空、魚であれば水というように、「自分が適応できる環境」を指す。そこから「本来自分が安心できる状況」を意味するようになった。

49　*throw a spanner into* ～　（計画や事業を故意に妨害する）

Aunt Cora certainly threw a spanner into the works that day.
(Funerals Are Fatal p.117　HarperPaperbacks)

和訳：コーラおばさんは確かにその日（葬儀に）邪魔を入れようとしていました。

所見：機械の動いている部分にスパナーを放り込んで破壊するというイメージである。なにかの失敗を促すために策を企てることを言う。

コラム 35

小学校での英語教育について ②

中学校 1 年生に英語を教えてみてまず気づくことは、小学校での英語教育と中学校での英語教育の連携が今以上に必要ではないかということである。

中学1年生用の教科書をみると、各課に「小学校の単語」というコーナーと「New Words」というコーナーが設けられている。驚かされるのはその数である。第1課の「小学校の単語」では計40個、第2課では計39個、第3課では計42個である。「New Words」は第1課で27個、第2課で49個、第3課では40個となっている。

つまり、第1課では67個、第2課では88個、第3課では82個の単語が示されている。そして、小学校の英語教育では単語や表現を「書く」という活動がほとんどなされていないため、単語の綴りが極めて不正確である。第2課では七つの曜日が出てくるが、そのすべてを正確に書くことはおろか、それらを口頭で述べることさえできなかった。そのような状態の生徒が中学校の英語教育に適応していこうとすると、一つの課で70も80も単語の意味と綴りを覚えなければならない。これは、英語に対して不適応を起こしていた生徒にとっては過大な負担である。特に、中学校において「小学校の単語」を全ての生徒が完全に習得していることを前提として授業が行われた場合、生徒の実態にますますそぐわない授業が行われることとなる。

私は小学校での英語教育に異を唱えているのではない。我が国の英語教育の質的向上に大いに資するのではないかと期待をしている。だが、現状では小学校と中学校とのギャップが大きすぎるように思うのである。そこで提言だが、コラム33でのべた韓国の英語教育に倣い、小学校から中学校までの各学年において、Can-Do-Listのようなものを国が主導して作ることは出来ないものか。国は、各学年において、そしてとりわけ小学校修了時までに、これだけの単語と文法事項と文とを確実に習得させるというリストを作り、それを全国の各学校に通知する。教科書会社においては、それに基づき教科書及び教材作成を行い、各学校においてはそれに基づき、それを目標に授業を行う。ひょっとすると、そうしたものは既にあるのかもしれない。それが活用されていないだけなのかもしれない。とすれば極めて残念である。

また、同様にコラム33において小学校の英語の授業は英語専任の教諭が担当すべきであると指摘したところである。2022年度から小学校の高学年から教科担任制が導入されたとも聞いた。今後、この教科担任制は小学校において避けて通れない道であろう。是非、英語において、低学年における教科担任制への先鞭を着けていただきたい。

小学校での英語教育が、第7章の12で述べた「歌や踊りの空騒ぎ」に終わらないことを願うばかりである。

50　*lay ～ at one's door*　（～の責任を人に負わせる）

There was a series of robberies in Switzerland last autumn which were laid at his door. (The Mystery of the Blue Train p.178　HarperCollins)

和訳：昨年の秋、スイスで一連の強盗事件があったのですが、彼の仕業だとされていました。

所見：この表現の～の部分には charge, blame, fault などが来る。引用の文は強盗ということになっている。意味的には「誰かのドアのところに過失を置く」ということで、過失はその人物の責任だといって糾弾する表現である。

51　*set(put, lay) store by(on)* ～　（～を重視する）

I don't set much store on the sighs and still less on the groans.
(Funerals Are Fatal p.223　HarperPaperbacks)

和訳：私はため息なんかあまり意味ないと思ってるんです。ましてやうめき声なんかはね。

所見：この表現における store は「大切に保管されるもの」という意味である。見出しの表現の store の前には no、little、great などの形容詞がついて、重視する程度を述べる。

52　have a pull over ～　（～より勝る）

She's the kind that thinks that mind has a pull over matter.
(Evil Under the Sun p.31　Pocket Books New York)

和訳：彼女は物質より精神が勝ると考えるタイプの人です。

所見：pull は「影響力」という意味であろう。したがって、見出しの表現は「～に対して影響力をもっている」という意味であり、「～より勝る」という意味になる。

53　*a month of Sundays*　（非常に長い間）

> They haven't got the exact amount yet — these quantitive analyses seem to take a month of Sundays —（後略）
> （One, Two, Buckle My Shoe p.58　HarperCollins）

和訳：正確な量はまだ検出されていない。これらの量的分析には長時間かかるように思われる。

所見：何故 Sundays でなければならないのかが不明である。Saturdays でも Mondays でもいいような気がする。
　また、辞書によっては、この表現に「通例否定構文で」という注をつけているものもある。引用の文は否定文になっていないが、ダッシュの前の文が否定文となっているので、それに引きずられたのであろうか。

54　*take one's medicine*　（嫌なことも我慢する）

> There's nothing for it now, I suppose, but to take my medicine.
> （Death on the Nile p.225　HarperCollins）

和訳：身から出たさびだから、それを甘んじて受け入れないとしょうがないと思う。

所見：文字通りの意味は「薬を飲む」だが、文脈次第で見出しのような意味になることもペーパーバックを読むときは注意する必要がある。不摂生から病気になって、我慢してでも苦い薬を飲まなければならないというイメージであろう。

55　lead ～ up the garden (path)　（～をだます）

> （前略）and I won't complain you led me up the garden.

(Lord Edgware Dies p.163　Berkley Books)

和訳：そして私は、君が私をだましたなどと不満は言いません。

所見：直訳は、園遊会などで「庭を案内していく」ということだが、その表現の裏には「きれい事ばかりを並べ立てて、この先バラ色の未来が待っているように勘違いさせて、だます」という意味が隠されている。庭を案内するときは美しいところだけを見せ、物置や肥料の倉庫など舞台裏は見せないからだろう。

56　*kick up (make) a row*　(騒動を起こす、抗議する)

Ruth has been kicking up a row about Mirelle, I suppose.
(The Mystery of the Blue Train p.31　HarperCollins)

和訳：ルースはミレルに関して苦情を申し立てていたと思う。

所見：大学受験生であれば、row には「列」「漕ぐ」そして「騒動」の三つの意味があり、最後のものの発音は〔rou〕ではなく〔rau〕となることは承知しているであろう。見出しの表現の row は、当然後者である。kick up の直訳は「蹴り上げる」だが、「騒ぎを起こす」の意味がある。

57　*not one's cup of tea*　(〜の好みではない)

(前略) I'm sure — he wouldn't have been my cup of tea, (後略)
(Sad Cypress p.77　HarperCollins)

和訳：これだけは確かです。彼は私の好みの人物ではなかったでしょう。

所見：なぜ tea でなければならないのか、なぜ coffee ではいけないのか、などの疑問が残るが、元々この表現はイギリス英語であって、1920 年代から広く一般に使われるようになったとのことである。イギリス英語ということであれば、これはコーヒーの茶碗ではなく紅茶茶碗でなければならない。

　この表現は否定語とともに使われる。

58　*in a jam*　（窮地にいる）

— if you were in some real jam —（Taken at the Flood P.63　Berkley Books）

和訳：もし君が実際になにか困ったことになっているのなら、

所見：jam には動詞で「ぎっしりと詰め込む」という意味があり、そこから名詞として「にっちもさっちも行かない状態」という意味が生まれた。この意味で現代では traffic jam 「交通渋滞」が使われている。

59　*in the market*　（取引で買いたい側である）

He asked me — damned cheek — if I was in the market too? （Taken at the Flood P.109　Berkley Books）

和訳：奴は、私が何かほしいのかとも聞いてきた。とんだ言い草だ。

所見：この表現には二つの意味がある。主語が物の場合は「市場に出回っている」という意味だが、主語が人の場合は見出しのように「買い手側である」の意味になるので注意を要する。引用の文は「私」が主語になっているので「私がなにか買いたいのか」という意味で訳しておいた。

　なお、引用文の文末にある疑問符は原文通りであるが、何故ついているのか疑問符がつく。この文はいわゆる間接疑問文なので、教室では疑問符は不要だと教える文である。

60　*have a fling*　（攻撃する、ののしる）

（前略）she was jealous as hell and led Crale such an impossible life that any man would be justified in having a fling from time to time. (Five Little Pigs p.145　HarperCollins)

和訳：彼女はひどく嫉妬してクレールに耐えられない生活を強いた。どんな男でも時には大声で不満を爆発させたくなるような生活を。

所見：fling とは「石などを投げること」である。そこから言葉、特に「皮肉な言葉で攻撃する」という意味が出た。

コラム36

英語教育に多様性を ①

前述したように、私は、現在、中学生と高校生に自宅で英語を教えている。公立・私立の高等学校教育に41年間携わった人間が、今は外から学校を見ているということになる。そこで、最後のテーマとして、外から見た学校での英語教育、特に高等学校における英語教育について触れてみたい。

現在、私は1回の授業を50分、2コマ行っている。これを一人の生徒につき週2日行うのである。今は学年の違う4人の生徒が来ているので、50分×2回×2日×4人＝週800分の授業とそのための教材づくりを行っている。授業の合間に休憩時間を10分間とる。ここでお茶を飲みながら、様々な話をする。生徒は学校行事や授業の様子などを語ってくれる。私も学校に勤めていた頃の思い出話などをする。こうしたことは、授業とともに私にとっては至上の楽しみとなっている。

さて、このように、私が行っていることは塾などという組織だったものではなく、少し、というより相当年老いた家庭教師とでも言うべき代物である。これを4年間続けてみて改めて思うのは、学校の先生方は、なんと過重な仕事をされているかということである。私自身の学校での仕事を思い出してみると、こうした教科の指導に加えて校務分掌の仕事もあり、部活動の指導もあり、さらに担任としての仕事もあり、その合間には複数の会議に参加し、というように多忙を極めていた。今考えると、それはそれで充実していた教員生活であったが、一つ自分として心残りなことがある。それは、今のように、一人一人の生徒の学力に見合った教材を工夫し、実際の授業の場において効果的な教科指導を行っていただろうかという自責の念である。もう少し時間的余裕があれば、ワンランク・ツーランク上の授業ができたのではないかと思うのである。

聞くところによれば、現在、公立の義務教育学校では教員の多忙化解消が一つの課題となっているらしい。これは非常に好ましいことである。多くの教員は授業をするために教員になったのである。教室で生徒と共に学ぶことに憧れて教員になったのである。にもかかわらず、授業ができると喜び勇んで学校へ勤めると、授業の準備が片手間仕事になるなどという現実が待っている。それは教員にとって極めて不幸なことであるし、生徒にとってもより充実した授業が受けられないという意味で利益を侵害されていることにもなりかねない。

明治維新以来、日本の近代教育は国民全体の教育レベルを上げるうえで大きな成果を挙げてきた。そうした日本の教育の特徴の一つは、国の関与が極めて積極的且つ厳格であったということであろう。これは、日本全国どこでも一律に同じレベルの教育を受けることができるという意味で非常に意義があり、国全体の教育レベルの向上には大いに寄与した。

ところが一方で時代が進み、現代のように社会全体が複雑化・多様化してきて、さらに児童・生徒自身に対してその個性を尊重する教育が叫ばれるようになると、はたして国が一律に定めた規範により一人一人の生徒の訓育に対応できているのか、甚だ疑問である。例えば、学校の設置については、学校設置基準において、教諭、実習助手、事務職員の数、校舎と運動場の面積、備えるべき施設等が事細かく規定されている。この基準に達しない機関は学校として認められない。さらに、教育課程については高等学校学習指導要領に基づき編成することを厳しく求められる。だが、その総則には「個性を生かし多様な人々との協働を促す教育の充実に努めること」（第1章総則第1款2（1））とあり、学校にはその設置基準で厳密に画一性を求めながら、生徒には「個性の伸長」や「多様な人々との協働」を求めるという笑えない冗談とも受け取れる事態となっている。何百人も生徒が在籍する学校で、一人一人の生徒に応じた教育が可能であろうか。30 人から 40 人の生徒がいるクラスで、多忙な担任は生徒一人一人に目を配ることが実際出来るのであろうか。教科指導という、教員本来の仕事を効果的に成し遂げるための環境改善が今一層求められているのではないか。学校は小さければ小さいほど教育力が増すのではないか。私が「塾のまねごと」をして個々の生徒に向き合いながら、学校を外から見た際に最も強く感じたのはそうした疑問であった。

そこで、以下のコラムで一人の門外漢からみた学校教育、特に高等学校における英語教育の改善策について書いてみたい。（コラム 37 に続く）

61　*cut up rough(bad, nasty, ugly)*（ひどく怒る、乱暴に振る舞う）

— and I was, I must admit, maliciously amused to note that Caroline was cutting up very rough indeed. (Five Little Pigs p.145　HarperCollins)

和訳：私は、キャロラインが実際ひどく怒っているのを知って、自分が意地悪にもほくそ笑んでいた、ということを認めなければなりません。

所見：この表現はどの辞書にも載っていて、注としてはイギリス英語の口語とある。だが、残念ながら句源についてはどの文献にも記載がなかった。cut up は「切り刻む」ということなので、八つ当たりでものを切り刻んでいる人間をイメージしているのであろうか。

62　*a cog in the wheel(machine)*（大組織のなかの重要でない役割の人）

I shall have been a little cog in the wheel,（後略）
(Three Act Tragedy p.141　HarperCollins)

和訳：私は組織のなかの一員に組み込まれてしまうでしょう。

所見：cog は「歯車」なので、直訳は「車輪（機械）のなかの歯車」ということになる。そこから転じて見出しのような意味になる。

63　*hot stuff*　（元気者、熱血漢、好色家）

Well, I mean to say, I should think she'd been pretty hot stuff.
(Evil Under the Sun p.117　Pocket Books New York)

和訳：まあ、言ってみれば、彼女はかなり「セクシー」だったと思うのです。

所見：この表現は非常に幅広い意味合いをもつ。良い意味では「ものすごい特ダネ」とか「出来る奴」というような意味もあるが、引用文のように「好色家」「色男」「色女」などの意味もある。

64　off one's onion　（気が狂って）

— and a thing like this might send her completely off her onion. （The Moving Finger p.123　Berkley Books）

和訳：そしてこのようなことがあると、彼女は平常心を完全になくしてしまうでしょう。

所見：最初、この表現を見たとき、精神状態とタマネギがどう結びつくのか全くわからなかった。だが、onion に、その形の連想から head の意味があることを知り納得した。off one's onion は第 2 章の 11 で見た off one's head「正気ではなくなって」と同じ意味なのである。

65　*not in the same street(league, class) with* ～（～とは比べものにならないほど劣っている）

（前略）the Angkatells were always so far ahead that you didn't feel even in the same street with them.（The Hollow p.39　HarperCollins）

和訳：アンカテル家の人たちは立場上いつも上位にいたから、一般の人たちは、この人たちに対してはるかに劣っていると感じていた。

所見：この表現における street はロンドンのロンバード・ストリート（銀行街）、フリート・ストリート（1980 年代半ばまでの新聞社街）のような、いわゆる「商業などの中心地区」を指しているのであろう。そして、この表現は、これらの地区の「お仲間に入れてもらえない」ほど劣ったレベルであると言っているのである。

66　*play (merry) hell with*～　（～を台無しにする）

She's flouted the traditions of Government House — she's played merry hell with precedence at dinner parties（後略）（The Hollow p.49　HarperCollins）

和訳：彼女は、総督官邸の伝統など見下していた。そして、彼女は夕食会での席順などお構いなしだった。

所見：hell には「いたずら」「面白半分」「冗談」のような意味があり、そこからこの表現が生まれたのであろう。hell の前に merry がつくことがあるというのもそのようなわけである。Merry Christmas ならぬ merry hell とはなんとも妙な表現である。

67　*go off the deep end*　（自制を失うほど興奮する、必要以上に怒る）

（前略）and fetched in a Mrs Elliot, who eventually found the body and went off the deep end. (Mrs. McGinty's Dead p. 23　HarperCollins)

和訳：(マックギンティ夫人の部屋をノックしても応答がないので、パン屋は)エリオット夫人という人を連れてきて、その結果、彼女が死体を発見し、大騒ぎをしたというわけです。

所見：この表現の句源は見いだせなかった。したがって、想像するしかない。the deep end とは「プールの端の一番深いところ」という意味であり、そこに行き着くと、私のような泳げない者は「尋常な精神状態ではなくなる」ことを意味するようになったのではないか。

なお、この表現には、go in off、 go off at、 go in at など、様々な前置詞や副詞が the deep end の前につく。いずれも、「～に達する」の意味である。この見出しの表現 go off the deep end は in や at が脱落したものと考えられる。

68　*put ～ on one's mettle*　（～を激励する、～を奮起させる）

This unlucky encounter with Giraud had roused Poirot and put him on his mettle. (The Murder on the Links p.192　Berkley Books)

和訳：この、ジローとのあいにくの出会いはポアロを目覚めさせ、奮起させることとなっていた。

所見：mettle の意味は「気質」、「気性」などの意味の他に、困難なときにも何かをやりとげようという「気骨」「元気」「勇気」のような意味がある。見出しの表現の mettle は後者の意味であろう。

69　*get(receive) one's deserts*　（相応の罰（賞）を受ける）

If she'd really knifed me, as she meant to, I should have got no more than my deserts. (The Murder on the Links p.208　Berkley Books)

和訳：もし彼女が、本気でそう思っていたように、私をナイフで刺していたとしても、私はそれ相応の罰を受けたにすぎなかっただろう。

所見：この場合の deserts は「砂漠」でも「放棄する」でもなく、通例複数形で「功罪」「賞すべき（罰すべき）価値」という意味になる。なお、この単語は名詞であるにもかかわらず、アクセントの位置は de-sérts となる。

70　*stand the racket*　（試練に耐え抜く）

I'd have stood the racket, you know — up to the end.
(The Murder on the Links p.208　Berkley Books)

和訳：いいかい、私は試練に耐え抜いていたろうね。最後まで。

所見：この表現の the racket は「試練」の意味である。ただし、この単語が「試練」の意味で使われるときは「ラケット」の場合と異なり、必ず the がついて the racket となる。

71　*have a soft spot(place) for* ～（～が大好きだ、～に目がない）

It was because I had a soft spot in my heart for a little *pensionnaire,* so pale, so thin, so serious. (The Mystery of the Blue Train p.187　HarperCollins)

和訳：それは、私が、かわいい寄宿生が大好きだからですよ。青白くって、か弱くって、真面目な。

所見：soft spot の直訳は「柔らかい場所」だが、それは戦いなどの場合「弱点」となる。見出しの表現の場合、そこから転じて「気持ちの上での弱み」「好み」のような意味となる。

72　*put* ～ *in the picture*　（～に必要な情報を与える）

All right, but I want to put M. Poirot in the picture about the Murder Hunt since he's going to present the prizes. (Dead Man's Folly p.33　HarperCollins)

和訳：結構だ。だが、私はポアロさんに必要な情報は提供しておきたい。彼は犯人当てゲームの賞品授与者だからね。

所見：picture には「状況」、「全体像」の意味がある。この場合の picture には必ず the をつける。そこから in the picture で「事情に通じている」という意味が出て、put とともに使われると見出しのような意味になる。

コラム 37

英語教育に多様性を ②

私はここで英語の指導法について述べようというのではない。英語の授業については既にこれ以前のコラムで何度か書いた。ここでは英語教育の制度面について書きたいと思うのである。そして、その内容を一言で言ってしまえば、これからの英語教育にはもっと多様性が認められるべきだということになる。この多様性という言葉には、学校の多様性と教員の多様性という二つの意味がある。

まず、学校の多様性である。この言葉を前述の学習指導要領総則の言葉「多様な人々との協働」に倣って言えば、「多様な教育機関との協働」と言い換えてもよい。

私は、40 代の後半から通信制高等学校に勤務した。そこでの仕事は、学校とはかくあるべきものという固定観念が染みついていた私にとって、それを根底から覆す一種のカルチャー・ショックであった。授業は月 2 回のスクーリング（授業）とレポートの通信添削によって行われていた。教育課程は学年制ではなく単位制を採用していたので留年はなかった。規定の単位数を修得すれば卒業できたのである。卒業までに 10 年以上かかる生徒もいた。早い生徒は 3 年で卒業した。この学校では、このように極めて柔軟な教育課程のもとで様々な経歴の方々が学んでいたが、その思いは一つ、高等学校の卒業資格を得たいということだった。そして、一人一人の生徒が、順風満帆とは言えない人生において卒業資格を得たその日、つまり卒業式当日の答辞を聞くとき、生徒たちのそれまでの労苦に思いを致し、私は毎年涙を禁じ得なかったのである。そういう感動を味わっていたので、なにも全日制高等学校だけが学校ではないという思いが強かった。

さて、この通信制高等学校に併修という制度があった。「併修」とは、他校に在学中の生徒を学校からの依頼によって通信制で受け入れ、特定の科目のみ学習することを許可し、単位を認定する制度である。この場合、単位認定をするのはあくまでも生徒が在籍している学校であり、通信制高校は資料を提供するのみであった。また、特科制度といって他校の生徒や一般の社会人が単位認定を目的とせずに、ただ学びたいというだけのために授業を受ける制度もあった。このように、通信制高等学校にあっては、他の高等学校と「協働」することにより弾力的に教育課程や単位認定の規定が運用されていたのである。そして、英語教育の充実を図るため、このような一条校間での連携を一条校以外の教育機関との連携に拡充できないかというのが私の思いである。

コラム 17 の⑤で述べたように、語学力を伸ばすためには学校の授業だけでは不十分である。学校で学ぶとともに、塾や語学学校などあらゆる教育機関との協働を認めることが必要であると思う。とりわけ、今、自宅で生徒を教えていると、塾であっても、語学学校であっても、国が定めるガイドラインをクリアしておれば学校として認知されるべきではないかと思うのである。あるいは、「学校として認知」まで行かずとも、塾や語学学校で学んだことの成果を学校が認めれば卒業のための単位として認定してもいいではないかと思うのである。即ち、通信制高等学校が併修制度や特科制度で他校の生徒を受け入れていたように、塾や語学学校が公立・私立の高等学校の生徒を受け入れ、単位認定のための資料を学校に提出し、学校が単位を認定するという制度があってもいいと思うのである。仮に、将来、語学を磨いて国際的に活躍したいという生徒がいて、その生徒が語学学校に通いたいという希望を提出し、1 年間で英検の 2 級なり準 1 級なり 1 級なりを取得したとする。そして語学学校から必要な資料が提出されれば、それを単位として認めてもよいではないか。もちろん、そのためにはその「塾」と「学校」の連携を確保するための法的措置や学習指導要領が必要だとは思うが。

既に30年ほど前になる。渡部昇一氏の『教育改革はミニ・スクールで』という本を読んだことがある。甚だ勝手なもので、自分が学校に勤めているときにはさほど印象に残った本ではなかったので既に手放してしまったが、今、学校を離れ「ミニ・スクール」の側に立ってみると、渡部氏の考え方が気になって仕方がなかった。そこで、氏がどのようなことをお考えだったのかを確認するため、『国民の教育』という本を読んだ。そこには以下のような内容が書かれていた。学校設置基準のハードルを下げ、学校と塾の垣根を取り払い、塾を正式な教育機関として認めるべきである。現在の市町村教育委員会による通学区域の設定は、教育を受ける側の学校選択権を侵害している。これを尊重するためにも義務教育レベルにおいて多様な教育機関が設置されて然るべきである。行ってよかったという実感がなければ一日として塾は成り立たない。トットちゃんこと黒柳徹子さんが立派な仕事をされるようになったのは定められたコース（義務教育学校）を離れる自由があったからではないか、等々。我が意を得たりであった。

渡部氏は義務教育を中心にお考えのようだったが、私が「多様な教育機関との協働」を言うとき念頭にあるのは高等学校の英語教育である。そして、こうした理念は義務教育よりもむしろ高等学校教育においてこそ迅速に実現が可能なのではないかと思うのである。高等学校教育は、公立学校と私立学校との切磋琢磨からさらに一条校以外の学校をも含めた多様な教育機関との切磋琢磨へと、そしてさらに「多様な教育機関との協働」へと進化・拡大していくべきなのである。（コラム38に続く）

73　*in the pay of* ～　（～に使われて）

（前略）and he's suspected of being in the pay of the Communists,（後略）

(Dead Man's Folly p.40　HarperCollins)

和訳：そして彼は共産党に使われているのではないかと疑われている。

所見：pay の意味から、この表現の言わんとするところは明らかだが、辞書には「しばしば悪い意味で」とあることを付け加えておく。

74　*know which side one's bread is buttered*（利にさとい）

I should say she knows which side her bread is buttered better than most,（後略）（Dead Man's Folly p.120　HarperCollins）

和訳：彼女は、たいていの人より利にさといと言ってもいいでしょうね。

所見：「パンのどちら側にバターが塗ってあるか知っている」から見出しのような意味が出る。だが、どちら側にバターの塗ってあろうと、食べてしまえば同じことであるので、このことが実際「利にさとい」となるのかどうか疑問である。いずれにせよ、English breakfast を連想させるイギリスらしい慣用表現である。

75　*with a capital A(B, C 等)*　直前の単語を強調する表現

But Carrie Louise was thrilled by it — saw it all as Art with a capital A（後略）（They Do It With Mirrors p.14　HarperCollins）

和訳：しかしキャリー・ルイーズはそれに身震いを覚えた。それをかけがえのない芸術とみなしたのだ。

所見：この表現は、必ず a capital A となるのではなく、with の前にある単語を強調するために、その単語の頭文字を A の代わりに入れればよい。例えば、He is a Reformer with a capital R. 「彼は真の改革者だ。」などのように使う。

76　*one's bread and butter*（生活の資、生計の道）

After all, Gina is his bread and butter. （They Do It With Mirrors p.151　HarperCollins）

和訳：結局、ジナが彼の生活を支えてたんですからね。

所見：学校では「バター付きのパン」と教えられる表現であるが、「重要で唯一の収入の道」という意味もあることを、ペーパーバックを読む場合は知っておく必要があるだろう。

77　*in the family way*（妊娠して）

Ah, the usual trouble.　Yes, in the family way. (Nemesis p.137　FONTANA/COLLINS)

和訳：あー、よくあることだ。そう、妊娠していたんだ。

所見：この表現の句源は不明であった。想像してもアイディアが浮かばなかった。この表現と同じ意味で in a(the) familiar way という言い方もある。family と familiar のシャレから生まれたということである。

78　*in the dock*（被告人席について）

He'd have had to be actually in the dock before he'd have owned up to that. (Hercule Poirot's Christmas p.242　HarperPaperbacks)

和訳：彼は、そのことを認めてしまう前に、実際は被告人席について審理を受けていなければならなかっただろう。

所見：この表現の dock は被告席のことである。したがって、文字通りの意味となるが、我々にとって、dock と言えば、「港の施設」や「波止場」を意味することが一般的なので、ここで取り上げておいた。

79　*in(into) the bargain*（おまけで）

Certainly.　That's in the bargain. (Poirot Investigates p.164　Berkley Books)

和訳：もちろんです。それはおまけです。

所見：bargain は「安い買い物」ということで、ここから見出しの意味が出る。この表現はイギリス英語では into the bargain、アメリカ英語では in the bargain となるということである。しかしながら、引用の部分はポアロとジャップとの会話のなかでジャップが使っているので、必ずしもイギリス人が into the bargain を使うとは言えないようである。

80 *strike oil* （望みのものを見つける）

She struck oil, as you might put it, when she came to the last one, which was for the year 1962. (Elephants Can Remember p.39 Berkley Books)

和訳：彼女は、最後のもの（アドレス帳）に行き着いたとき、皆さんがよく使う表現を使えば、捜し物を掘り当てた。それは 1962 年用のものだった。

所見：これは「石油を掘り当てる」という意味から来ていることは明らかである。もちろん、「石油を掘り当てる」という意味でも使われる場合もある。

81 *cross swords* （激論を交す、戦う）

You would have liked to cross swords with the man who sneaked the Liberty Bonds? (Poirot Investigates p.81 Berkley Books)

和訳：君だったら、リバティ国債をくすねるような男と面と向かって勝負したかっただろうかね。

所見：文字通り「剣を交える」という意味とともに、「激論を交す」という意味もある。もちろん現代では後者が一般的である。

82 *grow gray in the service of* 〜 （〜に長年つくす）

They were two grave gentlemen, who had grown gray in the service of the Bank. (Poirot Investigates p.86 Berkley Books)

和訳：彼らはイングランド銀行に長年勤めてきた二人の謹厳な紳士でした。

所見：何故 grow gray「灰色になる」で「長年」という意味が出るのかと一瞬疑問に思ったが、自分の頭を思い出して納得した次第である。

83 *be eating* 〜 （〜をいらいらさせる）

What's eating you? (The Clocks p.209 HarperPaperbacks)

和訳：何をいらいらしてるんだ。

所見：eat は「(人を) いらいらさせる」という意味である。したがって、引用文は「何が君をいらいらさせてるんだ。」ということになる。また、この eat には「人を困らせる」の意味もあり、例えば Well, don't eat me. 「俺を困らせるな」という直訳から「まあ、そんなにいらいらしなさんな」という意味にもなる。このような表現をネイティブの人から言われたら、Oh, I'm not hungry. とでも答えておけば、少しは険悪な雰囲気が和むかもしれない。逆に、余計に雰囲気が悪くなるか。

84　*come hell or high water*　(どんな障害が起ころうと)

Come hell or high water, he was going all out on a hunch. (At Bertram's Hotel p.139　HarperPaperbacks)

和訳：彼は何が起ころうと直感で進んで行くつもりだった。

所見：この表現の意味は come what may「何が起ころうと」などの表現から容易に察することが出来る。high water は「高潮」よりも「洪水」であろう。なお、聖書のヨブ記からの引用の可能性も探ったが、これに言及している文献は見当たらなかった。

85　*(as) different as chalk from cheese*　(外見は似ているが実質はおおいに異なる)

Her life was as different from mine as chalk from cheese. (Endless Night p.40　HarperPaperbacks)

和訳：彼女の生活は私のものとは全然違っていた。

所見：chalk は教室で使う「チョーク」なのか「白亜という灰白色の土」なのかは不明であるが、いずれにしても白い色であることから cheese と外見が似ていることは理解できる。そして一方は食べ物であり一方は食べられないということになると実質は大違いである。このことから見出しの意味が出ている。なお、ch の発音が頭韻となっていることもこの表現が生まれる一因となっているのだろう。

コラム38

英語教育に多様性を ③

次に教員の多様化である。生徒に個性があるように教員にも個性がある。もちろん能力の差もある。したがって、仮に多忙化が解消され、教員に時間的余裕ができたとしても、教員すべてが教科指導の準備にその捻出した時間を費やすかどうかは疑問である。だが、有能な教員や理想の教科指導を思い描いている教員にとって、時間があるということは非常に有り難いことに違いない。そこで、この多忙化については是非解消してもらいたいものである。

さて、次に課題となるのが、いかに有能且つ多様な個性をもつ教員を確保するかである。現在、教員になるためには教員免許が必要であり、さらに公立・私立ともに教員採用のための試験を行っている。私は、英語教員採用の門戸をさらに広げるため、いわゆる特別非常勤講師の採用枠を大幅に広げるべきだと思っている。特別非常勤講師の制度とは、「教員免許状を持っていないが優れた知識経験等を有する社会人等を教員として迎え入れる」というもので、平成元年度に全国で14名だったが令和2年度には237人に増えている。英語の実務経験がある方とか、帰国子女の方で現在就業されていない方とかを特別非常勤講師として招くため、もっと柔軟且つ積極的に教員免許を出してもよいのではないか。そして、実際、私が勤務していた私立学校で行っていたように、候補者に模擬授業を行っていただき、その結果次第で校長が教育委員会に推薦書を出してもよいではないか。さらに、何年間か講師として勤務した暁には常勤として採用することがあってもよいのではないかと思うのである。

また、ある程度日本の学校で経験を積んだALTに大学で講習を受講させ、教員免許を授与することにより、単独で教壇に立つことを可能とするような制度改革も必要であろう。コラム17で述べたように、外国人語学講師については文法指導を任せるわけにはいかない。だが、聞くこと・話すことの指導については明らかに日本人教師（JTE）よりも秀でている。こうした人材を使わない手はない。そして、おそらくこのような制度改革が行われれば、現在日本の教壇に立っている ALT たちのモーティベーションが高まることも期待される。

最後に、これは英語教員に限ったことではないが、既に学校に勤務している教員に一律に教科指導、部活動、校務分掌、担任等の仕事を割り振るのではなく、メリハリをつけることが必要であると思う。例えば、部活動に熱心で著しい成果を挙げている教員には授業をある程度免除するとか、授業で能力を発揮し生徒から絶大な信頼を得ている教員には部活動も担任も免除して授業を増やすとか、本人の希望を聴取しながら、その教員の個性・能力を勘案して生徒にメリットがある校内人事を行って欲しい。

現行のシステムでは、教科指導にも部活動にも担任にも能力を発揮する教員にあらゆる負担が行き過ぎているきらいがある。学校としてはこうした教員に頼らざるを得ないという実情はわかるが、個々の教員の個性・能力をより発揮してもらう体制をつくるため、そしてなによりも生徒への影響を考えるとき、スーパーマンのような教員に頼り切るのではなく、個々の教員の個性をフルに発揮できる体制を作るべきだと思う。そのためには再任用制度を拡充し、優秀な再任用教員の任用期間を延長することも必要であろうし、部活動の社会体育への移行をさらに推進することも必要であろう。

生徒に「個性の伸長」や「多様な人々との協働」を求めることは今後学校にとって非常に大切な課題となる。それならば、まず教員集団そのものがその一人一人の個性を発揮できる存在となる必要がある。そして、そのためには多様な個性をもった教員が協働することができる環境を作ることが大切であり、そうした環境が確立された学校こそが、これからの教育機関のあるべき姿だと思う。

86 *talk through one's hat* （いいかげんなことを言う）

I believe you're just talking through your hat,（後略）
(Death in the Clouds p.82 HarperCollins)

和訳：あなたはただ、口からでまかせを言っているだけのように思います。

所見：明確な句源は見つからなかった。これも想像だが、hat には「地位」とか「職」とか「立場」などの意味があることから、「本音を言っているのではなく、自分の地位や立場でものを言っている」という意味が出て来たのではないか。

87　*at arm's length*（少し離れて）

It is a little difficult sometimes to keep people at arm's length when one is travelling. (Appointment With Death p.131　HarperCollins)

和訳：旅行をしているときは、人から離れていることは時にはちょっと難しい。

所見：これは容易に意味を推測できる。ただ、この表現には意味が二通りあって、hold a picture at arm's length という場合は文字通り「腕を伸ばして」ということ、keep a person at arm's length という場合は「人を遠ざける、よそよそしくする」という意味である。引用の文は後者である。

88　*throw(fling, cast)* ～ *in one's teeth(face)*　（～を面と向かって責める）

"I don't want to insult your clothes, Bobby," she said, "or throw your poverty into your teeth, or anything like that. " (Why Didn't They Ask Evans? p.107　Berkley Books)

和訳：ボビー、私はあなたの服装を馬鹿にしたくはないし、生活が苦しいことを面と向かって責めたてるというようなことなんかもしたくない。

所見：throw ～ into one's face ならば「～を顔に投げつける」でなんとか「叱責する」の意味も出てくるが、何故 throw ～ into one's teeth　のように「～を歯に投げつける」でこの意味になるのか不明であった。

なお、句源かどうかわからないが、シェイクスピアの『ジュリアス・シーザー』に、

All his faults observed,
Set in a note-book, learn'd, and conn'd by rote,
To *cast into my teeth.*(4.3.97)

「欠点を全てあげつらい、それをノートに書き込み、暗記をし、それを引き合いに出して俺を責める。」

とある。この表現について研究社版では「今日も普通の phrase」という注をつけている。逆に言うと、この表現がシェイクスピアの時代から「誰かを批判して責める」の意味で受け入れられていたということである。

89　*not know ～ from Adam*　（～を全然知らない）

The colonel says he doesn't know her from Adam. (The Body in the Library p.7　HarperPaperbacks)

和訳：大佐は彼女のことを全然知らないと言う。

所見：「人を見て全く知らない人だと認識する」という意味だが、何故ここで Adam が登場するのかは不明であった。これも推測だが、from Adam、即ち「大昔から」という意味の一種の強意であろうか。

90　*in a nutshell*　（一言で言うと）

I marvelled（中略）and also at the dramatic sense which, only slightly obscured by hazy pronouns, had presented all the salient facts in a nutshell. (Crooked House p.118　HarperPaperbacks)

和訳：あいまいな代名詞によって少し不明瞭にはなっているが、主立った事実を簡潔に述べているその芝居がかったセンスにも私は驚いた。

所見：nutshell とは「クルミなど、殻の固い木の実」である。この「木の実の中にある」ことが何故「一言で言えば」という意味になるのか不明であった。だが、昔から叙事詩や聖書の一部を非常に細かい字で模写して、それをクルミなどの殻に入れるということが行われていたようで、The "Iliad" in a nutshell 「ナッツの実に入る『イリアス』」という言葉が残っている。ギリシャ時代の叙事詩『イリアス』のような長大な詩を膨大な量の文字で書いて、それをクルミの殻にいれること、それは即ち長い文言を「一言で言う」に等しいほど小さなものにしてしまうことなので、それが「簡潔に」まとめることにつながったのではないかと推測するのみである。

91　*bad hat*　(役立たず、ならず者)

“That’s it,” I said.　“He’s the bad hat of the family.” (Endless Night p.43　HarperPaperbacks)

和訳:「そのとおり。その人は家族のなかの『ごろつき』ですね」と私は言った。

所見：この表現の句源も不明であった。bad の語感から、いい意味ではないことはわかるものの、何故 hat なのかということになると説明がつかない。辞書に、old hat で「古くさい人(もの)」、hard hat で「保守主義者」などの意味があり、hat が「人」や「もの」を示すので、この見出しの表現もそこから生まれたのだろうと想像するのみである。

92　*have a go*　(何かを試みる)

Have you had a go at those letters that George Barton received? (Sparkling Cyanide p.128　HarperPaperbacks)

和訳：ジョージ・バートンが受け取ったあの手紙は調べてみたか。

所見：go は動詞として膨大な数の意味を持つが、ここでは名詞として「試み」「機会」という意味である。この「試み」という意味では、have a go の他に give it a go「やってみる」があり、「機会」という意味では It’s your go.「君の順番だよ。」などがある。

あ　と　が　き

「向きより好き」という言葉がある。「向き」とはいわゆる適性である。例えば、数学の偏差値が国語のそれよりも高ければ「君は理系に向いている」などと言う。「好き」とは文字通り「好き」なことである。そのことに熱中しているといつの間にか時間が過ぎているというようなことを意味する。私は、進路について迷っている生徒に助言をする際、この言葉を紹介してきた。進路を決定する際、迷うようであれば試験の結果とか周囲の意見など気にせず、自分が「好き」なことは何かをまず考えなさい。それがなければそれをまず作りなさいということである。

この６か月、本書の執筆に没頭していて思い出したのはこの言葉だった。私は、「いつの間にか時間が過ぎている」という体験を何度もしてきた。これも、私が英語という言語とクリスティという作家が「好き」だったからに他ならない。

私は、自分が教員に「向いて」いたのか、それは分からない。だが、英語が「好き」であったから教員を続けることができたということは確かである。私は、「好き」なことを教えるという職業に携わってきたことを心から幸せに思う。そして、その英語に対する私の愛着を支え、それを増幅させてくれたのが、英語の読み物即ちペーパーバックだったのである。

高校生や大学生など若い方々には、自分の好みと能力に合ったペーパーバックを手当たり次第に読むことをお勧めする。受験用の参考書や問題集だけを通じて英語に接していて、誰が英語を「好き」になり、それを生涯にわたって勉強し、さらにそれを自分の職業で生かそうなどと思うだろうか。ペーパーバックは自分の世界と自分の可能性を広げてくれるのである。それは「はじめに」で述べた、brave new world「素晴らしい新たな世界」なのだから。

最後になって恐縮だが、本書の執筆・出版に当たって、全くの素人の私に対して懇切丁寧にご助言くださった株式会社ブイツーソリューションの安田理恵様、伊藤比呂子様には心から御礼申し上げて、「あとがき」とする。

久保　芳孝

参考文献

著　書　名	著 者 名 等	出 版 社 等
ブルーワー英語故事成語大辞典	E.C.ブルーワー 著 加島祥造等 共訳編集	大修館書店
英米故事伝説辞典	井上義昌 編	冨山房
英語慣用語源・句源辞典	モートン S.フリーマン著 堀口六壽・小池榮 共訳	松柏社
EVER WONDER WHY?	Douglas B. Smith 著	FAWCETT
リーダーズ英和辞典　第２版	松田徳一郎 著・編集、 東　信行他 編集	研究社
リーダーズ・プラス	松田徳一郎他 編集	研究社
新英和大辞典　第六版	竹林　滋 編纂	研究社
Common Phrases And Where They Come From	Myron Korach 著 John B. Mordock 共著	The Lyons Press
Collins COBUILD Dictionary of Idioms		HarperCollins
OXFORD Idioms dictionary for learners of English		Oxford University Press
THE CONCISE OXFORD DICTIONARY OF CURRENT ENGLISH	H. W. Fowler & F. G. Fowler 共編	同上
The Oxford-Hachette French Dictionary	Marie-Helene Correard Valerie Grundy 等編	同上
英文法研究	市河三喜 著	研究社
英語の常識	中島文雄 著	同上
ことばと文化	鈴木孝夫 著	岩波新書

自由と規律	池田　潔 著	同上
THE BIBLE AUTHORIZED KING JAMES VERSION		Oxford University Press
旧約聖書		日本聖書協会
新約聖書		同上
新約聖書		ドン・ボスコ社
HAMLET	William Shakespeare 著 市河三喜・嶺　卓二注釈	研究社
MACBETH	同上	同上
OTHELLO	同上	同上
THE　MERCHANT　OF VENICE	同上	同上
THE TEMPEST	同上	同上
JULIUS　CAESAR	同上	同上
アガサ・クリスティー読本	H.R.F.キーティング他著	早川書房
Alice's Adventures in WONDERLAND	Lewis Carroll 著	A Signet Classic
Through The Looking-Glass And What Alice Found There	同上	同上
THE ANNOTATED Alice The Definitive Edition	Martin Gardner 注釈	W.W. Norton & Company
Marley & Me	John Grogan 著	Harper
教育改革はミニ・スクールで	渡部昇一 著	文藝春秋
国民の教育	同上	産経新聞社
高等学習指導要領（平成 30 年告示）		文部科学省
論文『シェイクスピアと犬』	正岡和恵 著	成蹊英語英文学研究第 25 号

索　　引

1　文の形のもの

2　句の形のもの

著者の職歴等

久保　芳孝

昭和51年（1976年）　広島大学文学部英文科修士課程修了（シェイクスピア専攻）

昭和51年（1976年）　愛知県立丹羽高等学校教諭

昭和61年（1986年）　愛知県立新川高等学校教諭

昭和62年（1987年）　昭和61年度「英語担当教員筑波研修」参加

昭和63年（1988年）　昭和63年度「英語担当教員海外研修（長期）」参加

平成3年　（1991年）　愛知県教育委員会（指導主事、主査、課長補佐）

平成12年（2000年）　愛知県立旭陵高等学校校長

平成17年（2005年）　愛知県立西春高等学校校長

平成21年（2009年）　高等学校学習指導要領解説外国語編・英語編作成協力者

平成21年（2009年）　愛知県公立高等学校長会副会長

平成22年（2010年）　愛知県立明和高等学校校長

平成22年（2010年）　愛知県高等学校野球連盟会長

平成24年（2012年）　愛知工業大学名電高等学校及び愛知工業大学附属中学校
（現　愛知工業大学名電中学校）（副校長、校長、学監）

アガサ・クリスティと英語の慣用表現
――ポアロから英語教育まで――

2023年5月27日　初版第1刷発行

著　者　久保　芳孝（くぼ　よしたか）
発行所　ブイツーソリューション
〒466-0848 名古屋市昭和区長戸町 4-40
電話 052-799-7391　Fax 052-799-7984
発売元　星雲社（共同出版社・流通責任出版社）
〒112-0005 東京都文京区水道 1-3-30
電話 03-3868-3275　Fax 03-3868-6588
印刷所　モリモト印刷
ISBN 978-4-434-32116-0